재치

배움

지혜

해리 포터 시리즈

읽는 순서:
해리 포터와 마법사의 돌
해리 포터와 비밀의 방
해리 포터와 아즈카반의 죄수
해리 포터와 불의 잔
해리 포터와 불사조 기사단
해리 포터와 혼혈 왕자
해리 포터와 죽음의 성물

라틴어로도 읽을 수 있는 책:
해리 포터와 마법사의 돌
해리 포터와 비밀의 방

웨일스어, 고대 그리스어, 아일랜드어로도 읽을 수 있는 책:
해리 포터와 마법사의 돌

함께 읽을 책
신비한 동물 사전
퀴디치의 역사
(코믹 릴리프와 루모스를 돕고자 출간되었음)
음유시인 비들 이야기
(루모스를 돕고자 출간되었음)

이 세 권은 또한 다음의 시리즈로 출간되었습니다:
호그와트 라이브러리
(코믹 릴리프와 루모스를 돕고자 출간되었음)

일러스트 에디션
짐 케이 일러스트
해리 포터와 마법사의 돌
해리 포터와 비밀의 방
해리 포터와 아즈카반의 죄수
해리 포터와 불의 잔

올리비아 L. 길 일러스트
신비한 동물 사전

크리스 리델 일러스트
음유시인 비들 이야기

불사조 기사단

1

J.K. 롤링 지음 | **강동혁** 옮김

문학수첩

HARRY POTTER & THE ORDER OF THE PHOENIX

First published in Great Britain in 2003 by Bloomsbury Publishing Plc
This edition Published in October 2020
Text © J.K. Rowling 2003
Cover and interior illustrations by Levi Pinfold © Bloomsbury Publishing Plc 2020
Wizarding World is a trade mark of Warner Bros. Entertainment Inc.
Wizarding World Publishing and Theatrical Rights © J.K. Rowling
Wizarding World characters, names and related indicia are TM and © Warner Bros.
Entertainment Inc. All rights reserved.
Korean translation copyright © 2022 by Moonhak Soochup Publishing Co., Ltd.

나의 세상을

마법처럼 만들어 주는

닐, 제시카, 데이비드에게.

ROWENA
RAVENCLAW

로위너 래번클로

CONTENTS

RAVENCLAW

 래번클로

♦ 소개 ♦

"현명함이 넘치는 래번클로에 갈 수도 있겠지.
그대가 영리한 사람이라면
재치와 학식이 넘치는 사람들이 있는
이곳에 어울릴 거야."

기숙사 배정 모자

해리와 친구들은 호그와트 급행열차에서 루나 러브굿이 타고 있는 객실에 들어갔다가, 마법 세계의 대안 잡지인 《이러쿵저러쿵》을 거꾸로 든 채 푹 빠져 있는 루나를 봅니다. 이 순간부터 그들이 같은 영혼의 소유자라는 건 분명해집니다. 버터맥주 코르크로 만든 목걸이와 오렌지색 순무 귀고리는 자유로운 영혼인 래번클로 루나가 매일 하고 다니는 장신구로, 부모에게서 물려받은 루나의 창의력을 보여 줍니다.

같은 기숙사 학생들은 '미친 사람'이라는 뜻의 '루니(Loony)'라는 별명이 붙은 루나의 소지품을 숨기는 걸 재미있어 하지만, 고귀한 정신의 소유자인 래번클로 루나는 이런 도발에도 초연하게 평온함을 유지합니다. 나이보다 현명한 루나는 볼드모트 경이 돌아왔다는 해리 포터의 말이 진실이라는 걸 즉시 알아차리고, 아버지의 특이한 잡지에 해리 포터의 이야기가 실릴 수 있게 해 줍니다.

이해하기 어려운 래번클로 시빌 트릴로니도 다른 사람들의 비웃음에 익숙합니다. 호그와트 장학관은 트릴로니를 가장 첫 희생양으로 삼는데,

트릴로니는 제도에 아첨하는 장학관의 괴롭힘에 용감하게 대처하기 어려워하죠. 해고당한 직후 트릴로니 교수에게는 예상치 못한 동맹이 나타납니다. 바로 트릴로니의 오랜 숙적인 미네르바 맥고나걸입니다. 맥고나걸 교수는 트릴로니 교수를 북쪽 탑, 수정구슬이 가득한 다락방으로 다시 데려갑니다.

덤블도어의 군대가 훈련을 마친 뒤 초와 해리가 마침내 겨우살이 아래에서 새로운 관계를 맺으면서 래번클로와 그리핀도르는 더욱 우호적인 관계가 됩니다. 비록 초의 가장 친한 친구인 매리에타가 고자질쟁이가 되는 바람에 둘의 관계도 눈물 속에 끝을 맺지만 말이죠. 루나 러브굿은 래번클로에서 해리의 가장 충실한 동맹이 되어, 해리를 비롯해 마법 정부로 향하는 그리핀도르 일행에 참여합니다. 이들은 마법 정부에 있는 예언의 방에서 트릴로니 교수의 가장 중요한 예언을 찾아냅니다. 바로 트릴로니 교수가 해리 포터의 인생을 예지하고, 해리야말로 어둠의 왕을 없앨 힘을 가진 사람이 되리라고 지목하는 예언입니다.

금 지 된 숲

해그리드의
오두막

후려치는
버드나무

온실

호그와트 성

호그스미드역

1장
디멘터의 공격을 받은 더들리

올여름 가장 무더웠던 하루가 저물고 있었다. 프리빗가의 커다란 정사각형 집들 위로 나른한 침묵이 내려앉았다. 가뭄으로 호스 사용이 금지된 탓에 평소에는 번쩍번쩍 윤이 나던 자동차들에도 먼지가 잔뜩 쌓이고, 에메랄드색으로 파룻하던 잔디밭도 누렇게 말라 있었다. 세차와 잔디깎이라는 일상적인 일을 하지 못하게 된 프리빗가의 주민들은 불지도 않는 바람을 불러들일까 싶어 창문을 활짝 열어 둔 채 그늘진 집 안에 머물러 있었다. 집 밖에 나와 있는 유일한 사람은 4번지 앞 화단에 누워 있는 10대 소년뿐이었다.

검은 머리카락에 안경을 쓴 깡마른 소년은 갑자기 훌쩍

커 버린 아이들이 그렇듯 깡말랐고, 얼굴빛은 창백했다. 청바지는 찢어지고 더러웠으며 헐렁한 티셔츠는 빛이 바래 있었다. 운동화 밑창 또한 발가락 부분부터 떨어져 있었다. 지저분한 것도 법으로 처벌해야 한다고 생각하는 이웃들에게 이러한 행색은 결코 환영을 받을 수 없었다. 하지만 오늘 저녁 커다란 수국 덤불 뒤에 몸을 숨기고 있는 그는 행인들에게 투명인간이나 마찬가지였다. 사실 그를 찾을 수 있는 유일한 방법은 버넌 이모부나 피튜니아 이모처럼 거실 창밖으로 머리를 내밀고 화단을 내려다보는 것뿐이었다.

해리는 여기에 숨기로 한 것이 꽤 괜찮은 생각이라고 여겼다. 뜨겁고 딱딱한 흙 위에 누워 있는 게 그리 편하지는 않을지 몰라도 이모, 이모부와 함께 거실에 앉아 텔레비전을 보려고 할 때와 달리 이곳에서는 그를 노려보는 사람도, 뉴스 소리가 들리지 않을 정도로 이를 가는 사람도, 무례한 질문을 던지는 사람도 없었다.

이 생각이 열린 창문으로 날아들기라도 한 듯 해리의 이모부 버넌 더즐리가 갑자기 입을 열었다.

"그 녀석이 얼쩡거리지 않으니까 편하군. 근데 어디 간 거야?"

"몰라요." 피튜니아 이모가 무심하게 말했다. "집에는 없어요."

버넌 이모부가 투덜댔다.

"뉴스를 보겠다니……." 그가 가차 없이 내뱉었다. "대체 그 녀석 꿍꿍이를 알 수가 없단 말이야. 평범한 사내애가 어떻게 뉴스를 궁금해할 수 있지? 우리 더들리는 세상에 무슨 일이 벌어지고 있는지 털끝만큼도 모르잖아. 이 나라 총리가 누군지는 아나 모르겠네! 아무튼, 우리 뉴스에 그 녀석 무리에 대한 얘기가 나올 것도 아니고……."

"버넌, 쉿!" 피튜니아 이모가 말했다. "창문이 열려 있어요!"

"아, 그렇지. 미안해, 여보."

더즐리 부부는 곧 조용해졌다. 해리는 프루트 앤 블랜 시리얼 광고 음악을 들으며, 근처 위스테리아가에 사는 피그 부인이 느릿느릿 지나가는 모습을 지켜보았다. 살짝 정신이 나간 고양이 애호가인 그녀는 얼굴을 찌푸린 채 뭐라 뭐라 혼잣말을 지껄이고 있었다. 해리는 덤불 뒤에 숨어 있다는 사실에 안도했다. 피그 부인은 얼마 전부터 길거리에서 마주칠 때마다 해리에게 차를 마시러 오라고 권했기 때문이다. 그녀가 모퉁이를 돌아 시야에서 사라지자마자 다시 버넌 이모부의 목소리가 창밖으로 흘러나왔다.

"더들스는 차 마시러 나갔나?"

"폴키스네 집에 갔어요." 피튜니아 이모가 애정이 듬뿍 담긴 목소리로 말했다. "우리 더들리는 친구가 굉장히 많아요. 어쩜 그렇게 인기가 좋은지……."

해리는 가까스로 코웃음을 참았다. 더즐리 부부는 놀라울 정도로 아들 더들리를 몰랐다. 그들은 더들리가 여름방학 동안 매일 밤 자신의 패거리와 각자의 집에서 돌아가면서 차를 마신다는 어처구니없는 거짓말을 그대로 믿었지만 해리는 더들리가 단 한 번도 차를 마신 적이 없다는 사실을 아주 잘 알고 있었다. 더들리 패거리는 매일 저녁 공원의 기물을 파손하고, 길모퉁이에서 담배를 피우고, 지나가는 자동차와 아이들에게 돌을 던지며 시간을 보냈다. 길거리 쓰레기통을 뒤지며 신문을 찾아 헤매느라 방학 대부분을 보내야 했던 해리는 저녁에 리틀 윈징 거리를 산책하다가 그들을 보았다.

7시 뉴스를 알리는 음악 소리가 들리자 해리는 가슴이 철렁했다. 어쩌면 오늘이 한 달 동안 기다려 왔던 바로 그 날인지도 몰랐다.

"스페인 화물 노동자들의 파업이 2주간 계속되는 가운

데, 기록적인 숫자의 휴가객들이 공항에 발이 묶여 꼼짝달
싹 못 하고 있습니다……."

"저런 놈들은 평생 낮잠이나 자라고 해." 뉴스 아나운서
의 말이 끝나기 무섭게 버넌 이모부가 툴툴거렸다. 하지만
해리는 아무래도 좋았다. 창밖 화단에 누운 채 그는 긴장으
로 오그라들었던 가슴이 펴지는 것을 느꼈다. 무슨 일이 벌
어졌다면 그 소식이 뉴스에 제일 처음 보도되었을 게 틀림
없다. 오도 가도 못하게 된 휴가객들보다 죽음과 파괴가 훨
씬 중요한 뉴스일 테니까.

그는 안도의 한숨을 길게 내쉬고 눈부시게 푸른 하늘을
올려다보았다. 올여름에는 늘 똑같은 하루가 되풀이되고
있었다. 긴장과 기대, 일시적인 안도, 그리고 다시 치솟는
긴장감…… 그리고 언제나 점점 더 고집스럽게 떠오르는
질문. 왜 아직 아무 일도 일어나지 않는 걸까?

그는 계속해서 뉴스에 귀를 기울였다. 머글들이 알아채
지 못하는 작은 실마리가 있을지도 몰랐다. 원인 모를 실종
사건이라든가 이상한 사고 같은……. 하지만 화물 노동자
들의 파업 소식에 이어 남동부의 가뭄 소식이 흘러나왔다
("옆집 놈이 이걸 들었으면 좋겠네!" 버넌 이모부가 소리쳤
다. "그 작자는 새벽 3시에 스프링클러를 틀어 댄다니까!").

그런 다음 헬리콥터가 서리주의 들판에 추락할 뻔했다는 소식과 어떤 유명 배우가 유명 인사인 남편과 이혼했다는 소식이 이어졌다("우리가 저런 지저분한 인간들 얘기에 관심이 있는 줄 아나 봐요." 뼈마디 불거진 손으로 그에 관한 기사가 실린 잡지란 잡지는 다 찾아 읽은 피튜니아 이모가 콧방귀를 뀌었다).

해리는 불타는 듯한 저녁 하늘을 올려다보다가 눈을 감았다. 그때 아나운서의 목소리가 들렸다. "……마지막 소식입니다. 반즐리의 파이브 페더스에 사는 앵무새 벙기가 올여름을 시원하게 보낼 참신한 방법을 찾아냈습니다. 바로 수상스키 타는 법을 배웠답니다! 매리 도킨스 기자가 더 자세한 소식 전하겠습니다."

해리는 눈을 떴다. 수상스키 타는 앵무새 이야기까지 나왔다면 들을 만한 가치가 있는 소식은 아무것도 없을 터였다. 그는 조심스럽게 몸을 굴려 엎드린 다음 무릎과 팔꿈치를 딛고 일어나 창문 아래에서 기어 나가려 했다.

겨우 5센티미터쯤 움직였을 때 몇 가지 일들이 눈 깜짝할 사이에 연달아 벌어졌다.

'펑' 하는 총성 같은 소음이 요란하게 울리며 나른한 침묵을 깨뜨렸다. 고양이 한 마리가 주차된 자동차 아래에서 쏜살같이 튀어나와 보이지 않는 곳으로 사라졌다. 뒤이어 더들리네 거실에서 비명 소리와 그릇 깨지는 소리, 날카롭게 내뱉어진 거친 욕설이 들려왔다. 해리는 이 소리들이 그동안 기다려 온 신호라도 되는 듯 벌떡 일어나면서 동시에 칼을 뽑듯 청바지 허리춤에서 가느다란 나무 마법 지팡이를 꺼냈다. 하지만 완전히 일어서기도 전에 열려 있던 창문에 정수리를 '쿵' 부딪히고 말았다. 그 소리에 피튜니아 이모가 더욱 요란한 비명을 내질렀다.

해리는 머리가 두 개로 쪼개지는 것처럼 아팠다. 눈에 눈물이 괸 채 비틀거리면서도, 그는 소리의 원인을 찾기 위해 거리의 모습에 집중하려고 애썼다. 해리가 휘청거리던 몸을 제대로 가누기 무섭게, 열린 창문에서 크고 푸르뎅뎅한 손이 튀어나와 그의 목을 꽉 조였다.

"그거, 당장, 치우지, 못해!" 버넌 이모부가 해리의 귀에 대고 버럭 화를 냈다. "당장 치워! 누가 보기 전에!"

"이거, 놔요!" 해리는 숨을 헐떡거렸다. 그들은 잠깐 동안 몸싸움을 벌였다. 해리는 왼손으로 이모부의 소시지 같은 손가락을 떼어 내려 애쓰면서도 오른손에 든 마법 지팡이를 꽉 움켜쥐고 있었다. 정수리에서 유난히 찌릿한 통증이 느껴진 순간, 버넌 이모부가 감전이라도 된 것처럼 외마디 비명을 지르며 해리를 놓아주었다. 눈에 보이지 않는 어떤 힘이 해리에게서 쏟아져 나와 이모부를 꼼짝 못 하게 만든 것 같았다.

해리는 헐떡이며 수국 덤불 위로 쓰러졌다가 곧바로 일어나 주위를 살폈다. 시끄러운 파열음을 낼 만한 것은 보이지 않았다. 이웃 사람 몇몇이 창문을 내다보고 있을 뿐이었다. 해리는 얼른 마법 지팡이를 청바지에 쑤셔 넣고 태연한 표정을 지었다.

"안녕하십니까!" 버넌 이모부가 7번지에 사는 부인에게 손을 흔들며 말을 건넸다. "방금 자동차 엔진 꺼지는 소리 들으셨어요? 피튜니아와 저는 엄청 놀랐습니다."

그는 호기심 가득한 이웃들이 각자의 창문에서 모습을 감출 때까지 미친 사람 같은 무시무시한 미소를 계속 짓고 있었다. 잠시 후 손짓으로 해리를 부를 때 그 미소는 분노에 찬 찡그림으로 변해 있었다.

해리는 몇 발짝 다가가다가 버넌 이모부가 손을 뻗어도 그의 목을 조르기 힘든 지점에 멈춰 섰다.

"도대체 무슨 속셈이냐, 이 자식!" 버넌 이모부가 분노를 가득 담은 떨리는 목소리로 소리쳤다.

"제가 뭘 어쨌다고요?" 해리가 차갑게 되물었다. 그는 좀

전의 그 요란한 소리를 낸 사람을 찾을 수 있을까 싶어 여전히 거리 여기저기를 살피고 있었다.

"시끄러운 총소리를 냈잖아. 우리 집 바로 앞에서……."

"제가 낸 게 아니에요." 해리가 딱 잘라 말했다.

버넌 이모부의 넓적하고 푸르뎅뎅한 얼굴 옆으로 말처럼 생긴 피튜니아 이모의 비쩍 마른 얼굴이 나타났다.

"그럼 왜 우리 집 창문 아래에 숨어 있었어?"

"옳거니! 잘 짚었어, 피튜니아! 이놈아, 우리 집 창문 아래에서 뭘 하고 있었던 거냐!"

"뉴스 듣고 있었어요." 해리가 체념한 목소리로 말했다.

이모와 이모부는 분노에 찬 눈길을 주고받았다.

"뉴스를 들었다고! 또?"

"뭐, 뉴스는 날마다 다르잖아요." 해리가 말했다.

"말대꾸하지 마라, 이 녀석! 네 속셈이 뭔지 반드시 알아내고 말 테다. 뉴스를 듣고 있었다느니 그따위 헛소리는 더 이상 하지 마라! 너도 잘 알겠지만, 너희 족속은……."

"말조심해요, 버넌!" 피튜니아 이모가 소리 죽여 말하자 버넌 이모부는 해리에게만 간신히 들릴 정도로 목소리를 낮췄다. "……너희 족속은 우리 뉴스에 나오지 않아!"

"그건 이모부 생각이고요." 해리가 말했다.

더즐리 부부는 잠깐 동안 해리를 향해 눈을 부라렸다. 이
윽고 피튜니아 이모가 말했다. "이 못된 거짓말쟁이 녀석.
그놈의 부……." 피튜니아 이모도 목소리를 죽였다. 해리
는 그녀의 입술을 읽고서야 다음 말을 알아들을 수 있었
다. "……부엉이들은 뭘 하는 거냐? 너한테 신문도 안 갖
다주고!"

"아하!" 버넌 이모부가 의기양양한 목소리로 말했다. "어
디 또 말대꾸해 봐라! 네놈이 그 성가신 새들한테서 온갖
소식을 전해 듣는다는 걸 모를 줄 알고!"

해리는 잠깐 망설였다. 이번에는 진실을 털어놓기가 힘
들었다. 이 사실을 인정하는 것이 해리에게 얼마나 괴로운
일인지 이모, 이모부는 짐작조차 못 할 테지만.

"부엉이들이…… 소식을 가져다주지 않아요." 그가 힘없
이 말했다.

"그 말을 믿을 것 같으냐?" 피튜니아 이모가 곧바로 입을
열었다.

"나도 마찬가지야." 버넌 이모부가 힘주어 말했다.

"네가 뭔가 괴상한 짓을 꾸미고 있다는 거 다 안다." 피튜
니아 이모가 말했다.

"우린 바보가 아니다, 이 말이지." 버넌 이모부가 옆에서

거들었다.

"아, *그거야말로* 처음 듣는 새로운 소식이네요." 해리는 부아가 치밀어 말했다. 그는 더즐리 부부가 소리쳐 부르기도 전에 돌아서서 앞마당 잔디밭을 가로지른 뒤 낮은 정원 담을 넘어 성큼성큼 거리를 걸어갔다.

해리는 자신이 난처한 상황에 빠졌다는 사실을 잘 알고 있었다. 잠시 뒤 이모와 이모부를 마주하면 버릇없이 군 대가를 치러야 할 것이다. 하지만 이 순간만큼은 별로 신경 쓰이지 않았다. 훨씬 중요한 문제들이 그의 머리를 짓누르고 있었다.

해리는 펑 하는 요란한 소음이 누군가 순간이동을 하면서 낸 소리라고 확신했다. 집요정 도비가 공중에서 사라질 때 냈던 소리와 똑같았던 것이다. 도비가 여기 프리빗가에 온 걸까? 지금도 내 뒤를 따라오고 있을까? 이런 생각이 들자마자 그는 몸을 돌려 프리빗가를 뚫어지게 바라보았다. 그러나 개미 한 마리 보이지 않았다. 게다가 도비가 투명해지는 방법을 알 리도 없었다.

해리는 어디로 가는지도 모른 채 무작정 걸었다. 최근 이 동네를 너무 자주 돌아다닌 탓인지 발이 저절로 그가 가장 좋아하는 곳으로 향했다. 해리는 몇 걸음 디딜 때마다 등 뒤를 힐끔거렸다. 그가 피튜니아 이모의 시들어 가는 수국 사이에 누워 있을 때 분명 마법 세계의 누군가가 근처에 있었다. 그 사람은 왜 해리에게 말을 걸지 않았을까? 왜 접촉해 오지 않을까? 지금은 왜 숨어 있을까?

좌절감이 정점에 달하자 그의 자신감이 허물어졌다.

어쩌면 그것은 마법을 사용할 때 나는 소리가 아니었을지도 모른다. 자신이 속한 세상에서 아주 작은 신호라도 보내 줬으면 좋겠다는 간절한 마음에 평범한 소리에도 해리가 과민하게 반응한 것일지 몰랐다. 그것이 이웃집에서 뭔가 깨지면서 난 소리가 아니었다고 어떻게 확신할 수 있을까?

해리는 가슴이 무겁게 가라앉는 것을 느꼈다. 여름 내내 그를 괴롭혀 온 절망감이 다시 한 번 휩쓸고 지나갔다.

해리는 내일 새벽 5시에 자명종 소리를 듣고 깨어나 《예언자일보》를 배달하는 부엉이에게 돈을 건넬 것이다. 하지만 그 신문을 받아 보는 게 무슨 소용이 있을까? 해리는 요즘 1면만 훑어보고 신문을 던져 버렸다. 신문을 만드는 멍청이들도 마침내 볼드모트가 돌아왔다는 사실을 깨닫게 되면 당연히 그 소식을 1면에 실을 테니까. 해리의 관심은 오직 그것뿐이었다.

운이 따라 준다면 부엉이들이 그의 가장 친한 친구인 론과 헤르미온느의 편지를 전해 줄 수도 있을 것이다. 그 편지를 통해 새로운 소식을 듣게 될 거란 희망은 이미 오래전에 사라져 버리긴 했지만.

'너도 알다시피, '그 일'에 대해서는 자세히 말할 수 없어……. 편지가 다른 사람 손에 들어갈지도 모르니까 중요한 얘기는 적지 말래……. 우린 아주 바빠. 편지에 자세히 설명할 수는 없지만……. 많은 일들이 벌어지고 있어. 만나면 전부 얘기해 줄게…….'

그런데 언제 만난단 말인가? 정확한 날짜에 관심 있는 사람은 아무도 없는 것 같았다. 헤르미온느가 해리의 생일 카드에 '곧 만나길 기대할게'라고 써 놓긴 했지만, 그 곧이라는 게 언제를 말하는 걸까? 편지 속 애매한 단서를 보건대 헤르미온느와 론은 같은 장소에 있는 것 같았다. 아마론의 부모님 집일 것이다. 해리가 프리빗가에 처박혀 있는 사이 둘만 버로에서 즐거운 시간을 보내고 있다고 생각하니 도저히 견딜 수가 없었다. 사실 해리는 두 사람에게 너무 화가 나서 그들이 생일 선물로 보내 준 허니듀크스 초콜릿 두 상자를 뜯지도 않고 버렸다. 피튜니아 이모가 저녁으로 눅눅한 샐러드를 내놓은 그날 밤 뼈저리게 후회하긴 했지만.

론과 헤르미온느는 뭘 하느라 바쁜 걸까? 왜 그는, 해리는 바쁘지 않을까? 그는 그 두 사람보다 훨씬 많은 것을 해낼 수 있다는 사실을 증명하지 않았던가? 다들 그가 한 일들을 잊어버린 걸까? 묘지로 불려가 세드릭이 살해당하는 것을 목격하고, 묘비에 묶인 채 거의 죽을 뻔한 사람이 바로 그 아니었나?

'그 생각은 하지 마.' 해리는 올여름 들어 벌써 백 번째 스스로를 엄하게 타일렀다. 악몽 속에서 그 묘지를 다시 찾는 것만으로도 충분했다. 깨어 있는 순간까지 그 생각에 사로잡혀 있을 까닭은 없었다.

그는 모퉁이를 돌아 매그놀리아 거리로 접어들었다. 걷다 보니 대부를 처음으로 봤던 차고 옆 골목에 이르렀다. 적어도 시리우스는 해리의 기분을 이해하는 것 같았다. 시리우스의 편지나 론과 헤르미온느의 편지나 제대로 된 소식이 써 있지 않기는 마찬가지였지만, 적어도 대부의 편지는 애태우는 모호한 말이 아니라 위로와 격려를 담고 있었다.

'틀림없이 네가 초조해하고 있을 거란 걸 알지만…… 얌전하게 있으면 다 괜찮아질 거다……. 조심하고, 무모한 짓은 하지 말거라…….'

좁은 길을 지나 큰길로 들어선 해리는 어둠이 내리는 놀이터를 향해 걸어가면서 (대체로) 시리우스의 조언대로 지내 왔다고 생각했다. 적어도 빗자루에 짐 가방을 매달고 버로로 날아가고 싶은 충동은 이겨 냈다. 프리빗가에 그토록 오랜 시간 처박혀서, 볼드모트가 지금 무슨 일을 꾸미고 있는지 알게 해 줄 만한 소식을 듣겠다고 화단에 숨어 있어야 했던 처지를 생각하면 정말 답답하고 화가 났다. 솔직히 그 정도면 굉장히 얌전하게 있었던 것 아닐까? 어쨌든 마법사 감옥인 아즈카반에 12년 동안 갇혀 있다가 탈옥한 뒤, 억울하게 유죄를 선고받은 원인이 되었던 그 살인을 실제로 저지르려다가 히포그리프를 타고 달아난 사람에게 무모하게 굴지 말라는 충고를 듣고 있자니 분통이 터질 노릇이었다.

해리는 잠긴 놀이터 문을 뛰어넘어 바싹 마른 잔디밭을 가로질렀다. 놀이터는 주위 거리처럼 텅 비어 있었다. 그는 더들리 패거리가 아직 망가뜨리지 않은 하나 남은 그네에 주저앉아 한쪽 사슬에 팔을 감은 채 우울하게 땅바닥을 바라보았다. 더즐리네 화단에는 다시 숨을 수 없을 것이다. 내일은 뉴스를 들을 다른 방법을 생각해 내야 한다. 그때까지는 오직 초조하고 불안한 밤만이 그를 기다리고 있었다.

해리는 세드릭이 나오는 악몽을 꾸지 않을 때도 어두운 복도를 헤매다 막다른 길이나 잠긴 문을 맞닥뜨리면서 깨어나는 꿈을 꿨다. 해리는 이 꿈이, 깨어 있을 때 느끼곤 하는 갇혀 있는 듯한 기분과 관계가 있을 것이라고 생각했다. 이마의 오래된 흉터는 자주 쿡쿡 쑤셨다. 해리는 론이나 헤르미온느, 시리우스가 이 사실에 큰 관심을 보일 거라는 헛된 생각을 버렸다. 예전에야 흉터의 통증이 볼드모트가 점점 강해지고 있다는 경고였겠지만 이미 볼드모트가 돌아온 지금은 다들 흉터가 규칙적으로 쿡쿡 쑤시는 건 예상했던 일이라고, 걱정할 일도 아니고 새로운 소식도 아니라고 말할 게 틀림없었다.

이 모든 일이 가슴 터질 듯 부당하게 느껴져서 해리는 고함이라도 지르고 싶었다. 그가 아니었다면 누구도 볼드모트가 돌아왔다는 사실조차 몰랐을 것이다! 그런데 그 보상이 고작 마법 세계에서 완전히 차단된 채 4주 내내 리틀 윙징에 처박혀서 시들어 가는 수국 사이에 쪼그려 앉아 수상스키 타는 앵무새 소식이나 듣는 것이란 말인가? 덤블도어는 어떻게 이토록 쉽게 그를 잊을 수 있을까? 론과 헤르미온느는 왜 해리를 부르지 않고 자기들끼리만 모여 지내는 걸까? 가만히 앉아서 얌전하게 굴라는 시리우스의 말을 얼

마나 더 듣고 있어야 할까? 그 멍청한 《예언자일보》에 볼
드모트가 돌아왔다는 편지를 보내고 싶은 충동을 얼마나
더 억눌러야 한단 말인가? 이런 분노 어린 생각들이 해리의
머릿속에서 소용돌이쳤다. 속을 끓이는 그의 주위로 후텁
지근한 어둠이 벨벳처럼 부드럽게 내려앉았다. 사방은 메
마른 풀 냄새로 가득했고, 들리는 소리라고는 놀이터 울타
리 너머 도로에서 자동차들이 우르릉대는 소리뿐이었다.

그네에 얼마나 오래 앉아 있었을까? 해리는 떠들썩한 말
소리를 듣고 고개를 들었다. 주위의 가로등이 비추는 부연
불빛 아래 놀이터를 가로질러 오는 사람들의 윤곽이 보였
다. 한 명이 상스러운 노래를 시끄럽게 불러 대고 나머지
일행은 큰 소리로 웃고 있었다. 그들이 타고 있는 값비싼
경주용 자전거 바퀴가 부드럽게 구르는 소리가 들렸다.

해리는 그들을 알아보았다. 맨 앞에서 다가오는 사람은
틀림없이 그의 사촌 더들리 더즐리였다. 그가 충성스러운
패거리를 이끌고 집으로 가고 있었다.

언제나 그렇듯 더들리는 몸집이 엄청났다. 하지만 1년간
의 혹독한 다이어트와 새롭게 발견한 재능 덕분에 그의 체
형은 눈에 띄게 달라져 있었다. 말상대가 있을 때마다 버넌
이모부가 신나게 떠들어 댄 것처럼, 더들리는 얼마 전 남동

부 지역 고등부 권투 주니어 헤비급 챔피언이 되었다. 버넌 이모부가 말하는 '고상한 운동'을 통해 더들리는 해리가 첫 샌드백 노릇을 해 주던 초등학교 시절보다 훨씬 무시무시해졌다. 해리는 이제 사촌을 눈곱만큼도 무서워하지 않았지만, 더들리가 더 강하고 정확한 주먹질을 익히고 있다는 사실은 그리 축하할 만한 일이 아니었다. 동네 아이들 모두, 세인트 브루투스 구제 불능 소년범 보호시설에 다니는 냉혹한 폭력배이자 조심해야 마땅한 '그 포터 녀석'보다도 더들리를 더 두려워했다.

해리는 잔디밭을 가로질러 오는 어두운 형체들을 바라보며 오늘 밤에는 저 녀석들이 또 누굴 때렸을지 문득 궁금해졌다. '여길 봐.' 그들을 지켜보며 해리는 자기도 모르게 생각했다. '빨리. 여길 봐. 내가 여기 혼자 앉아 있잖아. 한판 붙자…….'

해리가 여기 앉아 있는 걸 보면 더들리 패거리는 분명 그에게 다가올 것이다. 그럼 더들리는 어떻게 할까? 졸개들 앞에서 체면을 잃고 싶지는 않겠지만, 겁이 나서 해리에게 시비를 걸지는 못할 텐데……. 이도 저도 못하는 더들리를 보고 있으면 정말 재미있을 것이다. 그를 실컷 놀려 주고 아무것도 못 하는 꼴을 지켜볼 수 있다면……. 그러다 다른 녀석 중 하나가 해리를 때리려고 덤비면 얼마든지 상대할 준비가 되어 있었다. 그에게는 마법 지팡이가 있으니까. 어디 덤벼 보라지……. 해리는 한때 그의 인생을 지옥으로 만들었던 녀석들에게 지금 그 자신이 느끼는 좌절감을 풀고 싶어서 몸이 근질근질했다.

하지만 그들은 시선을 돌리지도 않고, 해리를 발견하지도 못한 채 울타리에 다다랐다. 해리는 그들을 소리쳐 부르고 싶은 충동을 가까스로 억눌렀다. 싸울 구실을 찾는 건 현명한 행동이 아니었다……. 마법을 써서는 안 되니까……. 잘못하면 또다시 퇴학당할 위기에 처할 것이다.

더들리 패거리의 목소리가 멀어져 갔다. 그들은 매그놀리아가를 따라 보이지 않는 곳으로 사라졌다.

'이것 봐요, 시리우스.' 해리는 멍하니 생각했다. '무모한 짓 안 했어요. 말썽 안 부렸어요. 아저씨라면 정반대로 행동했겠지만.'

그는 자리에서 일어나 기지개를 켰다. 피튜니아 이모와 버넌 이모부는 더들리가 집에 언제 들어오든 그때가 가장 적당한 귀가 시간이고, 그 이후의 시간은 너무 늦다고 여기는 듯했다. 버넌 이모부는 해리에게 한 번만 더 더들리보다 늦게 들어오면 창고에 가둬 버리겠다고 위협하기도 했다.

해리는 사나운 표정을 풀지 못한 채 하품을 억누르며 놀이 터 정문으로 걸어갔다.

매그놀리아가는 프리빗가처럼 완벽하게 손질된 잔디밭 이 딸린 커다란 정사각형 집들로 가득했다. 집주인들은 모 두 버넌 이모부의 것과 비슷한, 티 하나 없이 말끔한 자동 차들을 모는 덩치 크고 고지식한 사람들이었다. 해리는 해 저문 뒤의 리틀 윙잉이 더 좋았다. 커튼이 드리워진 창문들 이 어둠 속에서 보석처럼 밝게 빛나는 밤에는 이웃집을 지 날 때마다 그의 '비행 청소년' 같은 외모를 두고 못마땅하 게 수군거리는 소리를 들을 염려가 전혀 없었기 때문이다. 그는 발걸음을 서둘렀다. 골목을 지나가고 있을 때 큰길에 서 작별 인사를 하는 더들리 패거리가 다시 눈에 들어왔다. 해리는 커다란 라일락 나무 그림자 속에 몸을 숨기고 기다 렸다.

"……돼지처럼 꽥꽥거리던데?" 맬컴의 말에 다른 아이들 이 시끄럽게 웃어 댔다.

"라이트 훅 멋졌어, 빅 D." 피어스가 말했다.

"내일도 같은 시간?" 더들리가 물었다.

"우리 집에서 보자. 엄마 아빠가 집을 비우거든." 고든이 말했다.

"그럼 그때 보자." 더들리가 말했다.

"안녕, 더드!"

"내일 봐, 빅 D!"

해리는 패거리가 뿔뿔이 흩어지기를 기다렸다가 다시 걷기 시작했다. 그들의 목소리가 들리지 않게 되자 그는 골목으로 접어드는 모퉁이를 돌았다. 아주 빠르게 걷자 더들리와 소리쳐 인사할 수 있을 만큼 거리가 좁혀졌다. 더들리는 곡조 없는 콧노래를 흥얼거리며 태평하게 어슬렁어슬렁 걸어가고 있었다.

"어이, 빅 D!"

더들리가 돌아섰다.

"아." 그가 툴툴거렸다. "너였냐."

"언제부터 빅 D가 된 거야?" 해리가 말했다.

"닥쳐." 더들리가 돌아서며 으르렁거렸다.

"이름 멋진데." 해리가 말했다. 그는 씩 웃으며 사촌과 나란히 걸었다. "하지만 나한테 넌 언제나 '우리 디디킨'이야."

"**닥치라고 했다!**" 더들리가 햄처럼 두툼한 손으로 주먹을 쥐면서 소리쳤다.

"너희 엄마도 널 그렇게 부른다는 거 쟤들은 알아?"

"아가리 닥쳐."

"엄마한테도 아가리 닥치라고 하는 건 아니지? '귀염둥이'나 '깜찍한 디디덤'은 어때? 그렇게 불러도 돼?"

더들리는 아무 말도 하지 않았다. 해리를 때리고 싶은 마음을 참는 것만으로도 온 힘을 기울여야 하는 듯했다.

"그래서 오늘 밤에는 누굴 때렸어?" 해리가 얼굴에서 미소를 싹 지우고 물었다. "또 열 살짜리였어? 이틀 전에 마크 에번스를 때린 건 아는데……."

"맞을 짓을 하니까 때려 준 거야." 더들리가 거친 목소리로 내뱉었다.

"아, 그래?"

"그 자식이 까불었거든."

"그러셔? 걔가 너더러 뒷다리로 걸을 줄 아는 돼지처럼 생겼대? 그럼 까분 게 아냐, 더드. 사실이거든."

더들리의 턱 근육이 실룩거렸다. 더들리가 잔뜩 열 받은 것을 본 해리는 말할 수 없이 만족스러웠다. 그동안 쌓여 온 불만을 그의 유일한 배출구인 사촌에게 쏟아붓는 기분이었다.

그들은 해리가 처음 시리우스를 보았던 좁은 골목으로 곧장 접어들었다. 매그놀리아 거리와 위스테리아가를 연결하는 지름길이기도 한 이 골목은 가로등이 하나도 없어

서 주위의 다른 길보다 훨씬 어둡고 인적이 드물었다. 둘의
발소리가 차고의 담벼락과 맞은편 높은 벽에 부딪쳤다.

"그걸 들고 다니까 뭐라도 된 것 같지?" 잠시 후 더들
리가 입을 열었다.

"뭐?"

"그거, 네가 감추고 있는 거."

해리가 다시 씩 웃었다.

"보기보다 멍청하지는 않네, 더드? 하긴 보이는 것만큼
멍청했다면 걸으면서 말을 할 수도 없었겠지."

해리가 마법 지팡이를 꺼내자 더들리가 곁눈질하는 것이
보였다.

"쓰면 안 되잖아." 더들리가 재빨리 말했다. "쓰면 안 되
는 거 알아. 그랬다간 네가 다니는 그 괴물 학교에서 퇴학
당할걸."

"교칙이 바뀌었는지 안 바뀌었는지 어떻게 알아, 빅 D?"

"안 바뀌었잖아." 더들리가 말했지만 완전히 확신하는
목소리는 아니었다.

해리가 킥킥 웃었다.

"너, 그거 없이는 나한테 덤빌 배짱도 없지 않냐?" 더들
리가 위협조로 말했다.

"그러는 넌 똘마니 넷 정도 거느리지 않으면 열 살짜리 하나도 못 때리잖아. 네가 늘 지껄이는 그 권투 선수권 시합 말이야. 상대가 몇 살이었어? 일곱 살? 여덟 살?"

"모르는 것 같아서 말해 주는데, 열여섯 살이었어." 더들리가 쏘아붙였다. "너보다 덩치가 두 배나 되는 녀석이었고! 명심해. 그놈은 내 주먹에 나가떨어지더니 20분 동안이나 뻗어 있었어. 아빠한테 말해서 그거 못 가지고 다니게 할 테니까 어디 두고 봐……."

"이젠 아빠한테 달려가는구나? 우리 귀염둥이 권투 챔피언이 말썽쟁이 해리의 마법 지팡이에 겁을 먹었나 보네?"

"밤에는 그렇게 용감하지 않던데?" 더들리가 비웃었다.

"지금이 밤이야, 더디킨. 지금처럼 세상이 어두워졌을 때를 그렇게 부른단다."

"잘 때 말이야!" 더들리가 소리쳤다.

더들리는 걸음을 멈췄다. 해리도 멈춰 서서 사촌을 뚫어지게 바라보았다. 불빛이 희미해서 더들리의 얼굴은 어렴풋하게만 보였으나 그는 이상하게도 의기양양한 표정을 짓고 있었다.

"잘 때는 용감하지 않다니, 그게 무슨 뜻이야?" 해리가 당황해서 물었다. "내가 뭘 무서워해야 하는데? 베개?"

"어젯밤에 다 들었어." 더들리가 목소리를 낮추고 말했다. "네가 잠꼬대하면서 *신음하는* 소리."

"무슨 뜻이야?" 해리는 다시 물으면서도 가슴속이 싸늘하게 철렁 내려앉는 것을 느꼈다. 어젯밤 그는 꿈속에서 그 묘지를 다시 방문했다.

더들리가 거친 웃음소리를 흘리더니 새된 목소리로 징징거리기 시작했다.

"세드릭을 죽이지 마! 세드릭을 죽이지 마!' 세드릭이 누군데? 네 남자 친구?"

"난……. 거짓말하지 마." 해리가 자기도 모르게 말했다. 하지만 입이 바싹 말랐다. 그는 더들리가 거짓말을 하는 게 아니라는 걸 알고 있었다. 더들리가 어떻게 세드릭을 알겠는가?

"'아빠! 도와주세요, 아빠! 저 사람이 저를 죽이려고 해요, 아빠! 흑흑!'"

"닥쳐." 해리가 조용히 말했다. "닥쳐, 더들리. 한 마디만 더 해 봐!"

"'빨리 와서 도와주세요, 아빠! 엄마, 도와주세요! 저자가 세드릭을 죽였어요! 아빠, 도와주세요! 저 사람이……' 그거 저리 치워!"

더들리는 뒷걸음질 치다가 골목 벽에 부딪혔다. 해리는 마법 지팡이를 더들리의 심장에 겨누고 있었다. 14년 동안 쌓인 더들리를 향한 증오가 피 속에서 끓어오르는 것이 느껴졌다. 지금 당장 더들리에게 저주를 걸어서 더듬이 달린 얼빠진 벌레처럼 집까지 기어가게 만들 수만 있다면 무슨 짓이든 할 수 있을 것만 같았다.

"다시는 그 얘기 하지 마." 해리가 으르렁거렸다. "알았어?"

"그거 치워!"

"알았냐고 물었어."

"*치우라고!*"

"내 말 알아들었냐니까?"

"그거 치우⋯⋯."

순간 더들리는 얼음물에 처박힌 것처럼 이상하게 몸을 떨면서 숨을 들이켰다.

밤의 어둠 속에서 무슨 일이 일어났다. 별들이 총총히 빛나던 남색 하늘이 갑자기 빛 한 점 없는 암흑으로 변했다. 별도, 달도, 골목 양 끝에 있던 부연 가로등 불빛도 사라졌다. 멀찍이서 자동차들이 오가는 소리와 나무들의 속삭임도 사라졌다. 아늑한 저녁에 느닷없이 뼛속까지 파고드는 냉기가 감돌았다. 숨 막힐 듯 고요한 어둠이 두 사람을 둘러쌌다. 마치 거대한 손이 얼음장처럼 차갑고 두꺼운 망토로 골목 전체를 덮어 버린 것 같았다.

짧은 순간, 해리는 그렇게 참으려고 기를 썼지만 결국 자기도 모르게 마법을 쓰고 만 거라고 생각했다. 하지만 정신을 차리고 생각해 보니 그에게는 별빛을 사라지게 할 능력이 없었다. 해리는 이쪽저쪽으로 고개를 돌려 주위를 살펴봤지만, 어둠이 무게를 느낄 수 없는 장막처럼 그의 눈을 가리고 있었다.

잔뜩 겁에 질린 더들리의 목소리가 들렸다.

"무, 무슨 짓이야? 그, 그만해!"

"난 아무 짓도 안 했어! 입 다물고 가만히 있어 봐!"

"아, 안 보여! 내, 내가 눈이 멀었나 봐! 난……."

"입 다물라니까!"

해리는 꼼짝하지 않고 눈만 굴려서 주위를 둘러보았다. 온몸이 떨릴 만큼 싸늘한 기운이 감돌았다. 팔뚝에 소름이 돋았고 목덜미 털이 곤두섰다. 그는 두 눈을 부릅뜨고 주위를 살폈지만, 여전히 아무것도 보이지 않았다.

그럴 리 없어……. 놈들이 여기 있을 리 없어……. 여기 리틀 윈징에 있을 리가……. 해리는 열심히 귀를 기울였다.

보이지는 않더라도 그들이 다가오는 소리는 들을 수 있을 것이다.

"아, 아빠한테 말할 거야!" 더들리가 훌쩍였다. "너, 너 어디 있어? 뭐, 뭐 하는 거냐고."

"제발 입 좀 다물어 줄래?" 해리가 낮은 소리로 쏘아붙였다. "무슨 소리가 들리는지 보려고……."

해리의 입이 얼어붙었다. 그가 그토록 두려워하던 바로 그 소리가 들려왔다.

골목에는 그들 말고도 뭔가가 있었다. 쉰 목소리로 그르렁거리며 숨을 길게 내쉬는 무언가. 해리는 얼어붙을 듯한 냉기 속에서 부들부들 떨면서 끔찍한 공포가 온몸을 사로잡는 것을 느꼈다.

"그, 그만둬! 그만하라고! 너 때, 때릴 거야! 두고 봐!"

"더들리, 좀 닥……."

픽.

발이 땅에서 들릴 정도로 강력한 힘이 해리의 머리를 강타했다. 눈앞에서 하얀빛이 번쩍였다. 해리는 한 시간도 지나지 않아 두 번째로 머리가 둘로 쪼개지는 것 같은 고통을 느꼈다. 그는 손에 들고 있던 마법 지팡이를 떨어뜨리고 땅바닥에 주저앉았다.

"더들리, 이 멍청아!" 해리가 아파서 눈물을 줄줄 흘리며 소리쳤다. 그는 손과 무릎을 바닥에 대고 미친 듯이 어둠 속을 더듬거렸다. 더들리가 비틀거리다가 골목길 울타리에 부딪혀 휘청거리는 소리가 들렸다.

"더들리, 돌아와! 너 지금 그놈 쪽으로 달려가고 있어!"

무시무시한 비명이 들리더니 더들리의 발소리가 뚝 끊겼다. 해리는 소름 끼치는 냉기가 등줄기를 타고 내려가는 것을 느꼈다. 이것이 의미하는 것은 오직 한 가지뿐이었다. 놈은 하나가 아니었다.

"더들리, 입 다물어! 무슨 일이 있어도 입은 꼭 다물고 있어! 내 마법 지팡이!" 해리는 미친 듯이 소리 질렀다. 그의 손이 흡사 거미처럼 땅 위를 빠르게 움직였다. "어디 있는 거야. 마법 지팡이…… 빨리…… *루모스!*"

해리는 마법 지팡이를 찾게 되기를 간절히 바라며 무의식적으로 주문을 외웠다. 그러자 정말 다행스럽게도 그의 오른손 옆에서 빛이 확 피어올랐다. 마법 지팡이 끝에 불이 켜진 것이다. 해리는 그것을 집어 들고 재빨리 일어나 주위를 둘러보았다.

순간 속이 울컥 뒤집히는 것 같았다.

후드를 뒤집어쓴 형체가 공중에 뜬 채 어둠을 빨아들이

며 미끄러지듯 다가오고 있었다. 로브에 가려져 발도, 얼굴도 보이지 않았다.

해리는 비틀비틀 물러서면서 마법 지팡이를 치켜들었다.

"엑스펙토 패트로눔!"

지팡이 끝에서 은빛 연기 한 줄기가 뿜어져 나오면서 디멘터의 움직임이 느려졌지만 주문이 제대로 먹힌 것은 아니었다. 해리는 발이 꼬여 비틀거리면서 주춤주춤 물러섰다. 그때 디멘터가 달려들었다. 해리의 머릿속이 공포로 흐려졌다. *집중해!*

디멘터의 로브 안쪽에서 회색빛 끈적끈적한 딱지투성이 손이 해리를 향해 뻗어 나왔다. 휙 하는 소리가 해리의 귀를 가득 채웠다.

"엑스펙토 패트로눔!"

해리 자신의 목소리인데도 희미하고 아득하게 느껴졌다. 그의 마법 지팡이에서 또다시 은빛 연기가 흘러나왔지만 먼젓번 것보다 약했다. 더는 못 버틸 것 같았다. 마법을 쓸 수가 없었다.

해리의 머릿속에서 높고 날카로운 웃음소리가 울려 퍼졌다. 해리는 디멘터의 냄새를 맡을 수 있었다. 시체처럼 차디차고 썩어 문드러진 디멘터의 숨결이 허파를 가득 채우며 그를 질식시키려 들었다……. 생각해……. 행복했던 일을…….

하지만 마음속에 행복한 일이 떠오르지 않았다. 얼음처럼 차가운 디멘터의 손가락이 그의 목을 죄어 왔다. 높은 웃음소리가 점점 커지더니 머릿속에서 말을 걸었다. "죽음에게 인사해라, 해리……. 고통도 없을 것이다……. 잘은 모르겠지만……. 나야 죽어 본 적이 없으니까……."

그는 두 번 다시 론과 헤르미온느를 보지 못할 것이다…….

필사적으로 숨을 쉬려고 애쓰던 해리의 눈앞에 두 친구의 얼굴이 돌연 선명하게 떠올랐다.

"**엑스펙토 패트로눔!**"

마법 지팡이 끝에서 커다란 은빛 수사슴이 뛰쳐나오더니 디멘터의 심장이 있을 법한 곳을 뿔로 들이받았다. 디멘터는 어둠처럼 힘없이 뒤로 나가떨어졌다. 수사슴이 또다시 돌진하자 디멘터는 눈먼 박쥐처럼 휙 물러서더니 사라져 버렸다.

"**이쪽이야!**" 해리가 수사슴에게 소리쳤다. 그는 불 켜진 마법 지팡이를 들고 몸을 돌려 골목을 전력 질주하기 시작했다. "**더들리? 더들리!**"

해리는 겨우 열두어 걸음 만에 그들을 발견했다. 더들리
가 양팔로 얼굴을 감싼 채 바닥에 몸을 웅크리고 있었다.
또 다른 디멘터가 그의 위로 몸을 바짝 구부린 채 끈적이는
손으로 더들리의 손목을 꽉 움켜쥐고 있었다. 디멘터는 사
랑스럽다는 듯 더들리의 얼굴에서 팔을 떼어 내고 입을 맞
추려는 것처럼 후드를 뒤집어쓴 머리를 그의 얼굴에 가져
다 댔다.

 "꺼져!" 해리가 고함을 지르자, 조금 전 그가 마법으로
불러낸 수사슴이 요란한 소리를 내면서 디멘터를 향해 돌
진했다. 동공 없는 디멘터의 얼굴이 더들리의 얼굴에 닿으
려는 순간 은빛 뿔이 디멘터를 들이받았다. 디멘터는 공중
으로 내동댕이쳐지더니 다른 디멘터와 마찬가지로 어둠
속으로 사라져 버렸다. 골목 끝까지 쫓아갔던 수사슴은 은
빛 안개가 되어 사라졌다.

 달과 별, 가로등이 반짝 되살아났다. 골목 안으로 훈훈
한 바람이 불어왔다. 이웃집 정원에서 나무들이 부스럭거
렸고, 매그놀리아 거리를 지나가는 자동차 소리가 다시 온
골목을 가득 채웠다. 해리는 꼼짝하지 않고 가만히 서 있었
다. 갑작스럽게 일상 세계로 되돌아오자 온몸의 감각이 떨
리는 것 같았다. 잠시 뒤 그는 티셔츠가 몸에 착 달라붙어

있는 것을 깨달았다. 온몸이 땀에 푹 젖어 있었다.

그는 방금 일어난 일을 믿을 수가 없었다. 여기, 리틀 윈징에 디멘터가 나타나다니.

더들리는 땅바닥에 웅크린 채 훌쩍이면서 부들부들 떨고 있었다. 해리는 더들리가 일어날 수 있는지 살펴보려고 허리를 구부렸다. 그때 등 뒤에서 다급하게 달려오는 발소리가 들렸다. 해리는 본능적으로 다시 마법 지팡이를 들고 몸을 돌려 새로운 상대를 맞이했다.

숨을 헐떡이며 나타난 사람은 이웃에 사는 정신 나간 노인인 피그 부인이었다. 희끗희끗한 회색 머리카락이 머리 그물에서 삐져나와 있고, 손목에는 장바구니가 달랑거리고 있었다. 발은 격자무늬 실내용 슬리퍼 바깥으로 반쯤 튀어나온 채였다. 해리는 마법 지팡이를 눈에 띄지 않게 얼른 바지 속으로 집어넣으려고 했다. 그런데……

"치우지 마라, 바보 녀석아!" 그녀가 소리쳤다. "놈들이 근처에 더 있으면 어쩌려고? 아, 먼덩거스 플레처, 네놈을 반드시 내 손으로 죽이고 말 거야!"

2장

부엉이 떼

"뭐라고요?" 해리가 어리둥절해져서 물었다.

"그 작자가 자리를 비웠어!" 피그 부인이 두 손을 비틀면서 말했다. "빗자루 뒤에서 솥단지 꾸러미가 떨어졌네 어쩌네 하면서 누굴 만나러 갔다고! 자리를 비우면 산 채로 껍질을 벗겨 버리겠다고 주의를 줬는데, 이 꼴 좀 봐라! 디멘터라니! 그나마 티블스를 붙여 놨으니 망정이지! 아무튼 여기서 노닥거릴 시간 없다. 자, 서둘러라. 뒤는 우리가 맡으마! 아, 이걸로 또 얼마나 말썽을 겪을지! 기필코 그놈을 내 손으로 죽여 버릴 테다!"

"하지만······." 고양이밖에 모르는 정신 나간 이웃 노인이 디멘터를 알고 있다는 사실에 해리는 골목길에서 디멘터들을 만난 것만큼이나 큰 충격을 받았다. "그, 그럼 할머니도 마법사세요?"

"난 스큅이야. 먼덩거스도 그 사실을 아주 잘 알지. 그러니 내가 대체 어떻게 디멘터들과 싸우는 널 도와줄 수 있겠니? 아무 대책도 없이 널 두고 가 버리다니. 내가 그렇게 경고했건만……."

"먼덩거스라는 사람이 절 따라다니고 있었어요? 잠깐, 그 사람이었군요! 그 사람이 제가 사는 집 앞에서 순간이동을 한 거예요!"

"그래, 그래, 그렇단다. 혹시나 해서 티블스를 자동차 밑에 두었기에 망정이지. 티블스가 와서 알려 주기에 너희 집에 갔는데, 너는 나가고 없더구나. 그런데 이 난리가 났으니……. 아, 덤블도어가 알면 뭐라고 하려나? 너, 이 녀석!" 그녀가 여전히 골목 바닥에 누워 있는 더들리에게 소리쳤다. "그 뚱뚱한 궁둥이 떼고 일어나지 못하겠니? 빨리!"

"덤블도어 교수님을 아세요?" 해리가 그녀를 빤히 바라보며 물었다.

"알다마다. 원 세상에, 덤블도어 모르는 사람도 있니? 어쨌든 서둘러라. 놈들이 돌아오면 나는 아무 도움도 안 된단다. 티백 한 봉지 변신시켜 본 적이 없으니."

그녀는 허리를 구부리고 쪼글쪼글한 손으로 더들리의 두꺼운 팔뚝을 움켜쥐고 잡아당겼다.

"일어나라, 이 아무 짝에도 쓸모없는 살덩어리야. 얼른 일어나!"

하지만 더들리는 꼼짝할 수 없는 듯했다. 아예 움직일 생각이 없는 것처럼 보이기도 했다. 그는 입을 꽉 다문 채 사색이 되어 덜덜 떨기만 할 뿐이었다.

"제가 해 볼게요." 해리가 더들리의 팔을 붙잡고 들어 올렸다. 그리고 엄청난 노력 끝에 간신히 그를 일으켜 세웠다. 더들리는 기절하기 일보 직전인 듯했다. 작은 눈동자가 뱅글뱅글 돌고 있었으며, 얼굴에는 땀방울이 송골송골 맺혀 있었다. 해리가 손을 놓자마자 더들리는 위태롭게 비틀거렸다.

"빨리!" 피그 부인이 신경질적으로 외쳤다.

해리는 더들리의 굵은 팔을 어깨에 걸치고 큰길로 끌고 갔다. 더들리의 무게 때문에 몸이 휘청거렸다. 앞장선 피그 부인이 불안한 듯 종종걸음 치며 모퉁이를 돌아보았다.

"마법 지팡이는 꺼내 놓거라." 위스테리아가에 들어서며 피그 부인이 해리에게 말했다. "지금은 비밀 유지 법령 따위 신경 쓰지 말거라. 어쨌거나 엄청난 대가를 치르기는 마

찬가지니까. 용의 알 때문이든 용 때문이든 교수형을 당하
는 건 똑같다는 얘기야. 미성년 마법의 합리적 제한에 관
한 법령? 같잖은 소리……. 딱 덤블도어가 걱정하던 그대
로야. ……저기 저건 뭐지? 아, 프렌티스 씨구나. ……마법
지팡이 치우지 말라니까, 이 녀석아. 나는 아무 쓸모가 없
다고 계속 말했잖니?"

한 손에 마법 지팡이를 똑바로 쥔 채 더들리를 끌고 가는
것은 결코 쉬운 일이 아니었다. 해리는 짜증이 나서 사촌의
옆구리를 쿡쿡 찔렀다. 하지만 더들리는 스스로 걸으려는
의지를 완전히 잃어버린 것 같았다. 그는 커다란 발을 질질
끌면서 해리의 어깨에 축 늘어져 있었다.

"스큅이라는 얘긴 왜 안 하셨어요, 피그 할머니?" 해리가
무거운 발걸음을 옮기느라 헐떡거리며 물었다. "제가 할머니
댁에 한두 번 간 것도 아닌데. 왜 아무 말도 안 하셨어요?"

"덤블도어의 명령이었단다. 아무 말도 하지 말고 그저 널
지켜보고 있으라고 했지. 네가 너무 어려서 그랬던 거야.
그토록 따분한 시간을 보내게 해서 미안하구나, 해리. 하지
만 네가 우리 집에 오는 걸 즐거워했다면 더즐리 부부는 결
코 널 보내지 않았을 거야. 정말 쉽지 않은 일이었단다. 근
데 이것 참……." 그녀는 손을 다시 비틀어 꼬면서 근심 어

린 목소리로 말했다. "덤블도어가 이 얘기를 들으면……. 먼덩거스 그 작자는 자정까지 보초를 서기로 해 놓고 어떻게 자리를 비울 수가 있지? 어딜 간 거야? 덤블도어한테는 어떻게 알려야 하나? 난 순간이동도 못하는데."

"저한테 올빼미가 있어요. 빌려 드릴게요." 해리가 신음했다. 더들리의 몸무게에 눌려 척추가 부러지는 건 아닐까 싶을 정도였다.

"해리, 이해를 못 하는구나! 덤블도어가 되도록 빨리 손을 써야 해. 마법 정부에서도 나름대로 미성년 마법에 대해 조사하고 있으니까. 정부에서는 이미 알고 있을 거야. 내 말 새겨듣거라."

"하지만 저는 디멘터들이랑 싸우고 있었어요. 마법을 쓸 수밖에 없었다고요. 마법 정부에서는 디멘터들이 왜 위스테리아가에 나타났는지를 더 걱정하겠죠. 안 그런가요?"

"오, 얘야. 나도 그러길 바란다. 하지만 걱정스럽구나. ……**먼덩거스 플레처! 너 이놈, 죽여 버릴 테다!**"

갑자기 '펑' 하는 큰 소리와 함께 지독한 술 냄새와 퀴퀴한 담배 냄새가 진동하면서, 누더기 같은 외투를 걸친 땅딸막한 남자가 그들의 눈앞에 나타났다. 수염을 깎지 않은 얼굴에 짧고 휘어진 다리, 적갈색 머리카락은 제멋대로 길게 자라 있었으며, 바셋하운드(다리가 짧은 사냥개의 하나—옮긴이)처럼 처량해 보이는 눈에는 핏발이 서 있고 눈 밑 살은 축 처져 있었다. 남자는 손에 은색 꾸러미를 쥐고 있었는데, 해리는 그것이 투명 망토라는 것을 단번에 알아보았다.

"무슨 일이야, 피기?" 남자가 피그 부인과 해리, 더들리를 차례차례 보며 물었다. "위장 근무는 어쩌고?"

"*위장 근무* 같은 소리 하고 있네!" 피그 부인이 소리쳤다. "*디멘터들이 나타났어*, 이 땡땡이나 치는 쓸모없는 좀도둑놈아!"

"디멘터?" 먼덩거스가 깜짝 놀라 되풀이했다. "디멘터들이 나타났다고? 여기에?"

"그래, 여기. 이 쓸모없는 박쥐 똥 더미 같은 놈아, 여기에 나타났다고!" 피그 부인이 소리쳤다. "디멘터들이 네가 지켜야 할 아이를 공격했단 말이다!"

"제기랄." 먼덩거스가 피그 부인에게서 해리에게로 눈을 돌렸다가 다시 피그 부인을 보며 말했다. "제기랄, 난……."

"그런데 네놈은 훔친 솥단지나 사러 가고! 내가 가지 말라고 했냐 안 했냐? 응?"

"난…… 어, 난……." 먼덩거스는 매우 당황해서 어쩔 줄 몰라 했다. "그, 그게, 아주 좋은 사업 기회라……."

피그 부인은 장바구니가 달랑거리던 팔을 들어 올려 먼 덩거스의 얼굴과 목을 후려쳤다. 쩔꺼덕거리는 소리로 미 루어 보아 장바구니에는 고양이 먹이 통조림이 가득 들어 있는 것 같았다.

"아얏, 그만해. 그만하라니까, 이 정신 나간 노인네야! 덤 블도어한테 알려야 할 거 아냐!"

"그래. 알려야지!" 피그 부인이 고양이 통조림이 담긴 장 바구니를 닥치는 대로 휘둘러 먼덩거스의 몸 이곳저곳을 내리치면서 소리쳤다. "네놈이, 알리면서, 해리를, 도와야 할 네놈이, 왜 그때, 자리에 없었는지도, 말해야겠네!"

"할망구 머리그물 떨어지겠어!" 먼덩거스가 몸을 잔뜩 움 츠리고 양팔로 머리를 감싼 채 소리쳤다. "갈게, 간다고!"

또 한 번 요란한 '펑' 소리와 함께 그는 사라졌다.

"덤블도어가 저놈을 콱 죽여 버렸으면 좋겠네!" 피그 부 인이 길길이 뛰며 말했다. "자 가자, 해리. 뭘 기다리고 서 있는 거야?"

해리는 더들리의 몸뚱이를 짊어지고 걷기가 힘들다고 말 하고 싶었지만, 그런 설명을 하는 데 남은 힘을 낭비하지 않기로 했다. 그는 정신이 조금 돌아온 더들리를 부축하고 비틀비틀 걸어갔다.

"너희 집 앞까지 데려다주마." 프리빗가에 접어들자 피그 부인이 말했다. "근처에 놈들이 더 있을지 모르니까……. 세상에, 이게 무슨 날벼락이냐……. 너 혼자 그놈들을 상대해야 했다니……. 덤블도어는 우리한테 무슨 수를 써서라도 네가 마법을 쓰지 못하게 해 달라고 했는데……. 뭐, 엎질러진 마법약 앞에서 울어 봐야 소용없지……. 이건 뭐 픽시들 한가운데 고양이를 풀어놓은 격이야."

"근데" 하고, 해리가 헐떡이며 입을 열었다. "덤블도어 교수님이…… 저한테…… 사람을 붙여 놓은 건가요?"

"당연하지." 피그 부인은 어이가 없다는 듯 말했다. "6월에 그런 일이 일어났는데 덤블도어가 너를 혼자 쏘다니게 놔뒀을 것 같니? 세상에, 이 녀석아. 다들 네가 똑똑하다고 하던데……. 그래, 들어가 있거라." 4번지에 도착하자 그녀가 말했다. "곧 누가 연락할 거야."

"할머니는요?" 해리가 재빨리 물었다.

"곧장 집으로 가야지." 피그 부인은 어두운 길거리를 둘러보고 몸을 부르르 떨었다. "나는 다음 지시 사항이 있을 때까지 기다려야 한단다. 넌 집 안에 있거라. 그럼 잘 자렴."

"잠깐만요, 아직 가지 마세요! 알고 싶은 게……."

하지만 피그 부인은 이미 실내용 슬리퍼를 신은 발로 종종걸음 치며 그 자리를 떠났다. 장바구니에서 계속 쩔꺼덕 거리는 소리가 났다.

"기다리세요!" 해리가 그녀의 등 뒤에 대고 소리쳤다. 누구라도 좋으니 덤블도어와 연락이 닿는 사람이 있다면 던지고 싶은 질문이 수백 가지나 되었다. 하지만 피그 부인은 눈 깜짝할 사이에 어둠 속으로 모습을 감췄다. 잠깐 어둠 속을 노려보던 해리는 더들리의 몸을 어깨에 고쳐 메고 4번지 정원 길을 따라 천천히 힘겨운 걸음을 옮겼다.

현관에 불이 켜져 있었다. 해리는 마법 지팡이를 청바지에 쑤셔 넣고 초인종을 누른 뒤, 현관문의 물결무늬 유리창에 비쳐 이상하게 일그러진 피튜니아 이모의 윤곽이 점점 다가오면서 커지는 모습을 지켜보았다.

"디디! 오늘도 딱 맞춰서 왔구나. 엄마가 많이…… *디디, 무슨 일이니?*"

더들리를 곁눈질하던 해리가 때맞춰 그의 팔 밑으로 빠져나왔다. 더들리는 창백하고 퍼렇게 질린 얼굴로 제자리에서 잠시 비틀거리더니 입을 벌리고 현관 매트 위에다 토악질을 했다.

"**디디!** 디디, 너 왜 그러니? 버넌? **버넌!**"

버넌 이모부가 심기가 불편할 때면 늘 그러듯 팔자 콧수염을 이리저리 실룩거리며 거실에서 쿵쿵 달려 나왔다. 이모부는 바닥 매트에 흥건히 고인 토사물을 밟지 않으려고 애쓰며, 문 앞에서 휘청거리는 더들리를 부축하고 있는 피튜니아 이모를 도와주려고 다가갔다.

"애가 아파요, 버넌!"

"무슨 일이냐, 응? 무슨 일이야? 폴키스 부인이 이상한 차를 내주던?"

"온몸이 흙투성이네. 대체 무슨 일이 있었니? 땅바닥에 누워 있었어?"

"잠깐, 설마 강도한테 당한 건 아니지? 그렇지?"

피튜니아 이모가 비명을 질렀다.

"경찰 불러요, 버넌! 경찰을 부르라니까요! 디디, 아가야. 엄마한테 말해 보렴. 너 무슨 짓을 당한 거야?"

이 와중에 해리에게 신경 쓰는 사람은 아무도 없는 듯했다. 아주 다행스러운 일이었다. 그는 버넌 이모부가 현관문을 닫기 직전 살며시 집 안으로 몸을 들여놓았다. 더즐리 가족이 요란하게 부엌으로 향하는 사이 해리는 살금살금 조심스럽게 계단으로 향했다.

"누구 짓이냐, 응? 이름을 말해. 잡아다가 혼쭐을 내 주마. 걱정하지 말고."

"쉿! 애가 무슨 말을 하려고 해요, 버넌! 뭐라고, 디디? 엄마한테 말해 봐!"

해리가 첫 번째 계단에 막 발을 디뎠을 때 더들리는 목소리를 되찾았다.

"쟤."

해리는 계단에 발을 올린 채 꼼짝없이 얼어붙었다. 곧 호통 소리가 터져 나올 거라고 생각하니 얼굴이 저절로 찡그려졌다.

"이 녀석! 당장 이리 오지 못해!"

해리는 두려움과 분노에 휩싸인 채 천천히 계단에서 발을 떼고 더들리 가족을 향해 돌아섰다.

먼지 하나 없이 깨끗한 부엌은 바깥의 어둠과 대비되어 이상할 정도로 반짝거렸다. 피튜니아 이모가 여전히 파랗게 질려 있는 더들리를 의자로 데려가 앉혔다. 버넌 이모부는 식기건조대 앞에 서서 작은 눈을 가느다랗게 뜬 채 해리를 노려보았다.

"내 아들한테 무슨 짓을 한 거냐?" 그가 악의를 가득 담아 으르렁거렸다.

"아무 짓도 안 했어요." 해리는 버넌 이모부가 믿지 않으리라는 것을 알면서도 그렇게 말했다.

"쟤가 무슨 짓을 한 거니, 디디?" 피튜니아 이모가 더들리의 가죽 재킷 앞쪽에 묻은 토사물을 닦아 주며 떨리는 목소리로 물었다. "그, 그거였니, 아가? 저 녀석이…… 그걸 썼어?"

더들리는 벌벌 떨면서 천천히 고개를 끄덕였다.

"안 썼어요!" 피튜니아 이모가 울부짖고 버넌 이모부가 주먹을 들어 올리자 해리가 날카롭게 소리쳤다. "저는 아무 짓도 안 했어요. 제가 한 게 아니라고요. 그건……."

바로 그때 가면올빼미 한 마리가 부엌 창문으로 날아들었다. 올빼미는 버넌 이모부의 머리를 아슬아슬하게 스치며 부엌을 가로지르더니 부리에 물고 있던 큼직한 양피지 봉투를 해리의 발 앞에 떨어뜨렸다. 그러고는 날개 끝으로 냉장고 위를 스치며 우아하게 방향을 틀어 다시 창밖으로 붕 날아가 정원을 가로질러 사라졌다.

"저놈의 부엉이들!" 버넌 이모부가 고함을 질렀다. 부엌 창문을 쾅 닫는 그의 관자놀이 핏줄이 분노로 불뚝거렸다. "저놈들이 또 왔어! 두 번 다시 내 집에 못 들어오도록 만들어 주마!"

하지만 해리는 이미 봉투를 뜯어 편지를 꺼내고 있었다. 심장이 금방이라도 튀어나올 것처럼 목젖 근처에서 쿵쾅거렸다.

  포터 군에게.

  오늘 저녁 9시 23분, 귀하가 머글 거주 구역 내 머글이 있는 상황에서 패트로누스 마법을 사용했다는 정보가 입수되었습니다.

  귀하는 미성년 마법의 합리적 제한에 관한 법령을 심각하게 위반하였으므로 호그와트 마법학교에서 퇴학 조치되었습니다. 잠시 후 정부 측 대리인이 귀하의 주거지를 방문해 귀하의 마법 지팡이를 폐기할 예정입니다.

  귀하는 국제 마법사 연맹 비밀 유지 법령 13항에서 규정하는 위반 행위로 이미 경고를 받은 바 있으므로, 유감스럽지만 8월 12일 오전 9시 정각 마법 정부의 징계 청문회에 참석해야한다는 점을 알려 드립니다.

  안녕히 계십시오.

마팔다 홉커크
마법 정부
마법 부당 사용 관리과

해리는 편지를 두 번이나 다시 읽었다. 버넌 이모부와 피튜니아 이모가 하는 말은 귀에 들어오지도 않았다. 머릿속이 싸늘하게 얼어붙은 것 같았다. 오직 한 가지 사실만이 몸을 마비시키는 독화살처럼 그의 의식을 꿰뚫고 지나갔다. 호그와트에서 퇴학당했다. 모든 것이 끝났다. 다시는 그곳에 돌아가지 못하게 됐다.

해리는 더즐리 부부를 올려다봤다. 버넌 이모부는 주먹을 치켜든 채 붉으락푸르락하는 얼굴로 소리를 지르고, 피튜니아 이모는 또다시 구역질을 하는 더들리를 감싸 안고 있었다.

잠시 마비됐던 두뇌가 깨어났다. '잠시 후 정부 측 대리인이 귀하의 주거지를 방문해 귀하의 마법 지팡이를 폐기할 예정입니다.' 이제 할 일은 하나뿐이었다. 당장 도망쳐야 했다. 어디로 가야 할지는 모르지만, 한 가지만은 확실했다. 호그와트에서든 호그와트 밖에서든 마법 지팡이는 필요하다는 것. 해리는 꿈을 꾸듯 몽롱한 상태에서 마법 지팡이를 꺼내 들고 부엌을 나섰다.

"어딜 가려는 거냐?" 버넌 이모부가 소리쳤다. 해리가 대답하지 않자 버넌 이모부는 쿵쾅거리며 부엌을 가로질러, 복도로 향하던 해리를 가로막았다. "내 말 아직 안 끝났다, 이 녀석아!"

"비켜요." 해리가 조용히 말했다.

"넌 여기 남아서 내 아들이 어쩌다 저렇게……."

"비키지 않으면 마법을 쓸 거예요." 해리가 마법 지팡이를 들어 올리며 말했다.

"나한테 그걸 겨눌 순 없을걸!" 버넌 이모부가 으르렁거렸다. "네가 학교라고 부르는 그 정신병자들 소굴 밖에서는 그걸 못 쓰게 되어 있잖아! 내가 모를 줄 알아!"

"그 정신병자 소굴에서 쫓겨났어요." 해리가 말했다. "이제 뭐든 제가 하고 싶은 걸 할 수 있게 됐어요. 3초 드릴게요. 하나, 둘……."

쾅 하고 귓전을 때리는 소리가 부엌을 가득 채웠다. 피튜니아 이모가 비명을 지르고 버넌 이모부는 고함을 지르며 몸을 움츠렸다. 해리는 그날 밤 세 번째로 자신이 일으키지 않은 소란의 원인을 찾아보았다. 그리고 금방 찾을 수 있었다. 외양간올빼미 한 마리가 조금 전 닫힌 창문에 부딪혀 얼떨떨하니 헝클어진 몰골로 부엌 창밖에 앉아 있었다.

"또 부엉이!" 해리는 괴로워하는 버넌 이모부의 울부짖음을 무시하고 달려가서 창문을 열어 주었다. 외양간올빼미는 작은 양피지 두루마리가 묶인 다리를 내밀더니 깃털을 부르르 떨면서 해리가 편지를 떼어 낼 때까지 기다렸다.

해리는 떨리는 손으로 두 번째 메시지를 풀었다. 다급하게 휘갈겨 쓴 편지에는 검은 잉크 얼룩이 잔뜩 튀어 있었다.

해리,

덤블도어 고수님이 방금 정부에 도착해서 이 모든 사태를 해결하기 위해 애쓰고 계신다. **절대로 이모 집을 떠나지 말거라. 더 이상 마법을 써선 안 돼. 마법 지팡이도 넘겨줘선 안 된다.**

아서 위즐리

이 모든 사태를 해결하려고 애쓰는 중이라니 그게 무슨 뜻일까? 덤블도어에게 얼마나 큰 힘이 있기에 마법 정부의 결정을 뒤엎는다는 걸까? 그렇다면 호그와트로 다시 돌아갈 수 있단 말인가? 해리의 가슴속에서 작은 희망의 불씨가 피어올랐다가 곧바로 찾아든 엄청난 당혹감에 사그라들었다. 마법을 쓰지 않고 어떻게 마법 지팡이를 넘겨주지 않을 수 있지? 지팡이를 지키려면 정부 측 대리인과 결투를 벌여야 하는데, 그렇게 되면 퇴학은 둘째치고 아즈카반에 갇히지나 않으면 다행이었다.

해리의 머리가 팽팽 돌아갔다……. 그는 도망쳐서 마법 정부에 체포당할 위험을 무릅쓰거나, 그들이 자신을 찾아올 때까지 여기서 기다려야 했다. 도망치고 싶은 마음이 굴뚝같았지만, 위즐리 씨가 진심을 다해 그를 도와주려 한다는 것도 알고 있었다. 게다가 덤블도어 교수는 이보다 더 심각한 문제도 해결하지 않았던가.

"알았어요." 해리가 말했다. "생각을 바꿨어요. 여기 있을게요."

그는 부엌 식탁 앞에 털썩 앉아 더들리와 피튜니아 이모를 마주 보았다. 더즐리 가족은 해리가 갑자기 생각을 바꾼 것을 보고 깜짝 놀란 모양이었다. 피튜니아 이모는 애타는 눈으로 버넌 이모부를 흘끔 바라보았다. 이모부의 푸르뎅뎅한 관자놀이 혈관이 어느 때보다 불끈 솟아 있었다.

"이 망할 놈의 부엉이들은 다 누가 보낸 거냐?" 그가 으르렁거리듯 말했다.

"처음 온 건 제가 퇴학당했다는 걸 알리려고 마법 정부에서 보낸 거예요." 해리가 담담하게 대답했다. 해리는 당장에라도 정부 측 대리인들이 찾아올 경우에 대비해 집 밖에서 들리는 소리에 온 신경을 쏟고 있었다. 버넌 이모부가 화를 내며 고함을 지르기 전에 그의 질문에 순순히 답하는 편이 훨씬 쉽고 조용했다. "두 번째는 제 친구 론의 아빠가 보낸 거고요. 마법 정부에서 일하시거든요."

"마법 정부?" 버넌 이모부가 소리쳤다. "너 같은 인간들이 정부에 있다고? 아, 이제야 모든 게 설명되는구나. 모든게 말이야. 그러니까 나라 꼴이 개판이지."

해리가 대꾸하지 않자 버넌 이모부는 잠깐 그를 노려보다가 다시 내뱉었다. "그런데 너는 왜 퇴학당한 거냐?"

"제가 마법을 썼거든요."

"**아하!**" 버넌 이모부가 주먹으로 냉장고를 쾅 쳤다. 그바람에 냉장고 문이 확 열리면서 더들리의 저지방 과자 봉지들이 바닥으로 쏟아졌다. "이제야 인정을 하는구먼! 도대체 더들리한테 무슨 짓을 한 거냐?"

"아무 짓도 안 했어요." 해리가 살짝 목소리를 높이며 말했다. "제가 한 게 아니라……."

"네가 했잖아." 조용하던 더들리가 입을 열고 중얼거렸다. 버넌 이모부와 피튜니아 이모는 해리에게 입 다물라는 뜻의 손짓을 하고 더들리에게 바짝 다가갔다.

"말해 봐라, 아들아." 버넌 이모부가 말했다. "쟤가 무슨 짓을 했냐?"

"엄마 아빠한테 말해 보렴, 아가." 피튜니아 이모가 속삭였다.

"나한테 지팡이를 겨눴어." 더들리가 웅얼거렸다.

"그래, 그랬지. 하지만 마법을 쓰지는……." 해리는 너무
나 화가 나서 입을 열었지만……

"입 다물어!" 버넌 이모부와 피튜니아 이모가 동시에 으
박질렀다.

"계속하렴, 아들아." 버넌 이모부가 말했다. 그의 콧수염
이 격렬하게 휘날렸다.

"사방이 어두워졌어." 더들리가 덜덜 떨면서 쉰 목소리
로 말했다. "모든 게 어두워지더니 드, 들렸어……. 뭔가
가. 머, 머릿속에서."

버넌 이모부와 피튜니아 이모는 두려움 가득한 눈길을
주고받았다. 그들이 이 세상에서 가장 싫어하는 것은 마법
이었고, 그다음이 호스 사용 금지 시간을 자기들보다 더 많
이 어기는 이웃들이었다. 환청을 듣는 사람들도 열 손가락
안에 들었다. 그들은 더들리가 제정신이 아니라고 생각한
것이 분명했다.

"무슨 소리가 들렸다는 거니, 귀염둥아?" 얼굴이 하얗게
질린 피튜니아 이모가 눈물을 글썽이며 들릴 듯 말 듯한 목
소리로 물었다.

하지만 더들리는 더 이상 말을 할 수 없는 것 같았다. 그
는 또다시 몸을 부르르 떨며 커다란 금발 머리를 흔들었다.

처음 가면올빼미가 도착한 이후로 정신이 멍해진 해리조
차 호기심이 일 정도였다. 디멘터들은 인생에서 가장 끔찍
했던 순간을 다시 떠올리게 만든다. 버릇없는 응석받이에
약한 아이들을 괴롭히고 다니는 더들리는 대체 무슨 소리
를 들었을까?

"어쩌다가 넘어졌니, 아들아?" 버넌 이모부가 어울리지
않게 나긋나긋한 목소리로 물었다. 큰 병에 걸린 사람 머리
맡에서나 낼 법한 목소리였다.

"바, 발을 헛디뎠어." 더들리가 부들부들 떨면서 말했다.
"그런 다음⋯⋯."

그는 자신의 넓적한 가슴팍을 가리켰다. 해리는 그 행동
의 의미를 이해했다. 지금 더들리는 희망과 행복이 빨려
나간 뒤 폐를 가득 채우던 끈적끈적한 냉기를 떠올리고 있
었다.

"끔찍했어." 더들리가 잠긴 목소리로 중얼거렸다. "추웠
어. 진짜 추웠어."

"그래." 버넌 이모부가 냉정을 유지하려고 애쓰며 말했
다. 피튜니아 이모는 걱정스러운 듯 더들리의 이마를 짚고
열이 나는지 살폈다. "그런 다음 또 무슨 일이 있었니, 더
더스?"

"그 느낌이…… 느낌이…… 꼭…… 꼭……."

"다시는 행복해질 수 없을 것 같았겠지." 해리가 메마른 목소리로 덧붙였다.

"맞아." 더들리가 계속 떨면서 속삭였다.

"그렇군!" 몸을 벌떡 일으킨 이모부의 목소리가 다시 쩌렁쩌렁해졌다. "네 녀석이 우리 아들한테 괴상한 주문을 걸어서 애가 환청을 듣고 자기 운명이 비참하다느니 어쩌느니 생각하게 만든 거 아니냐?"

"대체 몇 번을 말해야 해요?" 부아가 치밀자 해리의 목소리도 높아졌다. "*제가 한 게 아니었다니까요!* 디멘터 두 놈이 나타나서 그랬어요!"

"뭔 두 놈? 이건 또 무슨 터무니없는 소리야?"

"디-멘-터요." 해리가 천천히, 또박또박 말했다. "디멘터들이 나타났다고요."

"그 망할 놈의 디멘터가 대체 뭔데?"

"마법사들의 감옥, 아즈카반의 간수예요." 피튜니아 이모가 말했다.

그 말에 이어진 침묵이 주위에 메아리치는 듯했다. 피튜니아 이모는 더럽고 추잡한 말을 내뱉기라도 한 것처럼 손으로 입을 가렸다. 버넌 이모부가 그녀에게 눈을 부라렸

다. 해리는 머리가 어지러웠다. 피그 부인은 그렇다 치더라
도…… 피튜니아 이모까지?

"이모가 그걸 어떻게 알아요?" 깜짝 놀란 해리가 그녀에
게 물었다.

피튜니아 이모는 자기 자신이 무척 혐오스럽다는 표정이
었다. 그녀는 걱정 어린 눈빛으로 변명하듯 버넌 이모부를
흘낏 보더니 손을 살며시 내리고 말처럼 커다란 치아를 드
러냈다.

"들은 적 있어. 그 인간이…… *걔한테* 얘기하는 걸. 오래
전 일이었어." 그녀가 발작하듯 떠듬떠듬 말했다.

"우리 엄마 아빠를 얘기하는 건가요? 그냥 이름을 부르
지 그래요?" 해리가 큰 소리로 따졌지만 피튜니아 이모는
그의 말을 들은 척도 하지 않았다. 그녀는 당황해서 어쩔
줄 모르는 것 같았다.

해리는 충격으로 머릿속이 멍했다. 몇 년 전 해리의 어머
니를 괴물이라고 부르며 고함을 질러 댔을 때를 빼면, 피튜
니아 이모가 여동생 얘기를 하는 것은 한 번도 들은 적이
없었다. 온 힘을 다해 마법 세계가 존재하지 않는 것처럼
굴었던 이모가 그 세계의 사소한 정보를 그토록 오랫동안
기억하고 있었다는 사실이 경악스러울 정도였다.

버넌 이모부는 입을 열었다가 다물고, 다시 한 번 더 열 더니 닫았다. 말하는 법을 떠올리려고 애쓰던 그가 가까스 로 입을 열고 목멘 소리로 물었다.

"그, 그러니까 그, 그, 그놈들이 실제로 존재한다는 거 지? 어…… '디멘티'인지 뭔지 하는 놈들이?"

피튜니아 이모가 고개를 끄덕였다.

버넌 이모부는 누가 '만우절이지롱!' 하고 소리쳐 주기를 바라는 눈빛으로 피튜니아 이모에게서 더들리에게로, 다 시 해리에게로 시선을 돌렸다. 아무도 대꾸하지 않자 그는 다시 한 번 입을 열었지만, 무슨 말을 해야 할지 고민할 필 요는 없었다. 그날 저녁 세 번째로 부엉이가 도착한 것이 다. 부엉이는 그때까지도 열려 있던 창문을 통해 깃털 달 린 대포알처럼 엄청난 속도로 날아들어 오더니 쿵 소리를 내며 식탁에 내려앉았다. 더들리 가족 모두 깜짝 놀라 펄 쩍 뛰었다. 해리는 부엉이 부리에서 공문서로 보이는 봉투 를 빼내고 뜯어 보았다. 부엉이는 어둠 속으로 다시 휙 날 아갔다.

"우라질, 부엉이들은, 이제 됐다고." 버넌 이모부가 마음 이 심란한 듯 웅얼거리며 쿵쿵 걸어가 창문을 쾅 닫았다.

포터 군에게.

약 22분 전 발송한 서신에 덧붙여, 마법 정부는 귀하의 마법 지팡이를 당장 폐기하기로 한 결정을 번복하였습니다. 귀하는 공식적인 결정이 내려질 8월 12일 징계 청문회 전까지 마법 지팡이를 소지할 수 있습니다.

호그와트 마법학교 교장과 논의한 끝에 귀하의 퇴학 문제도 그때 결정하기로 합의하였으니 귀하는 추후 조사가 있을 때까지 정학 조치된 것으로 이해하길 바랍니다.

행운을 빌며,

마팔다 홉커크

마법 정부

마법 부당 사용 관리과

해리는 이 편지를 처음부터 끝까지 연달아 세 번 빠르게 읽었다. 두려움이 완전히 가시진 않았지만, 아직 퇴학당한 것이 아니라는 사실을 확인하자 가슴에 맺혔던 끔찍한 응어리가 조금은 풀리는 것 같았다. 모든 것이 8월 12일의 청문회에 달려 있는 모양이었다.

"뭐냐?" 버넌 이모부가 생각에 잠겨 있는 해리를 일깨웠다. "이번엔 또 뭐냐고? 너한테 무슨 선고라도 내려졌냐?

너희 놈들한테도 사형 제도가 있어?" 그는 기대된다는 투로 덧붙였다.

"징계 청문회에 가야 해요." 해리가 말했다.

"거기서 선고를 내리는 거냐?"

"그렇겠죠."

"그럼 아직 희망을 버리지 말아야겠군." 버넌 이모부가 심술궂은 목소리로 말했다.

"아무튼, 볼일 끝나셨으면 가 볼게요." 해리가 자리에서 일어나며 말했다. 혼자 조용히 생각하고 싶었다. 론이나 헤르미온느나 시리우스에게 편지를 보내고 싶은 마음이 간절했다.

"아니, 아직 안 끝났어!" 버넌 이모부가 소리쳤다. **"이리 와서 다시 앉아!"**

"이번엔 또 뭔데요?" 해리가 짜증이 치밀어 내뱉었다.

"더들리 말이다!" 버넌 이모부가 외쳤다. "내 아들한테 정확히 무슨 일이 일어났는지 알아야겠다!"

"좋아요!" 해리가 머리끝까지 화가 나서 소리치자, 그때까지 쥐고 있던 마법 지팡이 끝에서 빨간색과 황금색 불꽃이 튀었다. 더즐리 가족 세 사람이 겁에 질린 표정으로 움찔거렸다.

"더들리랑 저는 매그놀리아 거리와 위스테리아가 사이에 있는 골목에 있었어요." 해리는 흥분하지 않으려고 애쓰면서 빠르게 말했다. "더들리가 절 약 올리기에 지팡이를 꺼내긴 했지만 마법을 쓰지는 않았어요. 그런데 갑자기 디멘터 둘이 나타나서……."

"그놈의 '디멘토이드'가 **대체** 뭐냐?" 버넌 이모부가 성난 목소리로 물었다. "**뭐** 하는 놈들이냐고!"

"말했잖아요, 그놈들은 사람한테서 행복을 모조리 빨아내요." 해리가 말했다. "그리고 기회가 있으면 입을 맞추려 들죠."

"입을 맞춰?" 버넌 이모부의 눈이 튀어나올 듯 휘둥그레졌다. "입을 맞춘다고?"

"입을 통해서 영혼을 빨아내는 걸 그렇게 불러요."

피튜니아 이모가 나지막이 비명을 질렀다.

"영혼? 그놈들이 설마…… 더들리는 아직……."

그녀는 더들리의 영혼이 몸속에서 덜그럭거리는 소리가 들리는지 확인하려는 것처럼 그의 어깨를 잡고 흔들었다.

"물론 더들리는 영혼을 빼앗기지 않았어요. 그랬다면 이모랑 이모부도 단박에 알아봤을 거예요." 해리가 울화가 치민 목소리로 말했다.

"놈들을 물리친 거냐, 아들아?" 버넌 이모부는 자신이 이해할 수 있는 차원으로 대화를 돌려놓고 싶어서 애쓰는 기색이 역력했다. "기본대로 원투 펀치를 먹여 줬니?"

"디멘터들한테 *기본대로 원투 펀치* 같은 건 먹일 수 없어요." 해리가 이를 악물고 말했다.

"그럼 왜 멀쩡한 거냐?" 버넌 이모부가 소리를 높였다. "왜 영혼을 빼앗기지 않은 건데?"

"그건 제가 패트로누스 마법을 써······."

휙! 부리를 달가닥거리며 날개 치는 소리가 들리더니 부드럽게 떨어지는 먼지와 함께 네 번째 부엉이가 부엌 벽난로에서 튀어나왔다.

"돌아 버리겠네!" 버넌 이모부가 콧수염을 한 움큼 잡아 뜯으며 고함을 질렀다. 그가 그 지경까지 몰린 건 오랜만의 일이었다. **"이 집에 부엉이는 못 들어와. 더는 안 돼. 절대로!"**

하지만 해리는 어느새 부엉이 다리에서 양피지 두루마리를 끄르고 있었다. 그는 이 편지가 덤블도어가 보낸 것이고, 그 속에 디멘터와 피그 부인에 대해, 그리고 마법 정부에 무슨 일이 있었고 덤블도어가 이 모든 일을 어떻게 해결했는지에 대해 모든 것이 설명되어 있을 것이라고 확신했다. 그랬기에, 시리우스의 손 글씨를 보고 실망한 건 그

때가 처음이었다. 마지막 부엉이가 다시 굴뚝 안으로 날아
들어 가면서 또 한 번 먼지구름이 일자 버넌 이모부는 눈
을 가늘게 뜨고 저놈의 부엉이 어쩌고 하면서 욕설을 퍼
부어 댔다. 해리는 그런 그를 무시하고 시리우스의 편지를
읽었다.

　방금 아서가 무슨 일이 있었는지 말해 줬다. 어떤 일이 있어
　도 다시는 집을 떠나지 마라.

　오늘 밤 일어난 모든 일을 생각하면 너무나 엉뚱한 소리
같았다. 해리는 양피지를 뒤집어 뒷면에 다른 내용이 있는
지 살펴봤지만 아무것도 없었다.
　다시 화가 치밀었다. 혼자서 디멘터를 둘이나 물리쳤는
데 "잘했다"고 말해 주는 사람이 아무도 없단 말인가? 위즐
리 씨와 시리우스는 해리가 못된 짓이라도 저지른 것처럼
굴고 있었다. 마치 피해 규모가 확인되기 전까지는 나무라
지 않겠다는 태도였다.
　"……부엉이 떼가 멋대로 내 집을 들락거리다니. 더는 못
참는다, 이 녀석아. 나는……!"
　"부엉이들이 날아오는 걸 저더러 어쩌라고요." 해리가

73

시리우스의 편지를 구겨 쥐면서 쏘아붙였다.

"오늘 밤 진짜로 무슨 일이 있었는지 알아야겠다!" 버넌 이모부가 호통쳤다. "'디멘더'인지 뭔지 하는 게 더들리를 공격했는데, 왜 네가 퇴학을 당하는 거냐? 네가 '그걸' 썼잖아! 너도 인정했고!"

해리는 마음을 가라앉히려고 심호흡을 했다. 머리가 다시 아파 왔다. 이 부엌에서, 더즐리 가족에게서 벗어날 수만 있으면 소원이 없을 것 같았다.

"저는 디멘터들을 물리치려고 패트로누스 마법을 쓴 거예요." 그가 마음을 다스리고 침착하게 말했다. "놈들을 물리칠 수 있는 건 그것뿐이에요."

"그런데 '디멘토이드'들이 리틀 윈징에서 뭘 하고 있었던 거지?" 버넌 이모부가 목소리를 더 높였다.

"그건 저도 몰라요." 해리가 지친 듯 말했다. "정말 모르겠어요."

번쩍거리는 형광등 불빛 아래 있자니 머리가 지끈거렸다. 어느새 분노가 썰물처럼 빠져나가고, 온몸의 기운마저 사라져 기진맥진했다. 더즐리 가족 모두가 그를 노려보고 있었다.

"너 때문이겠지." 버넌 이모부가 힘주어 말했다. "이 모든 게 너 때문에 벌어진 일이다. 틀림없어. 안 그러면 그놈들이 왜 여기 나타났겠냐? 이 근방 몇 킬로미터 안에서 네가 유일한…… 유일한……." 그는 차마 '마법사'라는 단어를 내뱉지 못하고 더듬거렸다. "그것일 텐데."

"저도 그놈들이 왜 왔는지 몰라요."

하지만 버넌 이모부의 말을 듣자 해리의 기진맥진했던 뇌가 다시 돌아가기 시작했다. *어째서 디멘터들이 리틀 윈징에 나타났을까? 그들이 해리가 있는 골목에 나타난 게 과연 우연일까? 누가 그들을 보냈을까? 마법 정부가 디멘터들을 더 이상 다루지 못하게 된 걸까? 덤블도어가 예측한 것처럼 디멘터들이 아즈카반을 버리고 볼드모트 편에 선 걸까?*

"이 '디멤버'란 놈들이 뭔 요상한 감옥을 지킨다고?" 해리의 생각을 느릿느릿 뒤쫓아오던 버넌 이모부가 물었다.

"네." 해리가 대답했다.

머리 아픈 것만 멈춘다면, 이 부엌을 벗어나서 어두운 침실로 돌아가 조용히 생각할 수만 있다면…….

"아하! 그놈들은 널 잡으러 온 거구나!" 버넌 이모부가 확실한 결론에 도달한 사람처럼 의기양양하게 말했다. "그렇지? 이 녀석아! 너는 법망을 피해 도망치고 있는 거야!"

"절대 아니에요." 해리가 파리를 쫓으려는 듯 머리를 좌우로 흔들었다. 이제는 머리가 빠르게 돌아갔다.

"그럼 왜……?"

"그자가 보낸 게 틀림없어……." 해리가 조용히 말했다. 버넌 이모부에게 하는 말이라기보다는 혼잣말이었다.

"무슨 소리야? 누가 보내?"

"볼드모트 경이 보낸 거라고요." 해리가 말했다.

해리는 '마법사'니 '마법'이니 '마법 지팡이' 같은 말만 들어도 움찔하고 겁먹고 꽥꽥대는 더즐리 가족이 역사상 가장 사악한 마법사의 이름을 듣고도 전혀 두려워하지 않는 모습을 보자 기분이 이상했다.

"'경'이라니…… 잠깐." 버넌 이모부가 얼굴을 찌푸렸다. 그의 돼지 같은 눈에 뭔가 알겠다는 빛이 떠올랐다. "들어 본 적 있는 이름인데…… 그자가……."

"맞아요. 제 부모님을 죽였어요." 해리가 말했다.

"하지만 그자는 사라졌다며." 버넌 이모부가 성급하게 내뱉었다. 부모님의 죽음을 언급하는 것이 해리에게 고통스러울 수도 있다는 생각 따윈 전혀 없었다. "그 덩치 큰 놈이 그렇게 말했잖아. 그자가 사라졌다고."

"돌아왔어요." 해리가 무겁게 말했다.

병원 수술실처럼 깨끗한 피튜니아 이모의 부엌에서, 최

고급 냉장고와 와이드스크린 텔레비전 앞에 서서 버넌 이모부에게 볼드모트 경에 대해 담담하게 이야기하고 있자니 아주 이상한 기분이 들었다. 리틀 윈징에 나타난 디멘터가 비마법 세계인 프리빗가와 그 너머 세계를 철저하게 가로막고 있던 보이지 않는 큰 벽을 부숴 버린 것 같았다. 해리의 두 세계가 뒤죽박죽되고 모든 것이 뒤집혔다. 더즐리 가족은 마법 세계에 대해 시시콜콜 묻고 있고, 피그 부인은 알버스 덤블도어를 알고 있었다. 디멘터들이 리틀 윈징을 날아다니고, 해리는 호그와트로 돌아가지 못할지도 모른다. 머리가 더욱 심하게 욱신거렸다.

"돌아왔다고?" 피튜니아 이모가 중얼거렸다.

그녀는 전에는 한 번도 본 적 없는 눈빛으로 해리를 바라보고 있었다. 해리는 갑자기 난생처음으로 피튜니아 이모가 어머니의 언니라는 사실을 가슴 깊이 실감했다. 이 순간 그 사실이 왜 이토록 강하게 와닿는지는 알 수 없었다. 그가 아는 건 볼드모트가 돌아왔다는 사실이 무엇을 의미하는지 어렴풋이나마 이해하는 사람이 이 방 안에서 자기 혼자만이 아니라는 것뿐이었다. 피튜니아 이모는 지금껏 해리를 그런 눈으로 본 적이 한 번도 없었다. (여동생과는 너무도 다른) 그녀의 크고 흐리멍덩한 눈은 혐오감이나 분노로 가늘어지는 대신 두려움으로 휘둥그레져 있었다. 여태 껏 마법도, 버넌 이모부와 함께 사는 세계 외에는 그 어떤 세계도 없는 것처럼 철저하게 꾸며 왔던 그녀의 가식적인 태도가 마침내 무너져 버린 것 같았다.

"네." 해리가 피튜니아 이모를 바라보며 대답했다. "한 달 전에요. 제가 봤어요."

피튜니아 이모는 가죽옷을 걸친 더들리의 두툼한 어깨를 더듬더니 꽉 움켜쥐었다.

"잠깐." 버넌 이모부가 아내와 해리를 번갈아 보았다. 둘 사이에 전에 없던 공감대가 생긴 상황을 마주하자 어리둥 절하고 혼란스러운 듯했다. "잠깐만. 그 볼디 경인지 뭔지 가 돌아왔다고?"

"네."

"네 부모를 죽인 사람이?"

"네."

"그런데 놈들이 이제는 '디스멤버'를 보내서 널 잡으려 한다는 거냐?"

"그런 것 같아요." 해리가 말했다.

"오, 그렇구나." 버넌 이모부가 백짓장처럼 질린 아내와 해리를 차례로 보더니 바지춤을 추켜올렸다. 이모부의 몸이 점점 부풀어 오르고, 푸르뎅뎅한 얼굴은 더욱 팽팽해지는 것처럼 보였다. "그래, 이러면 되겠군." 그가 말했다. 그가 몸집을 부풀리자 셔츠 앞섶이 팽팽하게 당겨졌다. "이 집에서 나가!"

"뭐라고요?" 해리가 말했다.

"내 말 못 들었냐? **나가!**" 버넌 이모부는 피튜니아 이모와 더들리도 깜짝 놀랄 만큼 고함을 질렀다. "**나가! 나가라고!** 진작에 쫓아냈어야 했어. 부엉이들이 제집처럼 드나들질 않나, 디저트가 터지질 않나, 거실이 절반이나 부서지질 않나, 더들리는 돼지 꼬리가 생기고 마지는 붕붕 뜨고, 게다가 하늘을 나는 포드 앵글리아까지……. **나가! 나가라!** 이만하면 됐어! 너랑은 끝났어! 어떤 미친놈이 널 찾고 있다면 넌 여기 머물러선 안 돼. 너 때문에 내 아내와 아들을 위험에 빠뜨릴 수는 없다. 네놈 때문에 곤경에 처할 수 없다고. 네가 아무 짝에도 쓸모 없는 네 부모와 같은 길을 가겠다면, 됐으니까 **나가!**"

해리는 꼼짝 않고 서 있었다. 그의 왼손에는 마법 정부와 위즐리 씨, 시리우스가 보낸 편지가 구겨질 듯 쥐어 있었다. '**절대로 이모 집을 떠나지 말거라.**'

"내 말 못 들었냐?" 버넌 이모부가 넓적하고 푸르뎅뎅한 얼굴을 바짝 들이대고 소리쳤다. 얼굴에 침방울이 튀는 것이 느껴질 정도였다. "나가! 30분 전까지만 해도 여길 나가고 싶어서 안달이었잖아. 기꺼이 보내 주마! 당장 나가. 그리고 두 번 다시 우리 집에 얼씬거리지 마! 애초에 우리가 왜 널 받아 줬는지 모르겠다. 마지 말이 맞았어. 널 고아원에 보냈어야 했는데. 우리가 너무 착하고 물러 터져서 이런 피해를 보는 거야. 우린 너한테서 그걸 없애 버릴 수 있을 거라 생각했다. 널 정상인으로 바꿔 놓을 수 있을 거라 생각했어. 하지만 넌 근본부터 썩은 놈이었던 거야. 이젠 지쳤어⋯⋯ *이놈의 부엉이들!*"

굴뚝을 날아 내려온 다섯 번째 부엉이가 속도를 이기지 못하고 바닥에 부딪히더니 시끄러운 비명을 내지르며 공중으로 붕 날아올랐다. 해리는 진홍색 봉투에 담겨 있는 편지를 잡으려고 손을 뻗었다. 하지만 부엉이는 주저하지 않고 그의 머리를 지나쳐 피튜니아 이모에게로 날아갔다. 피튜니아 이모는 비명을 지르며 어깨를 잔뜩 움츠리고 양팔로 얼굴을 가렸다. 부엉이는 그녀의 머리에 진홍색 봉투를 떨어뜨리더니 방향을 돌려 그대로 다시 굴뚝으로 들어갔다.

해리는 편지를 집으려고 쏜살같이 달려갔지만 피튜니아 이모가 더 빨랐다.

"원하시면 뜯어봐도 돼요." 해리가 말했다. "어쨌든 무슨 내용인지 듣게 될 테니까요. 그건 하울러거든요."

"만지지 마, 피튜니아!" 버넌 이모부가 호들갑을 떨었다. "그냥 놔둬, 위험할 수도 있어!"

"내 앞으로 온 거예요." 피튜니아 이모가 떨리는 목소리로 말했다. "나한테 왔어요, 버넌. 봐요! '프리빗가 4번지 부엌, 피튜니아 더즐리 귀하'……."

이모는 겁에 질린 듯 숨을 멈추었다. 진홍색 봉투에서 연기가 나기 시작했던 것이다.

"열어 보세요!" 해리가 이모를 재촉했다. "끝내 버리라고요! 어떻게 하든 피할 순 없어요."

"싫어."

피튜니아 이모의 손이 덜덜 떨렸다. 그녀는 탈출구를 찾는 것처럼 미친 듯이 부엌을 둘러봤지만, 너무 늦었다. 봉투에서 불꽃이 일어났다. 피튜니아 이모가 비명을 지르며 편지를 떨어뜨렸다.

식탁 위에서 편지가 타오르면서 무시무시한 목소리가 흘러나와 부엌을 뒤흔들었다.

"내 마지막 말을 기억하시오, 피튜니아."

피튜니아 이모는 당장에라도 기절할 것처럼 보였다. 그

녀는 두 손에 얼굴을 묻은 채 더들리 옆 의자에 주저앉았다. 타고 남은 봉투가 조용히 다시 불타올라 재가 되었다.

"이게 뭐야?" 버넌 이모부가 쉰 목소리로 물었다. "이, 이게 대체…… 피튜니아?"

피튜니아 이모는 아무 말도 하지 않았다. 더들리는 입을 쩍 벌리고 멍청하게 자기 어머니를 바라보고 있었다. 끔찍한 침묵이 소용돌이쳤다. 해리는 어리둥절해서 이모를 바라보았다. 머리가 터질 듯이 욱신거렸다.

"여보, 피튜니아?" 버넌 이모부가 조심스럽게 말을 걸었다. "피, 피튜니아?"

피튜니아 이모가 고개를 들었다. 여전히 부들부들 떨고 있었다. 그녀는 침을 꿀꺽 삼켰다.

"저 애는…… 저 애는 여기 있어야 해요, 버넌." 그녀가 힘없이 말했다.

"뭐, 뭐라고?"

"여기 있어야 한다고요." 그녀는 해리를 쳐다보지도 않고 의자에서 일어났다.

"저 녀석은…… 하지만 피튜니아……."

"우리가 저 애를 쫓아내면 이웃 사람들이 수군거릴 거예요." 그녀가 말했다. 얼굴은 여전히 창백했지만, 평소의 딱

딱하고 퉁명스러운 말투를 빠르게 되찾고 있었다. "꼬치꼬
치 캐물으면서 이 아이가 어디 갔는지 알고 싶어 할 거예
요. 우리가 데리고 있어야 해요."

버넌 이모부는 바람 빠진 타이어처럼 기세를 잃어 가고
있었다.

"하지만 피튜니아, 여보……."

피튜니아 이모는 이모부의 말을 무시하고 해리에게로 고
개를 돌렸다.

"네 방으로 가라." 그녀가 말했다. "집 밖에 나가선 안
돼. 그만 가서 자라."

해리는 움직이지 않았다.

"그 하울러는 누가 보낸 거예요?"

"질문은 하지 마라." 피튜니아 이모가 쏘아붙였다.

"마법사들하고 연락을 주고받는 거예요?"

"가서 자라고 했어!"

"그게 무슨 뜻이죠? 무슨 마지막 말을 기억하라는 거예요?"

"가서 자!"

"대체 어떻게……?"

"이모 말 안 들리니? 당장 네 방으로 가!"

3장
선발대

　방금 디멘터들한테 공격받았음. 호그와트에서 퇴학당할지
도 모름. 무슨 일이 벌어지고 있는지, 여기에서 언제 나가게 될지
알고 싶음.

　어두운 침실 책상 앞에 앉자마자 해리는 양피지 석 장에
똑같은 내용의 편지를 썼다. 첫 번째 편지에는 시리우스,
두 번째에는 론, 세 번째에는 헤르미온느의 이름을 적었다.
해리의 올빼미인 헤드위그는 사냥을 나가고 없었고, 텅 빈
새장만 책상에 놓여 있었다. 해리는 헤드위그가 돌아오기
를 기다리며 침실 안을 서성거렸다. 머리가 욱신거리고 눈
은 피로에 지쳐 따끔거리고 가려웠지만, 머릿속이 복잡해

서 잠이 오지 않았다. 더들리의 무거운 몸을 집까지 끌고 오느라 허리가 뻐근했다. 게다가 창문에 부딪히고 더들리에게 맞아서 생긴 두 개의 혹이 아직도 쿡쿡 쑤셨다.

해리는 분노와 좌절감에 휩싸여 방 안을 왔다 갔다 하면서, 이를 갈고 주먹을 꽉 움켜쥔 채 창문 앞을 지날 때마다 별이 총총한 하늘에 화난 시선을 던졌다. 누군가 그를 잡으려고 디멘터들을 보냈다. 피그 부인과 먼덩거스 플레처는 그의 뒤를 몰래 따라다니고 있었다. 그것도 모자라 호그와트에서는 퇴학당할지도 모르고, 마법 정부의 청문회에 참석해야 하는 상황에 처했다. 그런데도 해리에게 무슨 일이 벌어지고 있는지 말해 주는 사람은 아무도 없었다.

그 하울러는 대체 무엇에 대해 말한 걸까? 부엌을 뒤흔든 그 무시무시하고 위협적인 목소리의 주인공은 누구일까? 왜 모두가 그를 무슨 말썽꾸러기처럼 대하는 걸까? '더 이상 마법을 써선 안 돼', '절대로 이모 집을 떠나지 말거라'…….

그는 지나가면서 학교 짐 가방을 걷어찼지만, 속이 풀리기는커녕 기분만 더 나빠졌다. 여기저기 아프고 쑤신 것으로도 모자라 발가락에까지 날카로운 통증이 느껴졌던 것이다.

절뚝거리며 창문을 지나는데 헤드위그가 작은 유령처럼 조용히 날개를 퍼덕거리며 날아들었다.

"왜 이제야 와?" 해리가 새장 위에 가볍게 내려앉는 헤드위그를 보고 딱딱한 말투로 말했다. "그거 내려놔. 너한테 시킬 일이 있으니까!"

헤드위그는 죽은 개구리를 부리에 문 채 크고 동그란 호박색 눈으로 해리를 원망하듯 바라보았다.

"이리 와." 해리는 작은 양피지 두루마리 세 개와 가죽끈을 집어 들고 헤드위그의 다리에 묶었다. "이걸 곧장 시리우스, 론, 헤르미온느한테 가져다줘. 제대로 된 답장을 받기 전에는 돌아오지 마. 만족할 만큼 길게 써 줄 때까지 계속 쪼아 대란 말이야. 알겠어?"

헤드위그는 부리에 물고 있는 개구리 때문에 입이 막힌 채 부엉부엉 울었다.

"그럼 빨리 가." 해리가 말했다.

헤드위그는 곧바로 날아올랐다. 헤드위그가 떠나자마자 해리는 옷도 벗지 않고 침대에 쓰러져 어두운 천장을 바라보았다. 안 그래도 심란하고 비참한 기분이었는데, 애먼 헤드위그에게 짜증을 냈다는 죄책감까지 밀려들었다. 헤드위그는 프리빗가 4번지에 있는 그의 유일한 친구였다. 해리는 헤드위그가 시리우스, 론, 헤르미온느의 답장을 가지고 오면 뭔가 보상을 해 줘야겠다고 생각했다.

세 사람은 금방 답장을 써 줄 것이다. 디멘터에게 공격당했다는 소식을 듣고 모른 척할 수는 없을 테니까. 내일 아침 깨어나면 위로의 말과 함께 그를 당장 버로로 데려가기 위한 계획이 빽빽하게 적힌 두툼한 편지가 세 통 와 있을지도 모른다. 그런 생각을 하자 걱정이 싹 사라지고 마음이 편안해지면서 잠이 쏟아졌다.

하지만 다음 날 아침이 되었는데도 헤드위그는 돌아오지 않았다. 해리는 화장실에 갈 때만 빼고 하루 종일 방에서 꼼짝도 하지 않았다. 그날 피튜니아 이모는 고양이 출입구로 음식을 밀어 넣어 주었다. 3년 전 여름에 버넌 이모부가 만들어 놓은 구멍이었다. 해리는 피튜니아 이모가 다가오는 소리가 들릴 때마다 하울러에 대해 물었지만, 문손잡이를 취조하는 편이 더 낫다는 생각이 들 만큼 한 마디도 들을 수가 없었다. 그때를 제외하면 더즐리 가족은 해리의 방에 얼씬도 하지 않았다. 해리도 그들과 가까이할 이유가 없었다. 또 한 번 소동을 벌여 봐야 끓어오르는 화를 참지 못해 법을 어기고 마법을 쓰게 될 뿐 이로울 게 없을 것이 뻔했다.

그렇게 사흘이 지나갔다. 초조한 마음을 주체할 수 없었던 해리는 이런 상황에서 마음을 졸이도록 그를 방치한 모든 사람에게 원망을 쏟아 내며 방 안을 서성거리거나, 한번 침대에 누우면 한 시간씩 멍하니 허공을 바라보며 완벽한 무기력 상태에 빠져들었다. 청문회를 생각하면 두려워서 고통스럽기까지 했다.

불리한 판결이 나면 어쩌지? 나를 *퇴학시키*고 마법 지팡이를 두 동강 내 버리면 어떡하지? 앞으로 뭘 해야 하고, 어디로 가야 할까? 그가 진정으로 속해 있는 다른 세상을 알게 된 지금 더즐리 가족과 하루 종일 함께 지내야 하는 삶으로 돌아갈 수는 없었다. 시리우스의 집에서 살 수 있지 않을까? 1년 전 시리우스가 마법 정부를 피해 도망치기 전에 제안했던 것처럼. 아직 미성년자이긴 하지만 시리우스의 집에서 혼자 사는 것을 허락받을 수 있을지도 모른다. 아니면 그가 어디에서 지내야 할지 정해 주는 사람이 있을까? 비밀 유지 법령을 위반한 것이 아즈카반에 갈 만큼 심각한 범죄일까? 이런 생각들이 들 때마다 해리는 미끄러지듯 침대에서 내려와 다시 방 안을 서성였다.

헤드위그가 떠난 지 나흘째 되는 날 밤, 해리는 또다시

무기력 상태에 빠진 채 천장을 바라보고 누워 있었다. 그의
머리는 지칠 대로 지쳐서 백지처럼 텅 비어 있었다. 그때
이모부가 방으로 들어왔다. 해리는 천천히 그를 돌아보았
다. 가장 좋은 정장을 차려입은 버넌 이모부는 잔뜩 으스대
는 표정을 짓고 있었다.

"우린 나간다." 그가 말했다.

"네?"

"우리, 그러니까 너희 이모와 더들리와 내가 외출을 한다
고."

"그러세요." 해리는 다시 멍하니 천장을 바라보았다.

"우리가 나가 있는 동안 방에서 나오면 안 된다."

"알았어요."

"텔레비전이라든가 오디오라든가, 하여튼 집 안 물건엔
손도 대지 마라."

"네."

"냉장고에서 음식을 훔쳐도 안 돼."

"네."

"네 방문은 잠가 둘 거다."

"그러세요."

버넌 이모부는 말대꾸하지 않는 해리의 태도가 의심스럽

다는 듯 미심쩍은 눈길로 그를 노려보더니 황급히 방을 나가 문을 닫았다. 열쇠 돌아가는 소리와 계단을 내려가는 버넌 이모부의 육중한 발소리가 들렸다. 몇 분 뒤에는 자동차 문이 쾅 닫히는 소리와 엔진이 우르릉대는 소리, 자동차가 진입로를 빠져나가는 소리가 들렸다.

더즐리 가족이 나갔지만 별다른 느낌이 들지는 않았다. 그들이 집에 있든 말든 달라지는 건 아무것도 없었다. 지금 그는 침대에서 일어나 방 안의 불을 켤 힘조차 없었다. 그는 가만히 누워서 항상 열어 놓는 창문으로 들려오는 밤의 소리에 귀 기울이며 헤드위그가 돌아올 행복한 순간만을 손꼽아 기다렸다. 방 안이 서서히 어두워졌다.

빈집에서 삐거덕 소리가 났다. 수도관이 꾸르륵거렸다. 해리는 비참한 심정으로 아무 생각 없이 혼수상태 비슷하게 누워 있었다.

그때, 아래층 부엌에서 어떤 요란한 소리가 또렷하게 들려왔다.

해리는 벌떡 일어나 귀를 기울였다. 더즐리 가족이 돌아왔을 리는 없었다. 그러기엔 시간이 너무 일렀다. 게다가 자동차 소리도 들리지 않았다.

잠깐 침묵이 흐르더니 이야기를 나누는 목소리들이 들려

왔다.

'도둑이다.' 해리는 침대에서 빠져나오며 생각했다. 하지만 도둑이라면 저렇게 다 들리도록 얘기하진 않을 거라는 생각이 곧 그의 머리를 스쳤다. 그런데 부엌을 어슬렁거리고 있는 저 사람들은 굳이 목소리를 낮추려 들지 않았다.

해리는 침대 옆 탁자에서 마법 지팡이를 집어 들고 침실 문으로 다가가 열심히 귀를 기울였다. 다음 순간, 그는 깜짝 놀라 펄쩍 뛰었다. 찰칵 열쇠 돌아가는 소리가 들리더니 문이 활짝 열린 것이다.

해리는 열린 문 사이로 어두운 층계참을 바라보며 꼼짝 않고 서서 또 무슨 소리가 나지 않는지 귀를 기울였다. 아무 소리도 들리지 않았다. 그는 잠시 망설이다가 재빨리 방을 빠져나와 계단으로 향했다.

심장이 목구멍까지 튀어 올라왔다. 계단 밑 어두컴컴한 복도에 여러 사람이 서 있었다. 유리문으로 들어오는 가로등 불빛에 그들의 윤곽이 드러났다. 여덟아홉 명쯤 되는 사람들이 일제히 해리를 올려다보고 있었다.

"마법 지팡이 내려라, 녀석아. 눈 찔리겠다." 낮고 깊은 목소리가 들렸다.

해리의 심장이 걷잡을 수 없을 만큼 두근거렸다. 그는 그 목소리의 주인을 알고 있었지만 마법 지팡이를 내리진 않았다.

"무디 교수님?" 그가 머뭇거리며 입을 열었다.

"'교수'인지는 잘 모르겠다만." 그가 말했다. "뭘 가르친 게 있어야지. 이리 내려와라. 네 모습을 제대로 봐야겠다."

해리는 마법 지팡이를 살짝 내렸지만, 손에서 힘을 빼지 않고 그 자리에서 꼼짝도 하지 않았다. 의심을 풀지 못할 이유는 충분했다. 아홉 달 동안이나 매드아이 무디로 알았던 사람이 결국 그를 사칭한 자라는 사실을 알게 된 것이 불과 얼마 전이었다. 더구나 그 사기꾼은 정체가 탄로 나기 전 해리를 죽이려고 했다. 어떻게 할지 망설이고 있는데, 약간 쉰 듯한 또 다른 목소리가 들려왔다.

"괜찮아, 해리. 우린 너를 데리러 온 거야."

심장이 두근거렸다. 1년 넘도록 듣지 못하긴 했지만 이 역시 해리가 아는 목소리였다.

"루, 루핀 교수님?" 그가 믿기지 않는다는 듯 물었다. "교수님이세요?"

"왜 깜깜한 데서 이러고들 있어?" 세 번째 목소리가 말했다. 이번에는 처음 듣는 여자 목소리였다. "루모스."

마법 지팡이 끝에서 나온 불빛이 주위를 밝혔다. 해리는 눈을 깜빡였다. 계단 밑에 모여선 사람들은 그를 올려다보느라 여념이 없었다. 그중 몇 명은 그를 더 잘 보려고 고개를 쭉 뺐다.

리머스 루핀이 맨 앞에 서 있었다. 여전히 젊긴 했지만, 피곤하고 초췌해 보였다. 해리와 마지막으로 작별 인사를 나누었을 때보다 흰머리가 늘었고, 입고 있는 로브는 덧댄 곳이 많아져 더 초라해 보였다. 하지만 그는 해리를 보더니 활짝 웃었다. 해리는 크게 놀란 상태였지만 애써 미소 지었다.

"우아, 생각했던 거랑 똑같이 생겼네." 불 켜진 마법 지팡이를 높이 들고 있던 여자 마법사가 말했다. 그녀는 일행 중에서 가장 젊어 보였다. 새하얀 계란형 얼굴에 검은 눈동자는 반짝반짝 빛났고, 짧고 삐죽삐죽한 머리는 강렬한 보라색이었다. "반갑다, 해리!"

"그래, 네가 한 말이 무슨 뜻인지 알겠어, 리머스." 맨 뒤에 서 있던 대머리에 키가 큰 남자 마법사가 중저음의 목소리로 느릿느릿 말했다. 그의 한쪽 귀에서 금귀고리가 반짝였다. "제임스랑 똑같이 생겼네."

"눈만 빼고." 뒤쪽에 있던 은발의 남자 마법사가 색색 숨소리를 내며 말했다. "눈은 릴리를 쏙 빼닮았는걸."

희끗희끗한 긴 회색 머리카락에 코끝의 살점이 뭉텅 떨

어져 나간 매드아이 무디는 서로 다르게 생긴 두 눈을 가늘게 뜨고 의심스러운 눈초리로 해리를 바라보고 있었다. 한쪽 눈은 작고 초롱초롱한 까만색이었으며, 다른 쪽 눈은 크고 둥글고 선명한 푸른색을 띠고 있었다. 그 푸른 눈은 벽과 문은 물론 무디 자신의 뒤통수까지 꿰뚫어 볼 수 있는 마법의 눈이었다.

"저 아이가 확실한가, 루핀?" 무디가 툴툴거렸다. "혹시라도 죽음을 먹는 자가 그 녀석으로 변신한 걸 모르고 데려갔다간 꼴좋게 될 거야. 진짜 포터만 알 수 있는 걸 물어봐. 여기 혹시 베리타세룸 가진 사람 없나?"

"해리, 네 패트로누스는 어떤 모습이지?" 루핀이 물었다.

"수사슴요." 해리가 긴장해서 대답했다.

"맞습니다, 매드아이." 루핀이 말했다.

해리는 모두가 자신을 계속 뚫어져라 쳐다보는 것이 부담스러워서 마법 지팡이를 뒷주머니에 넣고 계단을 내려왔다.

"마법 지팡이를 거기다 꽂으면 어떻게 해, 이 녀석아!" 무디가 호통쳤다. "불이라도 붙으면 어쩌려고? 너보다 뛰어난 마법사들도 엉덩이가 떨어졌단 말이다!"

"진짜로 엉덩이가 떨어진 사람이 있어요?" 보라색 머리의 여자가 흥미롭다는 듯 무디에게 물었다.

"엉뚱한 것에 관심 끄고, 마법 지팡이는 뒷주머니에 넣지 말아야 한다는 것에나 신경 써." 매드아이 무디가 면박을 주었다. "기초적인 마법 지팡이 안전 수칙인데 신경 쓰는 사람이 아무도 없다니." 그는 쿵쿵거리며 부엌 쪽으로 걸어갔다. "다 보인다." 여자 마법사가 위로 눈알을 굴리자 무디가 퉁명스럽게 덧붙였다.

루핀이 손을 내밀어 해리와 악수했다.

"어떻게 지냈니?" 그가 해리의 얼굴을 살피며 물었다.

"자, 잘 지냈어요⋯⋯."

해리는 자신이 지금 맞닥뜨린 상황이 현실이라는 것을 믿기 힘들었다. 지난 4주 동안 그를 프리빗가에서 데려가려는 아주 사소한 조짐조차 보이지 않다가, 갑자기 마치 오래전부터 준비해 오기라도 한 것처럼 마법사 한 무리가 태연하게 이 집에 나타난 것이다. 그는 루핀 주위에 있는 사람들을 빠르게 둘러보았다. 그들은 아직도 해리에게서 호기심 가득한 시선을 떼지 못하고 있었다. 해리는 나흘 동안 머리를 빗은 적이 없다는 사실이 무척 신경 쓰였다.

"저는⋯⋯ 아, 더즐리 가족이 집에 없어서 다행이네요⋯⋯." 그가 웅얼거렸다.

"다행? 하!" 보라색 머리카락의 여자가 말했다. "그 사람들을 밖으로 꾀어 낸 게 나야. 머글 우편으로 '영국에서 가장 잘 관리된 잔디밭 경연대회' 최종 후보자 명단에 올랐다는 편지를 보냈거든. 그 사람들은 지금 시상식에 가고 있을 거야. ……아니, 가고 있는 거라 생각하겠지."

해리는 '영국에서 가장 잘 관리된 잔디밭 경연대회' 같은 게 없다는 사실을 깨달은 순간 버넌 이모부가 지을 표정이 눈앞에 보이는 듯했다.

"우리, 떠나는 거 맞죠?" 그가 물었다. "바로 가나요?"

"당장 가야지." 루핀이 말했다. "위험 해제 신호를 기다리고 있다."

"어디로 가요? 버로?" 해리가 기대에 차서 물었다.

"버로는 아니야. 거긴 안 되지." 루핀이 해리를 부엌 쪽으로 손짓하며 말했다. 마법사 무리가 뒤따랐다. 그들은 아직도 신기한 듯 해리의 행동을 눈여겨보고 있었다. "거긴 너무 위험해. 들키지 않을 만한 곳에 본부를 만들어 뒀단다. 시간이 좀 걸렸지……."

매드아이 무디는 이제 부엌 식탁 앞에 앉아 휴대용 술병을 꿀꺽꿀꺽 들이켜고 있었다. 그의 마법 눈이 사방으로 돌아가면서 더즐리 집 안의 가전제품들을 살폈다.

"이분은 앨러스터 무디다, 해리." 루핀이 무디를 가리키며 말을 이었다.

"네, 알아요." 해리가 어색한 듯 말했다. 1년 동안 알고 지냈다고 생각했던 사람을 소개받으려니 기분이 이상했다.

"그리고 이쪽은 님파도라……."

"님파도라라고 부르지 말라니까, 리머스." 젊은 여자 마법사가 질색했다. "통스래도."

"님파도라 통스야. 성으로만 불리고 싶어 하지." 루핀이 말을 마쳤다.

"엄마가 이름을 바보같이 님파도라라고 지었다면 당신도 마찬가지였을걸." 통스가 툴툴거렸다.

"이쪽은 킹슬리 샤클볼트." 루핀의 소개를 받은 키가 큰 마법사가 허리 숙여 인사했다. "그리고 앨파이어스 도지." 색색 숨소리를 내는 마법사가 고개를 끄덕였다. "여긴 디덜러스 디글……."

"우린 만난 적 있지?" 흥분한 디글이 감격에 겨운 듯 보라색 실크해트를 떨어뜨리며 높은 소리로 말했다.

"에멀린 밴스." 에메랄드색 숄을 걸친 당당한 표정의 여자 마법사가 고개를 살짝 기울였다. "스터지스 포드모어." 네모난 턱에 풍성한 밀짚 색깔 머리카락을 지닌 남자 마법사가 눈을 찡긋했다. "그리고 헤스티아 존스." 양 뺨이 발그레한 검은 머리카락의 여자 마법사가 토스터 옆에서 손을 흔들었다.

해리는 한 사람씩 소개받을 때마다 어색하게 고개를 숙였다. 그는 사람들이 그에게 향한 시선을 다른 데로 돌려 줬으면 했다. 갑자기 무대 위로 끌려 나온 기분이었던 것이다. 왜 이렇게 많은 마법사가 온 것인지도 궁금했다.

"널 데리고 오는 일에 엄청나게 많은 사람들이 지원했다." 해리의 마음을 읽은 듯 루핀이 입술 끝을 실룩이며 말했다.

"그래, 뭐, 많을수록 좋지." 무디가 음울한 어조로 말했다. "우리가 네 호위대다, 포터."

"출발해도 괜찮다는 신호만 기다리면 돼." 루핀이 부엌 창밖을 힐끗 내다보며 말했다. "15분 정도 남았다."

"아주 *깨끗하게* 하고 사네, 이 머글들. 안 그래?" 통스라는 여자 마법사가 굉장한 흥미를 갖고 부엌을 둘러보았다. "우리 아빠도 머글 태생인데, 노인네가 얼마나 게으른지 몰라. 머글들도 마법사들처럼 가지각색인가 봐?"

"아, 네." 해리가 루핀을 향해 돌아서서 물었다. "그런데 무슨 일이 일어나고 있는 거죠? 저는 아무 소식을 못 들었어요. 볼드모⋯⋯."

마법사들이 쉿 하면서 이상한 소리를 냈다. 디덜러스 디글은 다시 모자를 떨어뜨렸고, 무디는 호통을 쳤다. "입 다물지 못해!"

"네?" 해리는 당황했다.

"여기서는 아무 얘기도 할 수 없다. 너무 위험해." 무디가 멀쩡한 눈으로 해리를 보며 말했다. 마법 눈은 아직 천장에 초점을 맞추고 있었다. "빌어먹을." 그는 신경질을 내며 마법 눈에 손을 가져갔다. "그 몹쓸 자식이 끼고 난 뒤로는 계속 들러붙는군."

그러더니 싱크대에 들러붙은 고무마개를 떼어 낼 때처럼 쩍 하는 소리를 내며 얼굴에서 눈알을 뺐냈다.

"매드아이, 그게 얼마나 역겨운 짓인지 알아요?" 통스가 스스럼없이 말했다.

"물 한 잔 다오, 해리." 무디가 부탁했다.

해리는 식기세척기로 가서 깨끗한 유리잔을 꺼내 수돗물을 채웠다. 마법사 무리의 열정적인 시선이 여전히 그를 뒤따랐다. 그 끈질긴 시선에 해리는 슬슬 짜증이 나기 시작했다.

"고맙다." 해리가 잔을 건네자 무디가 말했다. 그는 마법 눈알을 물에 넣고 위아래로 흔들었다. 눈알이 빙글빙글 돌면서 모두를 차례차례 바라보았다. "돌아가는 길에는 360도 시야가 확보되어야 할 텐데."

"어떻게 갈 건데요? 어디로 가는 거죠?" 해리가 물었다.

"빗자루를 타고 갈 거다." 루핀이 말했다. "그 방법밖에 없어. 순간이동을 하기엔 네가 너무 어리고, 플루 네트워크는 놈들이 감시하고 있을 거다. 그렇다고 허가받지 않은 포트키를 설치하는 건 너무 위험하니까."

"리머스 말이 네 비행 솜씨가 제법이라던데." 킹슬리 샤클볼트가 굵직한 목소리로 말했다.

"훌륭하지." 손목시계를 확인하던 루핀이 말했다. "아무튼 이제 짐을 싸는 게 좋겠다, 해리. 신호를 받으면 바로 떠나야 하니까."

"내가 도와줄게." 통스가 밝은 목소리로 말했다.

그녀는 해리를 따라 계단을 올라가면서도 줄곧 호기심 가득한 눈길로 주위를 두리번거렸다.

"이상한 곳이네." 그녀가 말했다. "너무 깨끗해. 내 말 무슨 뜻인지 알아? 조금 부자연스러울 정도로. 아, 여긴 좀 낫네." 해리가 방으로 들어가 불을 켜자 그녀가 덧붙였다.

해리의 방은 집 안 다른 곳보다 훨씬 지저분했다. 너무 우울한 기분으로 나흘 동안 갇혀 지내다 보니 굳이 방을 정리할 기분이 들지 않았던 것이다. 그가 가진 책 대부분이 온 바닥에 널브러져 있었다. 딴생각을 해 보려고 이 책 저 책 뒤적거리다가 아무렇게나 던져 놓은 그대로였다. 청소를 하지 않은 헤드위그의 새장은 슬슬 냄새를 풍기기 시작했다. 활짝 열린 짐 가방 밖으로 머글 옷과 마법사 로브가 흘러나와 마구 뒤섞인 채 바닥에 흐트러져 있었다.

해리는 서둘러 책들을 집어 가방에 던져 넣기 시작했다. 통스는 열린 옷장 앞에서 멈춰 서더니 옷장 거울에 비친 자신의 모습을 못마땅한 눈빛으로 바라보았다.

"저기 말이야, 보라색이 나한테 잘 어울리진 않는 것 같아." 그녀는 뾰족뾰족한 머리카락을 잡아당기며 진지하게 말했다. "이 머리 때문에 얼굴이 더 창백해 보이는 것 같지 않니?"

"어……." 해리는《영국과 아일랜드의 퀴디치 팀들》너머로 그녀를 올려다보았다.

"그래, 맞아." 통스가 단호하게 말했다. 그녀가 억지로 뭔가 생각해 내려고 애쓰는 듯 눈을 찡긋하자 머리카락이 풍선껌 같은 분홍색으로 변했다.

"어떻게 한 거예요?" 그녀가 눈을 뜨자 해리가 입을 쩍 벌리고 물었다.

"나는 메타모르프마구스거든." 통스는 다시 거울을 보면서 머리 모양이 잘 보이도록 고개를 이리저리 돌렸다. "내 의지대로 외모를 바꿀 수 있다는 뜻이지." 그녀는 거울에 비친 해리의 어리둥절한 표정을 보고 덧붙였다. "태어날 때부터 그랬어. 그 덕에 오러 훈련 기간 동안 공부 한 번 하지 않고 은신과 위장 과목에서 최고 점수를 받았지. 정말 좋았어."

"오러세요?" 해리가 감탄하며 물었다. 어둠의 마법사 사냥꾼, 즉 오러는 그가 호그와트 졸업 이후의 진로로 고려해 본 유일한 직업이었다.

"응." 통스가 자부심 어린 표정으로 대답했다. "킹슬리도 마찬가지야, 나보다 직급이 높긴 하지만. 난 1년 전에 자격을 땄거든. 잠행과 추적 과목에서 낙제할 뻔했어. 엄청 덤벙대서 말이야. 아까 밑에 도착했을 때 내가 접시를 깼는데, 그 소리 들었니?"

"메타모르프마구스가 되는 법을 배울 수도 있나요?" 해리는 짐 싸는 것도 잊어버리고 자리에서 일어나 통스에게 물었다.

통스가 킥킥거렸다.

"가끔 그 흉터를 숨기고 싶은가 보지?"

그녀의 시선이 해리 이마의 번개 모양 흉터에 가닿았다.

"네, 맞아요." 해리가 웅얼거리며 고개를 돌렸다. 그는 흉터를 빤히 바라보는 사람들의 눈길이 싫었다.

"안됐지만 배우려면 고생 좀 해야 할 거야." 통스가 말했다. "메타모르프마구스는 무척 드물어. 만들어지는 게 아니라 타고나는 거거든. 마법사들이 모습을 바꾸려면 대부분 마법 지팡이나 마법약을 사용해야 해. 그런데 서둘러야겠다, 해리. 짐을 싸야지." 통스가 방바닥에 흩어져 있는 물건들을 보며 자책하듯 말했다.

"아, 네." 해리는 책 몇 권을 주섬주섬 집어 들었다.

"그렇게 해서 어느 세월에 할래? 내가 하는 게 훨씬 빠르겠다. *짐 싸!*" 통스가 바닥을 쓸 듯 마법 지팡이를 휘두르며 큰 소리로 외쳤다.

책, 옷, 망원경, 저울 등 온갖 물건이 공중에 떠오르더니 허둥지둥 짐 가방 속으로 날아들어 갔다.

"별로 깔끔하지는 않네." 짐 가방 앞으로 다가온 통스가 뒤죽박죽이 된 가방 안을 내려다보며 말했다. "우리 엄마는 물건들을 깔끔하게 정리하는 요령을 알던데. 심지어 양말도 저절로 착착 접히게 한다니까. 난 그 요령을 못 배웠

어. 마법 지팡이를 어떻게 탁 튕기던데……." 통스가 혹시
나 하는 마음에 마법 지팡이를 튕겨 보았다.

해리의 양말 한 켤레가 꿈틀꿈틀 움직이는가 싶더니 다
시 짐 가방 잡동사니 위로 떨어졌다.

"뭐, 어쨌든." 통스가 가방 뚜껑을 탁 닫으며 말했다. "적
어도 다 들어가긴 했네. 저 새장도 청소하는 게 좋겠는걸."
그녀는 헤드위그의 새장에 마법 지팡이를 겨누었다. "스코
지파이." 깃털과 똥이 조금 사라졌다. "좀 낫네. 난 이런 집
안일 마법들은 잘 못 쓰겠더라고. 좋아, 짐 다 챙겼지? 솥
하고 빗자루는? 와! 파이어볼트잖아?"

해리의 오른손에 들린 빗자루를 보자 그녀의 눈이 휘둥
그레졌다. 시리우스에게 선물받은 그 국제 공인 빗자루는
해리의 기쁨이자 자랑거리였다.

"난 아직도 코밋 260을 타는데." 통스가 부러운 듯 말했
다. "뭐…… 마법 지팡이는 아직 청바지 주머니에 있니? 엉
덩이 두 쪽 다 이상 없고? 좋아, 가자. 로코모토르 짐 가방."

해리의 짐 가방이 공중으로 날아올랐다. 통스는 마법 지
팡이를 지휘봉처럼 들고 가방이 방을 가로질러 문밖으로
둥둥 떠서 날아가도록 한 다음, 왼손에 헤드위그의 새장을
들었다. 해리는 빗자루를 들고 그 뒤를 따라 아래층으로 내

려갔다.

부엌에 돌아와 보니 무디는 이미 마법 눈을 제자리에 끼운 뒤였다. 깨끗이 씻어서 더욱 빠르게 뱅글뱅글 돌고 있는 그 눈을 보자 해리는 머리가 어지러웠다. 킹슬리 샤클볼트와 스터지스 포드모어는 전자레인지를 유심히 살펴보았고, 헤스티아 존스는 서랍을 뒤지다 우연찮게 감자 깎는 칼을 발견하고 소리 내어 웃고 있었다. 루핀은 더즐리 가족에게 남기는 편지를 넣은 봉투를 봉하고 있었다.

"좋아." 부엌 안으로 들어오는 통스와 해리를 본 루핀이 말했다. "1분쯤 남은 것 같다. 정원으로 나가서 떠날 준비를 해야겠어. 해리, 너희 이모랑 이모부한테 걱정하지 마시라는 편지를 남겼……."

"걱정 안 할 거예요." 해리가 말했다.

"넌 안전하니……."

"그 말을 들으면 우울해하겠네요."

"……내년 여름에 만나게 될 거라고도 썼다."

"꼭 그래야 해요?"

루핀은 싱긋 웃으면서도 대답은 하지 않았다.

"이리 와라, 녀석아." 무디가 마법 지팡이를 흔들며 걸걸한 목소리로 해리를 불렀다. "널 안 보이게 만들어야겠다."

"뭘 하시겠다고요?" 해리가 긴장해서 물었다.

"보호색 마법 말이다." 무디가 마법 지팡이를 들어 올리며 말했다. "네가 투명 망토를 갖고 있다는 얘기는 루핀한테 들었다만, 빗자루를 타고 날아가다 보면 망토가 얌전히 붙어 있지 않을 거다. 이러면 네 모습이 잘 감춰질 거야. 자……."

그가 해리의 정수리를 툭툭 치자 해리는 누가 머리 위에서 달걀을 깨뜨리기라도 한 것 같은 이상한 기분을 느꼈다. 지팡이가 닿는 곳에서부터 차가운 액체가 온몸에 흘러내리는 듯했다.

"멋진데요, 매드아이." 통스가 해리의 몸을 바라보면서 감탄하듯 말했다.

해리는 자기 몸을 내려다보았다. 아니, 정확히 말해 자기 몸이었던 곳을 내려다보았다. 이제 그의 몸처럼 보이는 것은 아무것도 없었다. 몸이 투명해진 게 아니라 등 뒤에 있는 부엌과 똑같은 색깔, 똑같은 무늬를 띠게 된 것이다. 마치 인간 카멜레온이 된 것 같았다.

"가자." 무디가 마법 지팡이를 휘둘러 잠겨 있던 뒷문을 열면서 말했다.

그들은 모두 버넌 이모부의 아름답게 관리된 잔디밭으로

나갔다.

"맑은 밤이군." 무디가 마법 눈으로 하늘을 훑으며 툴툴거렸다. "구름을 엄폐물로 쓸 수 있으면 더 좋았을 텐데. 좋아, 너." 그가 큰 소리로 해리에게 말했다. "우리는 밀집 대형으로 비행할 거다. 통스가 네 앞에서 날아갈 테니 그 뒤에 바짝 붙어라. 루핀은 밑에서 널 지킬 거고, 나는 네 뒤에 있을 거다. 나머지 마법사들은 우리 주위를 돌 거야. 무슨 일이 있어도 대형을 흐트러뜨리지 않는다. 알겠지? 우리 중 누가 죽더라도……."

"그럴 수도 있나요?" 해리가 걱정스럽게 물었지만 무디는 그 말을 무시했다.

"……나머지는 멈추지 않고 대형을 유지한 채 계속 비행한다. 우리가 모두 놈들 손에 쓰러지고 너만 살아남는다 해도 후발대가 있다, 해리. 동쪽으로 계속 날아가면 그들을 만날 거다."

"매드아이, 그렇게 즐거워하면서 말하지 말아요. 장난인 줄 알겠어요." 통스가 자기 빗자루에 해리의 짐 가방과 헤드위그의 새장을 묶으며 말했다.

"우리 계획을 말해 주는 것뿐이야." 무디가 퉁명스럽게 말했다. "우리 임무는 이 녀석을 본부까지 안전하게 데려다주는 거라고. 그러다가 우리가 죽는다고 해도……."

"아무도 죽지 않을 겁니다." 킹슬리 샤클볼트가 굵은 목소리로 차분하게 말했다.

"어서 빗자루에 타요, 첫 번째 신호입니다!" 루핀이 하늘을 가리키며 날카롭게 소리쳤다.

머리 위 먼 곳에서 별들 사이로 선명한 붉은색 불꽃이 쏟아져 내렸다. 해리는 그것이 마법 지팡이에서 나온 불꽃이라는 것을 단번에 알아보았다. 그는 파이어볼트에 오른쪽 다리를 걸치고 손잡이를 꽉 움켜잡았다. 빗자루가 파르르 떨리는 것이 느껴졌다. 다시 하늘로 날아오르고 싶은 마음이 해리만큼이나 간절한 것 같았다.

"두 번째 신호예요! 출발합시다!" 조금 전보다 훨씬 많은 초록색 불꽃이 터지자 루핀이 외쳤다.

해리는 있는 힘껏 땅을 박차고 올랐다. 시원한 밤공기가 머리카락을 쓸고 지나갔다. 프리빗가의 정돈된 정사각형 정원들이 순식간에 어두운 녹색과 검은색 조각보처럼 줄어들면서 멀어졌다. 휘몰아치는 공기가 그의 머릿속에서 마법 정부 청문회에 대한 걱정을 싹 쓸어 버린 듯했다. 너무 기뻐서 심장이 터질 것만 같았다. 그는 다시 날고 있었다. 여름 내내 꿈꿔 왔던 것처럼 프리빗가를 떠나 그가 속한 세계로 날아가고 있었다……. 그 멋진 순간에는 그가 가진 모든 문제가 아무것도 아닌 것처럼 여겨졌다. 별이 총총한 광활한 하늘 아래에서는 그저 하찮은 문제처럼 느껴질 뿐이었다.

"왼쪽으로 급전환! 빨리 왼쪽으로 돌아! 우리를 올려다보는 머글이 있다!" 무디가 뒤에서 소리쳤다. 통스가 방향을 틀자 해리는 자신의 짐 가방이 그녀의 빗자루에서 위태롭게 흔들리는 것을 보며 그녀의 뒤를 바짝 쫓았다. "더 높이 올라가야겠다. ……400미터 상승!"

더 위로 날아오르자 너무 쌀쌀해서 눈물이 날 지경이었다. 자동차 헤드라이트와 아주 작은 가로등 불빛을 제외하면 발아래로는 아무것도 보이지 않았다. 저 작은 빛 중에 버넌 이모부의 자동차 불빛이 있을지 몰랐다……. 지금쯤 더즐리 가족은 있지도 않은 잔디밭 경연 대회 때문에 화가 머리끝까지 나서 텅 빈 집으로 돌아가고 있을 것이다. 해리는 그 모습을 떠올리며 큰 소리로 웃음을 터뜨렸다. 하지만 그의 웃음소리는 다른 마법사들의 로브가 펄럭이는 소리, 짐 가방과 새장을 매단 빗자루 안장이 삐걱거리는 소리, 밤하늘을 빠르게 날아가면서 귓가에 불어오는 바람 소리에 묻혀 들리지 않았다. 이렇게 살아 있는 기분을 느끼는 것도, 이렇게 행복한 것도 한 달 만에 처음이었다.

"남쪽으로 간다!" 매드아이가 소리쳤다. "전방에 마을이 있다!"

그들은 밑에서 반짝이는 거미줄처럼 얼기설기 얽혀 있는 불빛 위를 지나가지 않으려고 오른쪽으로 방향을 틀었다.

"남동쪽으로 가면서 계속 고도를 높인다. 저 앞에 몸을 숨길 만한 낮은 구름이 있어!" 무디가 외쳤다.

"구름을 뚫고 가겠다는 건 아니죠!" 통스가 날카롭게 소리 질렀다. "쫄딱 젖을 거예요, 매드아이!"

해리는 통스의 말을 듣자 마음이 놓였다. 그렇잖아도 파이어볼트의 손잡이를 잡은 손이 얼얼해지고 있었던 것이다. 외투를 걸치고 나올걸. 그는 부들부들 떨기 시작했다.

그들은 매드아이의 지시에 따라 시시때때로 방향을 바꿨다. 얼음처럼 차가운 바람이 얼굴에 부딪치는 탓에 해리는 눈을 제대로 뜰 수가 없었다. 귀가 떨어져 나갈 것처럼 시렸다. 빗자루를 타고 이렇게 추위에 떨었던 적은 딱 한 번뿐이었다. 세찬 폭풍우 속에서 후플푸프와 퀴디치 시합을 치렀던 3학년 때였다. 해리를 둘러싼 호위대가 거대한 새들처럼 끊임없이 주위를 빙빙 돌았다. 해리는 시간이 얼마나 지났는지 알 수 없었다. 얼마나 오랫동안 빗자루를 타고 날아왔는지 궁금했다. 적어도 한 시간은 지난 것 같았다.

"남서쪽으로 방향을 틀어!" 무디가 외쳤다. "고속도로는 피해야 한다!"

해리는 이제 너무 추워서, 저 밑에 줄지어 가는 자동차들의 아늑하고 쾌적한 내부가 그리울 지경이었다. 플루 가루를 이용한 여행은 더더욱 간절했다. 벽난로 속에서 빙빙 돌면 불편할지는 몰라도 적어도 불꽃 덕분에 따뜻하긴 할 테니까……. 그때 킹슬리 샤클볼트가 그의 옆을 휙 돌아갔다. 그의 맨 정수리와 귀고리가 달빛을 받아 희미하게 빛났다. 이제는 에멀린 밴스가 해리의 오른쪽에서 마법 지팡이를 꺼내 들고 좌우를 살피고 있었다. 잠시 후 그녀 역시 해리 위로 빠르게 날아가고 스터지스 포드모어가 다가와 자리를 지켰다…….

"왔던 길로 잠깐 되돌아간다. 미행당했는지 확인해야 하니까!" 무디가 외쳤다.

"**미쳤어요, 매드아이?**" 앞에 있던 통스가 비명을 질렀다. "다들 빗자루에서 얼어 죽겠어요! 이런 식으로 계속 경로를 이탈하면 다음 주에도 도착 못 할 거예요! 조금만 가면 도착하잖아요!"

"하강을 시작할 시간입니다!" 루핀의 목소리가 들렸다.

"통스를 따라가거라, 해리!"

해리는 통스를 따라 밑으로 빠르게 날아갔다. 그들은 불빛이 모여 만든 거대한 빛의 무리로 향했다. 해리는 지금껏 이런 광경을 본 적이 없었다. 무수한 불빛이 가로와 세로로 교차하면서 열십자 모양으로 뻗어 나간 거대한 덩어리를 이루고, 군데군데 짙은 검은색 조각들이 박혀 있었다. 그들은 점점 더 밑으로 내려갔다. 헤드라이트와 가로등, 굴뚝과 텔레비전 안테나 들이 선명하게 보이기 시작했다. 해리는 빨리 빗자루에서 내리고 싶었다. 그러려면 일단 누군가가 빗자루에 얼어붙은 그를 확실히 녹여 줘야겠지만.

"가자!" 통스가 외쳤다. 잠시 뒤 그녀는 땅에 내려섰다.

해리는 그녀 바로 뒤, 작은 광장 한가운데에 있는 정돈되지 않은 잔디밭에 착륙했다. 통스는 벌써 빗자루에서 해리의 짐 가방을 풀고 있었다. 해리는 벌벌 떨면서 주위를 둘러보았다. 주위를 둘러싼 집들의 음침한 정면이 그리 안락해 보이지는 않았다. 몇몇 집은 창문이 깨진 채 가로등 불빛 아래 어슴푸레하게 빛났고, 문들은 대부분 칠이 벗겨졌으며, 현관 계단 앞에 쓰레기가 잔뜩 쌓여 있는 곳도 많았다.

"여기가 어디예요?" 해리가 물었지만 루핀은 대답 대신 조용히 이렇게 말할 뿐이었다. "잠깐 기다려라."

무디가 망토를 뒤적거렸다. 울퉁불퉁한 손이 추위에 꽁꽁 얼어서 잘 움직이지 않는 것 같았다.

"찾았다." 그가 은색 라이터처럼 생긴 물건을 머리 위로 들어 올리고 찰칵 눌렀다.

가장 가까운 곳에 있던 가로등이 퍽 하고 꺼졌다. 무디가 불 끄는 도구를 다시 찰칵 누르자 그 옆 가로등도 꺼졌다. 무디는 광장에 있는 가로등이 다 꺼질 때까지 그 도구를 찰칵찰칵 눌렀다. 남은 빛이라고는 커튼이 쳐진 창문에서 새어 나오는 불빛과 머리 위의 초승달 빛뿐이었다.

"덤블도어 교수한테 빌렸지." 무디가 불 끄는 도구를 주머니에 넣으며 말했다. "이렇게 하면 머글들이 창밖을 내다봐도 문제없겠지? 자, 어서 가자."

무디는 해리의 팔을 잡아끌고 잔디밭에서 내려와 길을 건너 인도로 올라갔다. 루핀과 통스가 해리의 짐을 나란히 들고 뒤따랐다. 나머지는 모두 마법 지팡이를 든 채 그들을 좌우에서 호위했다.

가장 가까운 집 2층 창문에서 희미하게 음악 소리가 들려왔다. 부서진 대문 바로 안쪽에 쌓인 불룩한 봉투에서 쓰레기 썩는 냄새가 풍겼다.

"여기." 무디가 보호색 마법에 걸린 해리의 손 쪽으로 양피지 두루마리를 내밀더니 글씨를 비추려는 듯 불 켜진 마법 지팡이를 가까이 댔다. "빨리 읽고 외워라."

해리는 종이를 내려다보았다. 종이에는 왠지 눈에 익은 폭이 좁은 손 글씨로 이렇게 적혀 있었다.

불사조 기사단 본부는 런던 그리몰드가 12번지에 있다.

4장
그리몰드가 12번지

"무슨 기사단이라고요……?" 해리가 입을 열었다.

"이 녀석아, 여기선 말하지 마라!" 무디가 호통쳤다. "안으로 들어갈 때까지 기다려."

무디는 해리의 손에서 양피지 두루마리를 빼내 마법 지팡이 끝으로 불을 붙였다. 종이가 말려들면서 타오르더니 재가 되어 바닥에 떨어졌다. 해리는 주위의 집들을 다시 둘러보았다. 그들은 11번지 앞에 서 있었다. 왼쪽으로 시선을 돌리자 10번지가 보였다. 하지만 오른쪽에 있는 것은 13번지였다.

"하지만 어디……."

"방금 외운 걸 떠올려 봐라." 루핀이 조용히 말했다.

해리는 시키는 대로 했다. 머릿속에서 그리몰드가 12번지를 떠올리자 11번지와 13번지 사이에서 갑자기 낡은 문이 나타나고 뒤이어 지저분한 담과 먼지가 잔뜩 낀 창문들이 순식간에 모습을 드러냈다. 마치 집 하나가 새로 솟아나 점점 부풀어 오르면서 양옆에 있는 집들을 밀어내는 것 같았다. 해리는 입을 쩍 벌리고 그 광경을 바라보았다. 11번지에서는 여전히 들릴 듯 말 듯한 음악 소리가 새어 나오고 있었다. 그 집에 있는 머글들은 아무것도 느끼지 못한 것이 틀림없었다.

"가자, 서둘러라." 무디가 해리의 등을 떠밀며 재촉했다.

해리는 새로 나타난 문을 뚫어지게 바라보면서 닳아빠진 돌계단을 올라갔다. 문은 검은 칠이 벗겨지고 여기저기 긁혀 있었다. 문에 달린 은색 고리는 비틀린 뱀 모양이었다. 열쇠구멍이나 우편함은 보이지 않았다.

루핀이 마법 지팡이를 꺼내 문을 두드렸다. 시끄럽게 찰칵거리는 금속성이 여러 번 나더니 곧이어 쇠사슬이 부딪치는 듯한 소리가 들렸다. 잠시 후 문이 삐걱 소리를 내며 열렸다.

"어서 들어가거라, 해리." 루핀이 속삭였다. "하지만 너무 깊숙이 들어가진 마라. 아무것도 만지지 말고."

해리는 문을 지나 어둠에 휩싸인 복도로 들어갔다. 눅눅한 습기가 느껴졌고, 먼지 냄새와 뭔가 들척지근한 것이 썩어 가는 듯한 냄새가 풍겼다. 꼭 버려진 건물에 들어온 기분이었다. 뒤를 돌아보니 다른 마법사들도 그를 따라 들어오고 있었다. 루핀과 통스는 각각 해리의 짐 가방과 헤드위그의 새장을 들고 있었고, 무디는 이제 막 현관 계단 꼭대기에 올라와 불 끄는 도구 안에 가둬 두었던 가로등 불빛들을 다시 내보내고 있었다. 불빛들이 제자리로 돌아가자 광장은 금방 오렌지빛으로 환해졌다. 무디가 절뚝거리며 들어와 현관문을 닫았다. 복도에는 다시 완벽한 어둠이 깔렸다.

"자."

무디가 마법 지팡이로 해리의 머리를 두드렸다. 이번에는 뭔가 뜨거운 것이 등줄기를 따라 흘러내리는 것 같은 기분이었다. 보호색 마법이 해제된 게 틀림없었다.

"내가 불을 켤 테니까 모두 그 자리에 가만히 있는다." 무디가 속삭이듯 말했다.

모두의 숨죽인 목소리를 듣자 해리는 마치 죽어 가는 사람의 집에 막 들어온 것 같은 불길한 예감에 휩싸였다. 나지막하게 쉿 소리가 나더니 벽을 따라 걸려 있는 구식 가스

등이 치지직 켜지며, 길고 음침한 복도의 벗겨져 가는 벽지
와 올이 다 드러난 카펫 위로 침침한 빛을 드리웠다. 머리
위에는 거미줄투성이 샹들리에가 흐릿하게 빛났고, 벽에
는 오래돼서 시커멓게 변한 초상화들이 비뚜름하게 걸려
있었다. 해리는 벽 뒤에서 뭔가가 허둥지둥 움직이는 소리
를 들었다. 샹들리에와 당장에라도 부서질 것 같은 탁자 위
의 촛대 모두 뱀의 형상을 띠고 있었다.

잠시 후 다급히 다가오는 발소리가 들리더니 복도 저쪽
에 있는 문에서 론의 어머니인 위즐리 부인이 나타났다. 그
녀는 환영의 뜻으로 활짝 웃으며 서둘러 다가왔다. 하지만
해리는 그녀가 지난번에 봤을 때보다 더 마르고 얼굴빛이
창백해졌다는 것을 알아차렸다.

"아, 해리. 정말 반갑구나!" 위즐리 부인은 해리를 으스
러져라 꽉 끌어안았다. 그리고 뒤로 약간 물러서서 해리를
살펴보았다. "아파 보이는데. 뭘 좀 먹여야겠다. 그런데 어
쩌지? 저녁 먹으려면 좀 기다려야 한단다."

그녀가 해리 뒤에 있는 마법사 무리를 보며 다급한 목소리
로 속삭였다. "그 사람이 막 도착해서 회의가 시작됐어요."

마법사들은 모두 흥분과 호기심으로 웅성대더니 해리를
지나쳐 위즐리 부인이 방금 나온 문으로 우르르 다가갔다.

해리가 루핀을 따라가려 하자 위즐리 부인이 그를 붙잡았다.

"안 된다, 해리. 회의는 기사단 단원들만 참석할 수 있어. 론과 헤르미온느는 위층에 있단다. 회의가 끝날 때까지 그 애들이랑 같이 기다리렴. 그런 다음에 저녁을 먹을 거야. 그리고 복도에서는 목소리를 낮춰야 한다." 그녀가 얼른 덧붙였다.

"왜요?"

"아무것도 깨우고 싶지 않으니까."

"뭘 깨우……?"

"나중에 설명해 줄게. 빨리 가야 하거든, 나도 회의에 참석해야 해서. 우선 네가 잠잘 곳만 보여 주마."

그녀는 입술에 손가락을 대고 까치발을 든 채 해리를 데리고 좀이 슨 긴 커튼(해리는 그 뒤에 또 다른 문이 있을 거라고 생각했다)을 지났다. 그리고 트롤의 다리 한쪽을 잘라서 만든 것처럼 보이는 커다란 우산꽂이를 지나쳐, 벽에 쭉 늘어선 명판 위의 쭈그러든 머리들을 따라 어두운 계단을 오르기 시작했다. 가까이 가서 보니 그것은 집요정들의 머리였는데, 하나같이 코가 뭉툭했다.

해리의 당혹감은 한 발 한 발 내디딜 때마다 깊어졌다. 어둠의 마법사들이나 살 법한 이 집에서 다들 대체 뭘 하고 있는 걸까?

"위즐리 아줌마, 왜……?"

"론과 헤르미온느가 다 설명해 줄 거다, 얘야. 난 빨리 가 봐야 한단다." 위즐리 부인은 다른 일에 정신이 팔린 듯 숨 죽여 말했다. "저기란다." 그들은 두 번째 층계참에 다다라 있었다. "오른쪽 문이야. 끝나면 부르마."

그녀는 서둘러 다시 계단을 내려갔다.

해리는 우중충한 층계참을 걸어간 다음 뱀 머리 모양 손 잡이를 돌려서 문을 열었다.

천장이 높고 어둑어둑한 방에 침대 두 개가 놓여 있었다. 곧 시끌벅적하게 웅성거리는 소리가 들리더니 뒤이어 날 카로운 외침이 울렸다. 북슬북슬한 머리카락이 해리의 눈 앞을 가로막았다. 헤르미온느가 해리를 쓰러뜨릴 기세로 그를 와락 끌어안은 것이다. 론의 새끼 부엉이 피그위전도 흥분을 감추지 못하고 둘의 머리 위를 붕붕 날아다녔다.

"**해리!** 론, 왔어! 해리가 왔어! 네가 오는 소리 못 들었는 데! 아, *어떻게 지냈어?* 괜찮아? 우리한테 화났니? 틀림없 이 그랬을 거야. 나도 우리 편지가 쓸모없었을 거라는 거 알아. 하지만 너한테 아무 말도 할 수 없었어. 덤블도어 교 수님한테 절대 말하지 않겠다고 맹세했거든. 아, 해 줄 얘기가 너무 많아. 너도 하고 싶은 말이 많을 거야. 디멘터가 나타났다며! 그 얘기랑 마법 정부 청문회 얘기를 듣고 얼마나 기가 막혔는지. 내가 다 뒤져 봤는데, 그 사람들은 널 퇴학시킬 수 없어. 당연하지. 미성년 마법의 합리적 제한에 관한 법령을 보면 생명이 위험한 상황에 관한 조항이……."

"쟤 숨 좀 돌리게 해 줘라, 헤르미온느." 방에 들어온 론이 해리의 등 뒤에서 문을 닫고 씩 웃으며 말했다. 론은 몇 달 새 키가 몇 센티미터 더 자란 듯, 길쭉한 코와 붉은색 머리카락과 주근깨는 여전했지만 여느 때보다 더 길고 껑충해 보였다.

헤르미온느는 여전히 활짝 웃는 얼굴로 해리를 놓아주었다. 하지만 그녀가 채 입을 열기도 전에 부드러운 휙 소리와 함께 뭔가 하얀 것이 어두운 옷장에서 날아와 해리의 어깨에 부드럽게 내려앉았다.

"헤드위그!"

해리가 깃털을 쓰다듬자 눈처럼 하얀 올빼미가 부리를 딱딱 부딪치며 다정스레 그의 귀를 깨물었다.

"그 녀석은 제정신이 아니었어." 론이 말했다. "네 마지막 편지를 가져왔을 땐 우리를 쪼아 죽일 뻔했다니까. 이것 좀 봐."

론은 해리에게 오른손 검지를 보여 주었다. 그 손가락은 반쯤 아물었지만 깊이 파인 상처가 아직 남아 있었다.

"아, 그래." 해리가 말했다. "그건 미안해. 너희 답장을 받고 싶어서 그랬어."

"우리도 당연히 너한테 답장을 보내고 싶었어." 론이 말했다. "헤르미온느가 얼마나 속상해했는지 몰라. 네가 아무 소식도 못 듣고 혼자 틀어박혀 있으면 무슨 멍청한 짓을 벌일지 모른다면서 계속 안절부절못했어. 근데 덤블도어가⋯⋯."

"나한테는 말하지 않겠다고 맹세하게 했다며." 해리가 말했다. "그래, 방금 헤르미온느한테서 들었어."

해리의 마음 깊은 곳에서 뭔가 얼음처럼 차가운 것이 흘러넘쳐, 세상에서 가장 소중한 두 친구를 본 순간 가슴속에서 타올랐던 온기를 꺼뜨렸다. 한 달 내내 그토록 보고 싶었던 친구들이었건만, 갑자기 론과 헤르미온느가 곁에 없었으면 좋겠다는 생각이 들었다.

어색한 침묵 속에서 해리는 누구에게도 눈길을 주지 않고 무의식적으로 헤드위그만 쓰다듬었다.

"덤블도어 교수님은 그게 최선이라고 생각하시는 것 같

앉어." 헤르미온느가 숨죽인 목소리로 말했다.

"그래." 해리가 말했다. 그는 헤르미온느의 손에도 헤드 위그의 부리에 쪼인 상처가 있다는 것을 알아챘지만 미안한 마음은 전혀 들지 않았다.

"네가 머글들과 있는 게 가장 안전하다고 생각하신 것 같아⋯⋯." 론이 입을 열었다.

"그래?" 해리가 눈썹을 치켜올리며 말했다. "너희 중에도 이번 여름에 디멘터한테 공격당한 사람이 있어?"

"아, 아니⋯⋯ 하지만 덤블도어 교수님은 바로 그런 상황이 일어날까 봐 불사조 기사단 사람들이 항상 네 뒤를 따라다니도록⋯⋯."

해리는 계단을 내려가다가 발을 헛디뎠을 때처럼 가슴이 철렁했다. 그러니까 그만 빼고 모두가 그 사실을 알고 있었던 것이다.

"근데 별 소용이 없었네. 안 그래?" 해리는 되도록 목소리를 침착하게 유지하려고 애썼다. "결국 나 스스로를 지켜야 했잖아?"

"엄청 화를 내셨어." 헤르미온느가 겁에 질린 듯한 목소리로 말했다. "덤블도어 교수님 말이야. 우리가 봤는데, 먼덩거스가 교대 시간 전에 자리를 비운 걸 아시고는⋯⋯. 덤블도어 교수님이 얼마나 무서워 보였는지 몰라."

"먼덩거스가 자리를 비워서 다행이었네." 해리가 차갑게
말했다. "그렇지 않았다면 내가 마법을 쓸 일도 없었을 테
고, 덤블도어 교수님은 아마 올여름 내내 날 프리빗가에 내
버려 뒀을 테니까."

"넌…… 마법 정부 청문회는 걱정 안 돼?" 헤르미온느가
조심스럽게 물었다.

"응." 해리는 일부러 뻬딱하게 거짓말을 했다. 그러고는
두 사람에게서 떨어져 방을 둘러보았다. 헤드위그는 만족
스러운 듯 해리의 어깨에 가만히 앉아 있었다. 하지만 이
방은 그의 기분을 북돋아 줄 것 같지 않았다. 방은 축축하
고 어두웠다. 벽지가 떨어져 나간 벽을 그나마 덜 누추해
보이게 하는 건 텅 빈 캔버스가 끼워진 액자뿐이었다. 해리
는 그 곁을 지날 때 누군가가 보이지 않는 곳에 숨어서 코
웃음 치는 소리를 들은 것 같았다.

"그럼 덤블도어 교수님은 왜 그렇게 기를 쓰고 나한테 아
무것도 알려 주지 않으려고 한 거래?" 계속 태연한 목소리
를 유지하려고 애쓰며 해리가 물었다. "너희가…… 어……
한번 물어보기나 했는지는 모르겠지만."

때마침 고개를 든 덕분에 그는 론과 헤르미온느가 눈길

을 주고받는 모습을 놓치지 않았다. 해리에게서 이 질문을 들을까 봐 염려해 온 기색이 역력했다. 둘의 반응을 보자 해리는 더욱 화가 치밀어 올랐다.

"우린 무슨 일이 벌어지고 있는지 너에게 알려 주고 싶다고 덤블도어한테 말했어." 론이 말했다. "정말이야. 그런데 덤블도어는 엄청 바빠. 우리도 여기 오고 나서 두 번밖에 못 봤어. 그것도 아주 짧게만. 너한테 보내는 편지에 중요한 내용을 쓰지 않겠다고 맹세하라고만 했어. 누가 부엉이를 가로챌 수도 있다면서."

"덤블도어 교수님은 마음만 먹으면 얼마든지 나한테 연락할 수 있었어." 해리가 잘라 말했다. "그분이 부엉이 없이 연락하는 방법을 모른다고 말하려는 건 아니지?"

헤르미온느가 론을 흘끔 보더니 입을 열었다. "나도 그렇게 생각했어. 하지만 덤블도어 교수님은 네가 아무것도 모르길 바라셨어."

"내가 믿을 만하지 않다고 생각하나 보네." 해리가 그들의 표정을 살피며 말했다.

"멍청한 소리 마." 론이 굉장히 당혹한 표정을 지으며 말했다.

"아니면 내가 자기 몸 하나 지킬 줄도 모른다고 생각하든지."

"그렇지 않아!" 헤르미온느가 불안해하며 말했다.

"그럼 너희 둘은 여기서 벌어지는 모든 일에 참여하고 있는데, 나는 왜 더즐리네 집에만 있어야 했던 거야?" 해리의 입에서 단어들이 꼬리에 꼬리를 물며 거침없이 쏟아져 나왔다. 한 마디 한 마디 뱉어 낼 때마다 목소리가 점점 커졌다. "왜 너희는 뭐가 어떻게 되고 있는지 다 아는데……."

"아니야, 우리도 몰라!" 론이 말을 끊었다. "엄마는 우리가 회의 장소 근처에도 못 오게 해. 우리가 너무 어리다면서……."

하지만 해리는 자기도 모르게 고함을 지르고 있었다.

"아, 회의에 못 들어가셨어요? 그것 참 큰일이네! 그래도 너희는 여기 있지 않았어? 둘이 같이 있었잖아. 나는 어땠는 줄 알아? 한 달 동안 더즐리네 집에 처박혀 있었어! 나는 너희가 해낸 것보다 더 많은 일을 해냈고, 덤블도어 교수님도 그 사실을 알고 있어. 마법사의 돌을 지킨 게 누군데? 리들을 없앤 건? 너희 둘을 디멘터한테서 구해 준 건 또 누구고?"

지난 한 달 동안 해리의 마음속에 쌓였던 분노와 서운함이 한꺼번에 쏟아져 나왔다. 아무 소식도 듣지 못하는 답답

함, 그만 빼놓고 모두 함께 있었던 것에 대한 섭섭함, 많은 사람이 그를 따라다니고 있었다는 얘기를 듣지 못한 것에 대한 분노. 어느 정도 부끄럽기도 한 이 모든 감정이 마침내 입 밖으로 터져 나온 것이다. 그의 고함 소리에 놀란 헤드위그가 다시 옷장 위로 날아갔다. 피그위전도 잔뜩 겁을 먹고 짹짹거리며 머리 위를 붕붕 날아다녔다.

"지난 학기에 용이니 스핑크스니 온갖 끔찍한 괴물을 상대했던 게 누구지? 그자의 부활을 본 사람은? 그자에게서 도망쳐야 했던 사람은 또 누구냐고? 바로 나야!"

론은 입을 벌린 채 그 자리에 서 있었다. 큰 충격을 받아 할 말을 잃은 것 같았다. 헤르미온느는 울음을 터뜨리기 일보 직전이었다.

"근데 무슨 일이 벌어지는지 내가 알아서 뭐 하겠어? 무슨 일이 벌어지고 있는지 누가 나한테 굳이 말해 줄 필요가 있겠어?"

"해리, 우린 말해 주고 싶었어. 정말이야……." 헤르미온느가 입을 열었다.

"무슨 수를 써서라도 말해 주고 싶은 건 아니었잖아? 정말 그런 마음이었으면 나한테 부엉이를 보냈겠지. 하지만 덤블도어 교수님이 너희한테 맹세하라고 해서……."

"그건 사실이야……."

"나는 4주 동안이나 프리빗가에 처박혀 있었어. 무슨 일이 벌어지고 있는지 알아보겠다고 쓰레기통에서 신문 쪼가리나 뒤지면서."

"우리는 정말……."

"너희는 정말 웃겼겠다. 모두 여기에 틀어박혀서……."

"아냐, 진짜로……."

"해리, 정말 미안해!" 헤르미온느가 두 눈에 눈물을 글썽이며 절박한 목소리로 말했다. "네 말이 맞아, 해리. 나라도 엄청 화났을 거야!"

해리는 숨을 크게 몰아쉬면서 그녀를 노려본 다음 다시 돌아서서 방 안을 서성거렸다. 옷장 위에서 헤드위그가 침울하게 부엉부엉 울었다. 침묵이 길게 이어지는 가운데 해리의 발밑에서 마룻바닥이 삐걱거리는 구슬픈 소리만 들릴 뿐이었다.

"그건 그렇고, 여긴 뭐 하는 데야?" 해리가 론과 헤르미온느에게 따지듯 물었다.

"불사조 기사단 본부야." 론이 재빨리 말했다.

"어디 귀찮아서 나한테 불사조 기사단이 뭔지 말해 줄 사람이 있으려나?"

"비밀 단체야." 헤르미온느가 재깍 대답했다. "덤블도어 교수님이 만들어서 이끌고 있어. 단원들은 모두 예전에 '그 사람'과 맞서 싸웠던 사람들이고."

"누가 있는데?" 해리는 양손을 주머니에 넣은 채 걸음을 멈추고 물었다.

"꽤 많아……."

"우리는 스무 명 정도 만나 봤어." 론이 말했다. "그보다 더 많은 것 같지만."

해리는 그들을 쏘아보았다.

"그래서?" 그가 둘을 번갈아 보며 물었다.

"응?" 론이 말했다. "그래서 뭐?"

"볼드모트 말이야!" 해리가 화가 나서 고함을 지르자 론과 헤르미온느가 동시에 움찔했다. "대체 무슨 일이 벌어지고 있는 거야? 그자는 뭘 하고 있어? 어디 있는데? 그자를 막기 위해 우리는 뭘 하고 있는 거냐고."

"말했잖아, 기사단은 우리를 회의에 끼워 주지 않아." 헤르미온느가 조금 짜증스러운 듯 말했다. "그래서 우리도 자세한 건 몰라. 대충 짐작만 할 뿐이야." 해리의 표정을 본 그녀가 얼른 덧붙였다.

"프레드랑 조지가 '길어지는 귀'를 발명했거든." 론이 말했다. "아주 쓸 만해."

"길어지는…… 뭐?"

"길어지는 귀. 얼마 전에 엄마한테 들켜서 더 이상 쓸 수 없게 되긴 했지만. 엄마가 몽땅 갖다 버리려고 해서 프레드랑 조지가 어쩔 수 없이 전부 숨겨 놨어. 하지만 엄마가 눈치채기 전까지는 꽤 유용하게 썼어. 기사단 중 몇몇이 정체가 밝혀진 죽음을 먹는 자의 뒤를 쫓고 있다는 걸 알게 됐고……."

"기사단에 더 많은 사람들을 모집하려고 애쓰는 사람들도 있고……." 헤르미온느가 말했다.

"그리고 몇 명은 뭔가를 지키고 있어." 론이 말을 받았다. "항상 경비 서는 일에 대해 얘기했거든."

"그게 나였을 리는 없고. 그렇지?" 해리가 비꼬듯이 말했다.

"아, 그렇겠네!" 론이 이제 이해했다는 표정을 지었다.

해리는 코웃음을 쳤다. 그는 론과 헤르미온느에게서 시선을 거두고 다시 방 안을 걸어 다녔다. "그럼 너희 둘은 뭘 하고 있었던 거야? 회의에도 못 들어갔다면서." 해리가 물었다. "너희도 바빴다고 했잖아."

"그랬어." 헤르미온느가 말했다. "우리는 이 집을 깨끗이 청소했어. 꽤 오랫동안 비워 놔서 그런지 온갖 것이 자라고 있었거든. 부엌이랑 침실은 거의 다 치웠고, 내일부터 거실을 청소하려고…… **앗, 깜짝이야!**"

'펑', '펑' 하는 큰 소리가 연달아 나더니 론의 쌍둥이 형인 프레드와 조지가 방 한가운데 나타났다. 피그위전이 요란하게 짹짹거리며 옷장 위에 있는 헤드위그 곁으로 쌩 날아갔다.

"그런 짓 좀 하지 마!" 헤르미온느가 힘 빠진 목소리로 쌍둥이에게 말했다. 그들은 론만큼 선명한 붉은색 머리카락을 갖고 있었지만, 론보다 다부진 체격에 키는 그보다 살짝 작았다.

"안녕, 해리." 조지가 활짝 웃으며 인사했다. "어디서 네 감미로운 목소리가 들리길래."

"그런 식으로 분노를 쌓아 두면 안 돼, 해리. 다 쏟아 버려." 프레드 역시 활짝 웃으며 말했다. "80킬로미터쯤 떨어져 있는 사람 두어 명 빼고는 모든 사람이 네 목소리를 들었겠지만."

"둘 다 순간이동 시험에 합격했나 보네?" 해리가 퉁명스럽게 물었다.

"뛰어난 성적으로." 프레드가 말했다. 그의 손에는 기다란 살구색 끈 같은 것이 들려 있었다.

"계단 내려오는 데 겨우 30초 정도밖에 안 걸릴 텐데."

"시간은 갈레온이란다, 동생아." 프레드가 말했다. "어쨌든, 해리 넌 길어지는 귀를 이용한 우리의 수신을 방해하고 있어." 해리가 눈썹을 치켜올리는 모습을 본 그가 끈을 들어 보이며 덧붙였다. 그 끈은 방 바깥의 층계참으로 이어져 있었다. "아래층에서 무슨 일이 벌어지는지 들어 보려고 애쓰는 중이었거든."

"조심하는 게 좋을걸." 론이 길어지는 귀를 바라보며 말했다. "하나라도 엄마 눈에 다시 띄었다간……."

"그 정도 위험은 감수해야지. 이번에는 아주 중요한 회의라서 말이야." 프레드가 말했다.

그때 문이 열리고 숱 많은 긴 빨간 머리가 나타났다.

"안녕, 해리!" 론의 여동생 지니가 밝은 목소리로 말했다. "네 목소리가 들린 것 같았어."

지니가 프레드와 조지를 돌아보며 말했다. "길어지는 귀는 안 통해. 엄마가 부엌문에 철벽 마법을 걸어 놨거든."

"그걸 어떻게 알아?" 조지가 맥 빠진 얼굴로 말했다.

"통스가 확인하는 방법을 알려 줬어." 지니가 말했다. "아무거나 문에 던져 보면 돼. 물건이 문에 닿지 않으면 철벽 마법에 걸린 거야. 내가 계단 위에서 똥폭탄을 여러 개 던져 봤는데 다 튕겨 나가더라고. 그러니까 문틈으로 길어지는 귀를 넣을 방법은 없어."

프레드는 깊은 한숨을 내쉬었다.

"이런 안타까운 일이. 스네이프 자식이 무슨 속셈인지 알고 싶었는데."

"스네이프라니!" 해리가 반사적으로 소리쳤다. "스네이프가 여기 있어?"

"응." 조지가 조심스럽게 문을 닫고 침대에 걸터앉으며 말했다. 프레드와 지니가 그 옆에 앉았다. "지금 뭔가 보고하고 있어. 일급비밀이래."

"재수 없는 놈." 프레드가 무심히 내뱉었다.

"스네이프는 이제 우리 편이야." 헤르미온느가 나무라듯 말했다.

론이 코웃음을 쳤다. "그렇다고 없던 정이 생기는 건 아니지. 우릴 보는 그 눈빛을 봐."

"빌도 스네이프를 싫어하더라." 지니가 말했다. 더 이상 말할 것도 없다는 투였다.

해리는 여전히 분이 풀리지 않았지만, 좀 더 자세한 소식을 듣고 싶은 마음에 소리 지르고 싶은 충동을 억눌렀다.

그는 맞은편 침대에 털썩 앉았다.

"빌이 여기에 있어?" 해리가 물었다. "이집트에서 일하는 줄 알았는데."

"사무직에 지원해서 집에서 일하게 됐어. 기사단 일도 하고 말이야." 프레드가 말했다. "무덤들이 그립다던데." 그가 히죽 웃었다. "하지만 대신 좋은 점도 있으니까."

"무슨 뜻이야?"

"플뢰르 들라쿠르 기억나?" 조지가 물었다. "걔가 그린고츠에 취직했거든. 영어 쉴력을 향상쉬키려고오."

"그리고 빌이 열성적으로 개인 교습을 해 주고 있지." 프레드가 낄낄거렸다.

"찰리도 기사단에 들어왔어." 조지가 말했다. "아직 루마니아에 있긴 하지만. 덤블도어가 외국 마법사들을 되도록 많이 끌어모으고 싶어 해서, 찰리는 쉬는 날마다 그 나라 마법사들과 접촉을 시도하고 있어."

"그런 일은 퍼시가 할 수 있잖아?" 해리가 물었다. 해리가 아는 바로는 위즐리 형제 중 셋째인 퍼시는 마법 정부 국제 마법 협력부에서 일하고 있었다.

해리의 말에 위즐리 형제와 헤르미온느가 어두운 표정으로 의미심장한 눈빛을 주고받았다.

"무슨 일이 있어도 엄마 아빠 앞에서 퍼시 얘기는 꺼내지 마." 론이 긴장한 목소리로 해리에게 말했다.

"왜?"

"퍼시 이름이 나올 때마다 아빠는 손에 들고 있는 걸 부숴 버리고, 엄마는 우시거든." 프레드가 말했다.

"끔찍했어." 지니가 서글픈 표정을 지었다.

"그딴 자식은 없는 게 나아." 조지가 평소답지 않게 얼굴을 일그러뜨리며 말했다.

"무슨 일 있었어?" 해리가 물었다.

"퍼시랑 아빠가 한바탕했거든." 프레드가 말했다. "아빠가 누구랑 그렇게 싸우는 건 처음 봤어. 주로 소리 지르는 쪽은 엄마였는데."

"학기가 끝나고 첫 주에 벌어진 일이야." 론이 말했다. "우리는 기사단에 가담하기 위해 여기 오려던 참이었어. 그런데 퍼시가 집에 오더니 승진을 했다는 거야."

"설마!" 해리는 깜짝 놀랐다.

퍼시가 굉장한 야심가라는 사실은 아주 잘 알고 있었지만, 해리가 보기에 그는 첫 직장인 마법 정부에서 별다른 성공을 거두지 못하는 것 같았다. 퍼시는 그의 상관이 볼드모트 경에게 조종당하고 있다는 사실을 알아차리지 못하는 크나큰 실수를 저질렀다(물론 마법 정부가 그 사실을 믿은 건 아니다. 그들은 모두 크라우치 장관이 미쳤다고만 생각했다).

"그래, 우리 모두 놀랐어." 조지가 말했다. "크라우치 사건 때문에 조사를 받으니 뭐니 한바탕 난리가 났었으니까. 사람들은 퍼시가 크라우치가 제정신이 아닌 걸 알아차리고 상급자한테 보고했어야 한다고 말했어. 하지만 너도 퍼시 성격 알잖아. 크라우치가 중책을 맡겼으니 불평하고 싶지 않았던 거야."

"그런데 어떻게 승진한 거야?"

"우리가 놀란 것도 바로 그 때문이었어." 론이 말했다. 그는 해리가 고함을 지르지 않는 틈을 타서 일상적인 대화를 이어 나가고 싶어 하는 것 같았다. "퍼시는 한껏 의기양양해져서 집으로 돌아왔어. 잘 상상이 안 되겠지만, 평소보다 더 자부심이 넘쳤지. 그러더니 아빠한테 딴 데도 아니고 퍼지 총리 집무실에 자리를 얻었다고 말하는 거야. 호그와트를 졸업한 지 겨우 1년밖에 안 된 사람한테는 분에 넘치는 자리였지. 총리 보좌관의 조수라니! 퍼시는 아빠가 굉장히 자랑스러워할 거라고 생각한 것 같아."

"하지만 아니었지." 프레드가 어두운 음성으로 말했다.

"왜?" 해리가 물었다.

"퍼지가 마법 정부를 헤집고 다니면서 아무도 덤블도어와 접촉하지 못하도록 잡도리를 하는 것 같더라고." 조지가 말했다.

"요즘 마법 정부에서는 덤블도어의 명성이 시궁창 밑바닥까지 떨어져 있어." 프레드가 말했다. "다들 덤블도어가 쓸데없이 '그 사람'이 돌아왔다고 떠들고 다니면서 말썽만 일으킨다고 생각하거든."

"아빠가 그러는데, 퍼지가 덤블도어와 손잡은 사람은 누구든 책상 비울 각오를 하라고 노골적으로 말했대." 조지가 말했다.

"문제는, 퍼지가 아빠를 의심한다는 거야. 아빠가 덤블도어랑 친하다는 것도 뻔히 아는 데다가, 전부터 머글과 관련된 일에 집착하는 아빠를 조금 이상하게 생각했거든."

"그게 퍼시랑 무슨 상관인데?" 해리가 혼란스러워하며 물었다.

"내가 하려는 얘기가 그거야. 아빠는 퍼지 총리가 퍼시를 자기 집무실에 두려는 건 단지 퍼시를 우리 가족과 덤블도어를 염탐할 스파이로 쓰고 싶어 하기 때문이라고 생각해."

해리는 나지막하게 휘파람을 불었다.

"퍼시가 엄청 좋아했겠구나."

론은 공허한 웃음을 지었다.

"완전히 미쳐 날뛰더라. 그러더니 온갖 끔찍한 말을 퍼부어 댔어. 자기가 마법 정부에 들어가서 아빠의 형편없는 평판 때문에 얼마나 고생했는지 모른다는 둥, 아빠가 야심이 없는 탓에 우리 가족이 항상 돈에 쪼들리는 거라는 둥……."

"뭐?" 해리가 믿을 수 없다는 듯 물었다. 지니가 화난 고양이가 내는 것 같은 소리를 냈다.

"내 말이." 론이 목소리를 낮추고 말했다. "그게 다가 아냐. 퍼시는 덤블도어랑 어울리는 아빠가 바보라고, 덤블도어는 지금 제 무덤을 파고 있는데 아빠도 그 무덤에 같이 들어가게 될 거라고 했어. 그리고 자기는 어디에 충성해야 하는지 안다고, 그곳은 바로 마법 정부라고 말했지. 엄마 아빠가 정부를 배신한다면 자긴 더 이상 우리와 가족이 아니라는 걸 모든 사람한테 알리겠다고 했어. 그러더니 그날 밤에 짐을 싸들고 나가 버린 거야. 지금은 여기 런던에서 지내고 있어."

해리는 숨죽인 채 욕설을 내뱉었다. 전부터 론의 다른 형제들 가운데 퍼시에게 가장 호감이 덜 가긴 했지만, 그가

138

위즐리 씨에게 그런 말을 할 줄은 상상도 못 했다.

"엄마는 제정신이 아니었어." 론이 말했다. "울고불고 난리도 아니었지. 퍼시와 이야기해 보려고 런던에 왔는데, 퍼시가 엄마 눈앞에서 문을 쾅 닫아 버렸어. 직장에서 아빠를 마주치면 어떻게 하는지 모르겠네. 아마 모른 척하겠지."

"하지만 퍼시는 볼드모트가 돌아왔다는 걸 모를 리가 없을 텐데." 해리가 천천히 말을 이었다. "그 정도로 멍청하진 않잖아. 너희 엄마 아빠가 아무 증거도 없이 그 모든 위험을 무릅쓰고 계실 리 없다는 걸 알 거라고."

"그래, 그렇잖아도 말다툼하던 중에 네 이름이 나왔어." 론이 해리에게 은근슬쩍 눈길을 주며 말했다. "퍼시는 유일한 증거는 네 말뿐이라면서…… 모르겠다……. 그걸로는 충분하지 않다고 생각하는 것 같아."

"퍼시는 《예언자일보》 기사를 진지하게 받아들이는 거야." 헤르미온느가 쏘아붙이자 다들 고개를 끄덕였다.

"무슨 소리야?" 해리가 모두를 둘러보며 물었다. 다들 조심스러운 눈빛으로 그를 바라보고 있었다.

"너…… 너 그동안 《예언자일보》 안 읽어 봤어?" 헤르미온느가 초조한 듯 물었다.

"아니, 읽었어!" 해리가 말했다.

"그럼, 음…… 꼼꼼히 읽어 봤니?" 헤르미온느가 더욱 불안해하며 물었다.

"처음부터 끝까지 읽지는 않았지." 해리가 변명하듯 말했다. "볼드모트에 관한 기사라면 1면에 실릴 거 아니야."

그 이름을 들은 사람들이 움찔했다. 헤르미온느가 서둘러 입을 열었다. "처음부터 끝까지 꼼꼼하게 읽어 봤어야지. 《예언자일보》 기자들이 1주일에 몇 번씩이나 기사에서 널 언급했단 말이야."

"하지만 내가 읽어 본 데서는……."

"1면만 읽었다면 당연히 못 봤을 거야." 헤르미온느가 고개를 저으며 말했다. "큰 기사가 실렸다는 게 아니야. 그냥 농담 거리처럼 네 얘기를 슬쩍 집어넣는다고."

"그게 무슨……?"

"정말 불쾌한 수법이야." 헤르미온느가 억지로 침착한 척 말했다. "리타 스키터의 기사만 믿고."

"하지만 그 사람은 더 이상 그 신문에 기사를 쓰지 않잖아?"

"아, 그래. 리타 스키터는 약속을 지켰어. 달리 선택의 여지가 없었지." 헤르미온느가 만족스럽게 덧붙였다. "하지만 그 여자는 정부에서 지금 하는 일에 발판을 마련해 줬어."

"무슨 일?" 해리가 조바심을 내며 물었다.

"예전에 그 사람이 네가 여기저기서 졸도한다느니 흉터가 아프다고 징징거린다느니 하는 기사 썼던 거 알지?"

"응." 리타 스키터가 그에 대해 썼던 기사는 금방 잊을 만한 게 아니었다.

"《예언자일보》는 네가 망상에 사로잡혀서, 대단한 비극적 영웅이라도 된 양 사람들의 관심을 끌고 싶어 한다는 식으로 기사를 쓰고 있어." 헤르미온느는 빨리 이야기해 주면 해리가 덜 불쾌해할 거라고 생각했는지 단숨에 말을 쏟아 냈다. "끊임없이 널 헐뜯는 얘기들을 끼워 넣는 거야. 터무니없는 사건이 터지면 '해리 포터 같은 이야기다'라고 비꼬고, 누가 이상한 사고를 겪으면 '부디 희생자의 이마에 흉터가 남지 않기를 바란다. 그렇지 않으면 다음에는 그자를 숭배하란 말을 들을지도 모르니까'라고…….''

"난 사람들이 날 숭배하기를 바라지 않…….'' 잔뜩 열 받은 해리가 입을 열었다.

"나도 알아." 헤르미온느가 겁먹은 표정으로 재빨리 말했다. "잘 알아, 해리. 하지만 그 사람들이 왜 그러는지는 알지? 아무도 널 믿지 않게 만들려는 거야. 그 배후에는 틀림없이 퍼지가 있을 거고. 그 사람들은 다른 마법사들이 너를 그저 한심한 꼬맹이라 여기고 우스갯거리로 삼게 만들려는 거야. 유명해진 게 너무 좋고 그 명성을 계속 유지하고 싶은 마음에 엉터리 같은 이야기를 꾸며 대는 철부지라고 말이야."

"내가 원한 게…… 난 그런 걸 바라지 않았어. 볼드모트는 우리 부모님을 죽였단 말이야!" 해리가 식식거리며 말했다. "내가 유명해진 건 그자가 우리 부모님은 죽였지만 나는 죽이지 못했기 때문이야! 세상에 누가 그런 식으로 유명해지길 바라겠어? 그런 일 따위 아예 일어나지 않는 게 나았을 거라는 생각은……."

"우린 알아, 해리." 지니가 진심을 담아 말을 건넸다.

"그리고 디멘터들이 널 공격한 일은 한 마디도 보도되지 않았어." 헤르미온느가 말했다. "누군가가 그 일에 대해서는 입을 다물라고 지시한 거야. 디멘터들이 통제를 벗어났다면 정말 엄청난 기삿거리일 텐데 말이지. 심지어 네가 국제 비밀 유지 법령을 위반한 사실도 보도되지 않았어. 우린 당연히 보도될 거라 생각했는데. 이거야말로 자기과시하기 좋아하는 멍청이라는 이미지에 딱 어울리는 사건이잖아. 아마 그 사람들은 네가 퇴학당하길 기다리고 있을 거야. 만에 하나 네가 퇴학을 당하면 그다음에는 정말 신나게 써 대겠지." 헤르미온느는 서둘러 말을 이었다. "네가 퇴학당할 일은 절대 없어. 그자들이 법을 지킨다면 말이야. 너한테 불리한 판례가 없거든."

이야기는 다시 청문회로 돌아왔다. 하지만 해리는 그 일에 대해 생각하고 싶지 않았다. 뭔가 화제를 돌릴 만한 것들을 머릿속으로 떠올리고 있는데 계단을 올라오는 발소리가 들렸다.

"아, 이런."

프레드가 길어지는 귀를 힘껏 당겼다. 또다시 '펑' 하는 요란한 소리가 나더니 그와 조지가 사라졌다. 잠시 뒤 위즐리 부인이 침실 문 앞에 나타났다.

"회의 끝났다. 이제 내려와서 저녁 먹자꾸나. 다들 널 보고 싶어서 목이 빠질 지경이란다, 해리. 그런데 부엌문 앞에 저 똥폭탄은 다 누가 놔둔 거니?"

"크룩섕스요." 지니가 얼굴 한 번 붉히지 않고 말했다. "그거 갖고 노는 걸 좋아하더라고요."

"그렇구나." 위즐리 부인이 말했다. "난 크리처일지도 모른다고 생각했지. 맨날 그런 이상한 짓을 해 대니까. 자, 복도에서 목소리 낮추는 거 잊지 말고. 지니, 손이 더럽구나. 뭘 하고 있었던 거니? 저녁 먹기 전에 가서 씻고 오렴."

지니는 다른 사람들을 향해 얼굴을 찡그려 보이더니 어머니를 따라 방을 나섰다. 방에는 다시 해리, 론, 헤르미온느만 남겨졌다. 론과 헤르미온느는 다른 사람들이 다 가 버려서 해리가 다시 소리를 지르진 않을까 걱정스러운 눈으로 그를 지켜보고 있었다. 해리는 안절부절못하는 둘의 모습을 보자 살짝 부끄러운 기분이 들었다.

"저기······." 그가 입을 열었지만, 론은 절레절레 고개를 저었고, 헤르미온느는 침착한 목소리로 말했다. "해리, 네가 화낼 만해. 정말 널 비난할 생각은 없어. 하지만 너도 이해해야 해. 우린 덤블도어 교수님을 설득하려고 노력했어."

"그래, 알아." 해리가 짧게 말했다.

덤블도어를 생각하는 것만으로도 가슴속에서 분노가 끓어올랐기에 그는 교장 선생과 관련 없는 화제를 떠올리려고 애썼다.

"크리처가 누구야?" 그가 물었다.

"여기 사는 집요정." 론이 말했다. "미친놈이야. 그런 녀석은 처음 봐."

헤르미온느가 론을 보며 얼굴을 찌푸렸다.

"크리처는 미치지 않았어, 론."

"그 녀석의 평생소원은 자기 어머니처럼 머리가 잘려서

명판에 올라가는 거야." 론이 짜증 난다는 듯 말했다. "그게 정상이라고 생각해, 헤르미온느?"

"뭐, 좀 이상한 점이 있다고 해도 그건 크리처 잘못이 아니야."

론이 해리에게 시선을 돌렸다.

"헤르미온느는 아직 토사물을 포기 안 했어."

"토사물(spew)이 아니라니까!" 헤르미온느가 열을 내며 말했다. "집요정 복지 증진 협회(S.P.E.W)야. 그리고 나만 이러는 게 아냐. 덤블도어 교수님도 크리처를 친절하게 대해야 한다고 하셨잖아."

"그래, 그래." 론이 말했다. "빨리 가자, 배고파 죽겠어."

론은 앞장서서 문을 열고 층계참으로 갔다. 하지만 계단을 내려가기 전에……

"잠깐!" 하고 작게 소리치더니 팔을 홱 뻗어 해리와 헤르미온느의 앞을 막았다. "복도에 아직 사람들이 있어. 새로운 소식을 들을 수 있을지도 몰라."

셋은 조심스럽게 난간 너머를 바라보았다. 어두컴컴한 복도에는 해리를 데리러 왔던 호위대를 비롯한 마법사들이 가득했다. 그들은 흥분한 기색으로 소곤거리고 있었다. 그 사람들 가운데 기름진 검은 머리카락과 유난히 두드러진 코가 눈에 띄었다. 해리가 호그와트에서 가장 싫어하는 선생인 스네이프 교수였다. 해리는 난간 너머로 몸을 더 기울였다. 대체 스네이프가 불사조 기사단에서 무슨 일을 하고 있는지 무척 궁금했다.

그때 해리의 눈앞으로 가느다란 살구색 끈 한 가닥이 내려왔다. 고개를 들어 보니 위층 층계참에서 프레드와 조지가 어두컴컴하게 보이는 사람들을 향해 길어지는 귀를 조심조심 내려뜨리고 있었다. 하지만 곧 모두가 현관으로 향해서 보이지 않게 되었다.

"젠장." 프레드가 나직이 내뱉는 소리가 들렸다. 그는 길어지는 귀를 다시 위로 끌어 올렸다.

현관문이 열렸다가 닫히는 소리가 들렸다.

"스네이프는 절대 여기서 밥을 먹지 않아." 론이 해리에게 조용히 말했다. "고마운 일이지. 자, 어서 가자."

"해리, 복도에서 목소리 낮추는 걸 잊지 마." 헤르미온느가 속삭였다.

벽에 걸린 집요정 머리들을 지나는데 루핀과 위즐리 부인과 통스가 현관문 앞에 있는 모습이 보였다. 그들은 방금 마법사들이 나간 문에 달린 수많은 자물쇠와 빗장을 마법으로 잠그고 있었다.

"식사는 부엌에서 할 거란다." 위즐리 부인이 계단 밑에서 그들을 맞이하며 속삭이듯 말했다. "해리, 얘야. 까치발을 들고 복도를 걸어오너라. 그리고 여기 이 문을 지나서……."

콰당.

"통스!" 위즐리 부인이 뒤를 돌아보면서 짜증 가득한 목소리로 외쳤다.

"죄송해요!" 통스가 바닥에 납작 엎어진 채 울부짖듯 말했다. "저 멍청한 우산꽂이 때문이에요. 저기에 두 번이나 걸려 넘어졌……."

하지만 그녀의 말은 귀청을 찢을 듯 끔찍하고 살 떨리는 비명 소리에 묻혀 버렸다.

해리가 앞서 지나쳤던 좀이 슨 벨벳 커튼이 양쪽으로 확 갈라져 열렸다. 커튼 뒤에 문 같은 건 없었다. 아주 잠깐, 해리는 창문 너머에서 검은 모자를 쓴 나이 든 여자가 고문당하는 것처럼 비명을 지르고 있는 거라고 생각했다. 하지만 곧 그것이 실물 크기의 초상화라는 사실을 깨달았다. 그토록 실감 나면서 기분 나쁜 그림은 여태껏 한 번도 본 적이 없었다.

나이 든 여자가 침을 질질 흘리면서 눈알을 굴렸다. 누레

져 가는 얼굴이 비명을 지르는 내내 팽팽하게 당겨졌다. 곧
이어 복도를 따라 걸려 있는 다른 초상화들도 깨어나 소리
를 지르기 시작했다. 해리는 그 소음에 눈을 질끈 감고 귀
를 틀어막았다.

루핀과 위즐리 부인이 쏜살같이 달려가더니 커튼을 당겨
나이 든 여자를 가리려고 했다. 하지만 커튼은 꿈쩍도 하지
않았다. 초상화 속 여자는 조금 전보다 시끄럽게 비명을 지
르면서 그들의 얼굴을 찢어발기려는 듯 손톱을 세운 채 손
을 휘젓고 있었다. "더러운 것들! 쓰레기들! 천것 중에서도
가장 천한 것들! 잡종! 돌연변이! 괴물! 예서 썩 물러나지
못할까! 감히 내 조상님들의 집을 더럽히다니……."

통스는 거듭 사과하면서, 거대하고 육중한 트롤 다리를
질질 끌어다 다시 일으켜 세웠다. 위즐리 부인은 커튼 닫기
를 포기하고, 재빨리 복도를 오가면서 마법 지팡이로 다른
초상화들에게 기절 마법을 걸었다. 그때 해리의 맞은편 문
이 열리더니 검은 머리카락을 길게 늘어뜨린 남자가 달려
나왔다.

"닥쳐, 이 끔찍한 마귀 할망구야. **닥치라고!**" 그는 위즐
리 부인이 닫다가 포기한 커튼을 움켜쥐고 버럭 소리를 질
렀다.

나이 든 여자의 얼굴이 핼쑥해졌다.

"네 이노오오오옴!" 그녀가 울부짖었다. 남자를 본 그녀의 두 눈이 튀어나올 듯했다. "혈통을 저버린 놈, 혐오스러운 놈, 내 육신의 치욕 같은 놈!"

"**닥치라고** 했지!" 남자가 소리쳤다. 그와 루핀은 엄청난 노력 끝에 힘겹게 커튼을 닫았다.

나이 든 여자의 비명 소리가 사라지자 메아리치는 듯한 침묵이 내려앉았다.

해리의 대부 시리우스가 가볍게 헐떡이며 눈 위로 흘러내린 긴 검은 머리카락을 쓸어 올리면서 고개를 돌려 그를 마주 보았다.

"안녕, 해리." 그가 우울한 목소리로 말했다. "우리 어머니를 만났구나."

5장
불사조 기사단

"누구라고요……?"

"사랑하는 내 어머니." 시리우스가 말했다. "한 달 동안 이 초상화를 떼어 내려고 갖은 애를 썼는데, 캔버스 뒤에 영구 부착 마법을 건 것 같다. 내려가자, 빨리. 또다시 모두 깨어나기 전에."

"근데 아저씨네 어머니 초상화가 왜 여기 있어요?" 해리 가 어리둥절해하면서 물었다. 그들은 문을 지나 좁은 돌계 단을 내려갔다. 다른 사람들이 뒤를 바짝 따랐다.

"아무도 말 안 해 줬니? 여긴 우리 부모님 집이야." 시리 우스가 말했다. "내가 블랙 집안의 마지막 후손이니까 지 금은 내 거지. 내가 덤블도어 교수님한테 이 집을 본부로 쓰자고 제안했다. 내가 할 수 있는 건 이것밖에 없으니까."

해리는 따뜻한 환영을 기대했지만 시리우스의 목소리는 어둡고 쓸쓸하게 들렸다. 그는 대부를 따라 계단을 내려가 지하에 있는 부엌으로 가는 문을 지났다.

거친 돌벽으로 둘러싸인 휑뎅그렁한 그 공간은 위층 복도만큼이나 음침했다. 빛이라고 해 봐야 맞은편 끝에 있는 커다란 벽난로에서 나오는 불빛뿐이었다. 방 안은 포화에 휩싸인 전쟁터처럼 파이프 담배 연기로 자욱했고, 그 사이로 천장 위에 매달린 육중한 무쇠 냄비와 프라이팬이 위협적인 모습을 희미하게 드러냈다. 회의를 하느라 잔뜩 가져다 놓은 의자들 한가운데에는 긴 나무 식탁이 있었고, 그 위에 양피지 두루마리와 잔 여러 개, 빈 와인 병, 낡은 행주 같은 것이 어수선하게 흩어져 있었다. 위즐리 씨와 그의 맏아들 빌이 식탁 저쪽 끝에서 머리를 맞대고 조용히 이야기를 나누고 있었다.

위즐리 부인이 목을 가다듬었다. 그러자 마르고 숱이 줄어 가는 빨간 머리카락에 뿔테 안경을 쓴 그녀의 남편이 돌아보더니 자리에서 벌떡 일어났다.

"해리!" 위즐리 씨가 부리나케 다가와 해리를 반기며 활기차게 손을 잡고 흔들었다. "반갑다!"

위즐리 씨의 어깨 너머로 여전히 긴 머리카락을 하나로 묶은 빌이 보였다. 그는 식탁 위에 놓여 있던 기다란 양피지 두루마리를 얼른 말아 올렸다.

"여행은 괜찮았어, 해리?" 빌이 양피지 두루마리 열두 개를 한 번에 그러모으려고 애쓰며 소리쳤다. "매드아이가 널 그린란드까지 끌고 간 건 아니지?"

"그러려고 했지." 통스는 빌을 도우려고 성큼성큼 다가가다가 마지막 남은 양피지에 양초를 넘어뜨리고 말았다. "아, 이런! *죄송해요.*"

"자." 위즐리 부인은 몹시 짜증이 난 목소리로 내뱉더니 마법 지팡이를 한 번 휘둘러 양피지를 원래대로 돌려놓았다. 그녀가 마법을 걸면서 빛이 번쩍인 순간 건물 설계도 같은 것이 잠깐 보였다.

해리가 보고 있다는 것을 알아챈 위즐리 부인이 식탁에서 도면을 낚아채 양피지 두루마리를 잔뜩 들고 있는 빌의 품에 쑤셔 넣었다.

"회의가 끝났으면 바로 치워야지." 그녀는 그렇게 쏘아붙인 뒤 낡은 찬장으로 빠르게 다가가 저녁 식사에 쓸 접시들을 꺼내기 시작했다.

빌이 마법 지팡이를 꺼내 "에바네스코"라고 중얼거리자

두루마리들이 사라졌다.

"앉아라, 해리." 시리우스가 말했다. "먼덩거스는 만나 봤지?"

해리가 행주 뭉치라고 생각했던 것이 길게 드르렁 코를 골더니 흠칫 놀라 깨어났다.

"누가 나 불렀어?" 먼덩거스가 잠이 덜 깬 목소리로 웅얼거렸다. "나도 시리우스랑 같은 의견이야⋯⋯." 그는 투표라도 하듯 꼬질꼬질한 손을 들어 올렸다. 눈꺼풀이 처진 충혈된 눈은 흐리멍덩했다.

지니가 키득거렸다.

"회의는 끝났어, 덩." 모두가 식탁에 둘러앉자 시리우스가 말했다. "해리가 왔어."

"응?" 먼덩거스가 헝클어진 적갈색 머리카락 사이로 음울하게 해리를 바라보며 코맹맹이 소리로 말했다. "제기랄, 진짜네. 괜찮냐, 해리?"

"네." 해리가 대답했다.

먼덩거스는 해리를 뚫어지게 바라보며 초조한 듯 주머니를 뒤지더니 때 묻은 검은색 담배 파이프를 꺼냈다. 그는 파이프를 입에 물고 마법 지팡이로 불을 붙인 다음 한 모금 깊이 빨아들였다. 얼마 지나지 않아 초록색 연기구름이 자욱하게 그의 모습을 감췄다.

"너한테 사과해야겠지." 냄새 나는 구름 한가운데서 그의 목소리가 툴툴거리듯 말했다.

"마지막 경고예요, 먼덩거스." 위즐리 부인이 소리쳤다. "제발 부엌에서 그것 좀 피우지 말아요. 특히 식사 전에는."

"아." 먼덩거스가 말했다. "맞다. 미안해요, 몰리."

먼덩거스가 파이프를 다시 주머니에 집어넣자 연기구름은 사라졌지만 양말이 타는 것 같은 매캐한 냄새는 여전히 남아 있었다.

"자정 전에 저녁을 먹고 싶으면 날 좀 도와줘요." 위즐리 부인이 방 안에 있는 사람들에게 말했다. "아니, 너는 앉아 있거라, 해리. 긴 여행을 했잖니."

"저는 뭘 할까요, 몰리?" 통스가 앞으로 뛰어나오며 열성적으로 물었다.

위즐리 부인은 불안한 얼굴로 망설였다.

"아, 아니야. 괜찮아, 통스. 통스도 좀 쉬어. 오늘은 할 만큼 했어."

"아니에요! 저도 돕고 싶어요!" 통스는 씩씩하게 대답하더니, 찬장에서 나이프와 포크를 꺼내고 있는 지니 쪽으로 서둘러 다가가다가 의자를 쳐서 넘어뜨리고 말았다.

곧, 위즐리 씨의 감독 아래 묵직한 칼들이 저절로 움직여 고기와 채소를 썰었다. 그러는 동안 위즐리 부인은 불 위에 매달려 있는 솥단지를 저었고, 다른 사람들은 접시와 잔을 더 꺼내고 식료품 저장고에서 음식도 꺼내 왔다. 해리는 시리우스, 먼덩거스와 함께 식탁에 남아 있었다. 먼덩거스는 여전히 침울한 얼굴로 그를 향해 눈을 깜빡였다.

"그날 이후 우리 피기 본 적 있니?" 그가 물었다.

"아뇨." 해리가 말했다. "아무도 못 보고 지냈어요."

"저기 말이야, 나도 자리를 비우려던 건 아니야." 먼덩거스가 몸을 앞으로 기울이며 사정하듯 말했다. "그런데 너무 좋은 사업 기회가 생겨서……."

해리는 뭔가가 무릎을 스치고 지나가는 것을 느끼고 움찔했다. 헤르미온느의 안짱다리 적갈색 고양이 크룩섕스였다. 크룩섕스는 가르랑거리며 해리의 다리를 한 번 휘감더니 시리우스의 무릎으로 뛰어올라 몸을 둥글게 말았다. 멍하니 녀석의 귀 뒤를 긁어 주던 시리우스가 여전히 암울한 얼굴을 돌려 해리를 바라보았다.

"여름방학은 잘 보냈니?"

"아뇨, 엉망진창이었어요." 해리가 말했다.

처음으로 시리우스의 얼굴에 미소 비슷한 것이 스쳤다.

"뭐가 불만인지 모르겠구나."

"*뭐라고요?*" 해리가 어이없다는 듯 말했다.

"개인적으로 나는 디멘터의 공격을 두 팔 벌려 환영했을 거다. 내 영혼을 걸고 치열한 싸움을 벌였다면 지루할 틈이 없었을 테니까. 너야 나름대로 지독한 시간을 보냈다고 생각하겠지만, 너는 적어도 밖에 나가서 돌아다닐 수 있었잖아. 두 다리 펴고 싸움도 하고……. 나는 한 달째 집 안에만 틀어박혀 있는 처지야."

"어떻게 된 거예요?" 해리가 얼굴을 찌푸리며 물었다.

"마법 정부가 아직도 날 쫓고 있다. 게다가 볼드모트는 지금쯤 내가 애니마구스라는 사실을 다 알았을 거야. 웜테일이 말해 줬겠지. 그러니까 이제 내 대단한 위장술도 별 쓸모가 없어. 내가 불사조 기사단을 위해서 할 수 있는 일은 별로 없다……. 아무튼 덤블도어 교수님도 그렇게 느끼는 것 같고."

덤블도어의 이름을 말하는 시리우스의 목소리에 어딘지 딱딱한 기색이 어려 있었기에, 해리는 시리우스 역시 교장에게 서운한 점이 많다는 것을 알 수 있었다. 문득 대부를 향한 뜨거운 애정이 솟구쳤다.

"최소한 무슨 일이 벌어지고 있는지는 알고 계셨잖아

요." 해리는 그의 기운을 북돋우려고 그렇게 말했다.

"아, 그래." 시리우스가 빈정대듯이 말했다. "스네이프의 보고를 들으면서, 내가 여기에 엉덩이 깔고 앉아 안락한 시간을 보내는 동안 자기는 바깥에서 목숨 걸고 뛰어다니고 있다는 교묘한 비난도 같이 들어야 했지. 나한테 청소는 어떻게 되어 가느냐고 묻더구나."

"무슨 청소요?" 해리가 물었다.

"이 집을 사람 살 만한 곳으로 만드는 것 말이야." 시리우스가 음산한 부엌을 손짓하며 말했다. "우리 어머니가 돌아가신 뒤로 10년 동안 이 집에는 아무도 살지 않았거든. 어머니의 늙은 집요정을 빼면 말이지. 그 녀석은 제정신이 아니야. 그 오랜 세월 동안 아무것도 치우지 않은 걸 보면."

"시리우스." 두 사람의 대화에는 전혀 관심을 보이지 않고 빈 잔만 유심히 살펴보던 먼덩거스가 물었다. "이거 순은이야?"

"그래." 시리우스가 혐오감이 깃든 눈으로 그 잔을 힐끗 보며 말했다. "블랙 가문의 문장이 새겨진 15세기 최고의 고블린제 은 세공품이지."

"문장은 떨어졌는데." 먼덩거스가 소매로 잔을 닦아 광을 내면서 중얼거렸다.

"프레드, 조지, 안 돼. **그냥 들고 와!**" 위즐리 부인이 날카롭게 소리쳤다.

해리, 시리우스, 먼덩거스는 고개를 돌렸다가 황급히 식탁 밑으로 몸을 날렸다. 프레드와 조지가 마법을 건 커다란 스튜 단지와 버터맥주가 들어 있는 철제 병, 칼이 꽂혀 있는 육중한 도마가 그들에게 돌진해 온 것이다. 스튜가 담긴 솥은 식탁에 탄 자국을 길게 남기며 미끄러지다가 끝에서 아슬아슬하게 멈췄다. 버터맥주가 들어 있는 철제 병이 쨍그랑 소리와 함께 바닥에 떨어져 사방에 내용물을 쏟았다. 빵 자르는 칼이 도마에서 떨어져 나와, 불과 몇 초 전까지만 해도 시리우스의 오른손이 놓여 있던 자리에 꽂혀서 부르르 떨고 있었다.

"**제발 좀!**" 위즐리 부인이 소리를 질렀다. "**작작 좀 해라! 더는 못 참는다! 마법을 쓸 수 있는 나이가 됐다고, 온갖 자잘한 일에 매번 마법 지팡이를 휘두르면 어떻게 하니!**"

"시간을 조금이라도 아껴 보려고 그랬어요!" 프레드가 재빨리 달려와 식탁에 꽂힌 빵 칼을 비틀어 빼며 말했다. "죄송해요, 시리우스. 일부러 그런 건 아니에요."

해리와 시리우스 모두 웃음을 터뜨렸다. 의자에 앉은 채 뒤로 넘겨졌던 먼덩거스가 욕설을 내뱉으며 바닥에서 일어났다. 크룩섕스는 화가 나서 캬악 하더니 쏜살같이 찬장 밑으로 들어가 어둠 속에서 큼직한 노란색 눈을 빛냈다.

"얘들아." 위즐리 씨가 스튜가 담긴 솥을 식탁 가운데로 옮겨다 놓으며 말했다. "엄마 말이 맞아. 이제 나이 든 만큼 철도 들어야지."

"너희 형들은 이런 말썽을 일으킨 적이 없었어!" 위즐리 부인이 새 버터맥주 병을 식탁에 쾅 내려놓으며 쌍둥이에게 화를 냈다. 그 바람에 조금 전에 쏟아진 것 못지않은 양의 맥주가 병에서 흘러넘쳤다. "빌이 몇 발짝 움직일 때마다 순간이동 마법을 써야겠다고 마음먹었을 것 같니? 찰리가 눈에 띄는 물건에 죄다 마법을 걸었을 것 같아? 퍼시는……."

위즐리 부인은 갑자기 말을 멈췄다. 그러고는 숨까지 멈춘 채 두려운 표정으로 남편을 바라보았다. 위즐리 씨의 얼굴은 딱딱하게 굳어 있었다.

"먹죠." 빌이 재빨리 말했다.

"굉장히 맛있어 보이는데요, 몰리." 식탁 맞은편에서 루핀이 접시에 스튜를 덜어 그녀에게 건네며 말했다.

모두 자리에 앉아 식사를 하는 동안 접시가 달그락거리는 소리, 포크와 나이프가 부딪치는 소리, 의자 끄는 소리만 들렸다. 잠시 뒤 위즐리 부인이 시리우스 쪽으로 고개를 돌렸다.

"안 그래도 말하려고 했는데, 시리우스. 거실 책상에 뭔가 갇혀 있어요. 책상이 계속 덜컥거리면서 떨리더라고요. 물론 보가트일 수도 있지만, 꺼내기 전에 앨러스터한테 한번 살펴봐 달라고 하는 게 좋겠어요."

"좋으실 대로." 시리우스가 무심하게 말했다.

"거실 커튼에도 독시들이 우글우글해요." 위즐리 부인이 말을 이었다. "내일 처리해야 할까 봐요."

"무척 기대되는군요." 시리우스가 말했다. 해리는 그의 말에서 빈정거리는 기색을 느꼈지만, 다른 사람도 그렇게 느꼈는지는 알 수 없었다.

해리의 맞은편에서는 통스가 음식을 한입 먹을 때마다 코 모양을 바꾸며 헤르미온느와 지니를 즐겁게 해 주고 있었다. 그녀가 지난번 해리의 침실에서 그랬던 것처럼 억지로 뭔가 쥐어짜는 듯한 표정으로 눈을 찡긋할 때마다 그녀의 코는 스네이프의 매부리코처럼 부풀어 올랐다가 양송이버섯만 하게 줄어들거나, 양쪽 콧구멍에서 털이 수북이 자라기도 했다. 헤르미온느와 지니가 자신들이 좋아하는 코를 보여 달라고 말하는 것을 보면 식사 때마다 하는 놀이인 것 같았다.

"돼지 코처럼 해 봐요, 통스."

통스는 그 말에 따랐다. 눈을 들어 그 모습을 본 해리는 순간 식탁 저편에서 여자 모습을 한 더들리가 씩 웃고 있는 줄로 착각했다.

위즐리 씨와 빌, 루핀은 고블린에 대해 격한 토론을 벌이고 있었다.

"아직 아무런 반응도 보이지 않아요." 빌이 말했다. "그 자가 돌아왔다는 말을 믿는 건지 아닌지 도무지 속을 모르겠어요. 물론 고블린들은 어느 편도 들지 않는 쪽을 선호할지도 모르죠. 아예 빠지고 싶어 할 거예요."

"고블린들이 '그 사람' 편에 서는 일은 결코 없을 거다. 확실해." 위즐리 씨가 고개를 저으며 말했다. "고블린들도 소중한 것을 잃었으니까. 예전에 그자가 몰살한 고블린 가족 기억나지? 노팅엄 근처 어디였는데."

"제 생각에는 그자가 고블린들에게 뭘 제안하느냐에 따라 달라질 것 같습니다." 루핀이 말했다. "돈을 말하는 게 아니에요. 우리 인간이 수백 년 동안 주지 않았던 자유를 주겠다고 제안하면 고블린들도 유혹을 느낄 겁니다. 래그녹 쪽은 아직 별 진전이 없니, 빌?"

"지금은 분위기가 마법사들에게 상당히 적대적이에요."
빌이 말했다. "더 이상 배그먼 일로 분통을 터뜨리지는 않
지만 그들은 정부가 그 사건을 덮었다고 생각해요. 결국 배
그먼한테 금화를 한 푼도 돌려받지 못했다⋯⋯."

식탁 한가운데에서 들려온 웃음소리에 빌의 말이 묻혀
버렸다. 프레드와 조지, 론, 먼덩거스가 의자에서 배를 잡
고 있었다.

"⋯⋯그래서 말이지" 하고, 먼덩거스가 눈물을 줄줄 흘
리며 목멘 소리로 말했다. "그런 다음에, 내 말을 믿을지
모르겠다만, 그 녀석이 나한테 이러는 거야. '덩, 그 두꺼비
들은 다 어디서 난 거야? 웬 블러저 같은 놈이 내 걸 다 쌔
벼 가 버렸어.' 그래서 내가 말했지. '네 두꺼비를 몽땅 도
둑맞았다고, 윌? 그럼 어쩌지? 좀 더 필요하겠네?' 그랬더
니 얘들아, 내 말 믿을지 모르겠지만, 그 가고일 같은 놈이
나한테서 자기 두꺼비를 원래 가격보다 훨씬 비싸게 다시
사 갔다니까."

"먼덩거스, 고맙지만 당신 사업 얘기는 더 이상 들려주지
않아도 될 것 같은데요." 론이 울부짖다시피 웃으며 식탁
위로 푹 고꾸라지자 위즐리 부인이 날카로운 목소리로 말
했다.

"미안해요, 몰리." 먼덩거스가 재빨리 대꾸하더니 눈물을 닦으면서 해리에게 눈을 찡긋했다. "하지만 애초에 그 두꺼비들도 윌이 워티 해리스한테서 훔친 거였어요. 그러니까 사실 난 나쁜 짓을 한 게 아니에요."

"먼덩거스, 당신이 옳고 그름을 어디서 배웠는지는 모르겠지만, 중요한 강의를 몇 번 놓친 것 같군요." 위즐리 부인이 차갑게 말했다.

프레드와 조지는 버터맥주 잔에 얼굴을 묻었다. 조지는 딸꾹질을 하고 있었다. 무슨 이유 때문인지 위즐리 부인은 시리우스에게도 곱지 않은 눈길을 던지고 자리에서 일어나 후식으로 먹을 커다란 루바브 크럼블(크럼블은 과일에 밀가루, 버터, 설탕을 섞은 반죽을 씌운 뒤 오븐에 구워 보통 뜨겁게 상에 내는 디저트다—옮긴이)을 가지러 갔다. 해리는 대부를 돌아보았다.

"몰리는 먼덩거스를 별로 안 좋아해." 시리우스가 목소리를 죽이고 말했다.

"저 사람은 어떻게 기사단에 들어왔어요?" 해리가 아주 작은 소리로 물었다.

"쓸모가 있으니까." 시리우스가 중얼거리듯 말했다. "온갖 사기꾼을 알거든. 뭐, 자기부터가 사기꾼이니까. 그래도 덤블도어 교수님한테는 아주 충성스러워. 예전에 궁지에 몰린 걸 구해 준 적이 있거든. 덩 같은 사람은 곁에 두면 그만한 값을 한단다. 우리가 듣지 못하는 것들을 들을 수 있으니까. 다만 몰리는 저녁 식사에까지 초대하는 건 너무 지나치다고 여기고 있어. 덩이 너를 지켜봐야 할 시간에 슬쩍 자리를 비운 걸 아직 용서하지 않았거든."

루바브 크럼블을 세 접시나 먹은 뒤 커스터드까지 해치우고 나자 해리의 청바지 허리띠가 불편할 만큼 꽉 조였다(예전에 더들리가 입던 청바지였으니 이는 보통 일이 아니었다). 해리가 스푼을 조용히 내려놓을 때쯤에는 사람들의 대화도 잠잠해졌다. 위즐리 씨는 배부르고 만족스러운 표정으로 의자에 비스듬히 몸을 기대고 있었다. 코를 원래 모양으로 돌려놓은 통스는 늘어져라 하품을 했다. 찬장 밑에 있던 크룩섕스를 밖으로 꾀어낸 지니는 바닥에 책상다리를 하고 앉아 고양이가 쫓아다니도록 버터맥주 코르크 마개를 이리저리 굴리고 있었다.

"이제 잘 시간이 된 것 같구나." 위즐리 부인이 하품을 하며 말했다.

"아직은 아닙니다, 몰리." 시리우스가 빈 접시를 옆으로 치우고 해리에게 고개를 돌리며 말했다. "솔직히 너한테 놀랐다. 네가 여기에 오면 가장 먼저 볼드모트에 대해서 물어볼 거라고 생각했거든."

디멘터라도 나타난 듯 순식간에 방 안 분위기가 바뀌었다. 방금 전까지 느긋하고 편안했던 분위기는 사라지고, 이제 정신이 번쩍 들면서 팽팽한 긴장이 느껴졌다. 볼드모트의 이름이 나오자 식탁 주위에 전율이 흘렀다. 와인을 마시려던 루핀이 조심스러운 표정으로 천천히 잔을 내려놓았다.

"물어봤어요!" 해리가 화난 목소리로 소리쳤다. "론이랑 헤르미온느한테 물어봤는데, 우리는 기사단에 들어갈 수 없다면서요. 그래서……."

"그 말이 맞아." 위즐리 부인이 말했다. "너흰 너무 어리단다."

그녀는 의자 팔걸이를 꽉 쥔 채 꼿꼿이 앉아 있었다. 졸린 기색이라고는 전혀 찾아볼 수 없었다.

"대체 언제부터 불사조 기사단에 들어가야만 질문을 던질 수 있게 된 겁니까?" 시리우스가 물었다. "해리는 머글들 집에 한 달이나 갇혀 있었어요. 무슨 일이 벌어졌는지 알 권리가 있……."

"잠깐만요!" 조지가 큰 소리로 끼어들었다.

"어째서 해리의 질문에는 대답을 해 주는 거죠?" 프레드가 화를 내며 말했다.

"우리도 한 달 동안 어른들 입에서 뭔가를 끌어내려 했는데, 그럴듯한 얘기는 하나도 안 해 줬잖아요!" 조지가 말했다.

"너흰 너무 어려. 너흰 기사단 단원이 아니야." 프레드가 무시무시할 정도로 어머니의 높은 목소리를 똑같이 흉내 내며 말했다. "해리는 심지어 미성년자라고요!"

"너희가 기사단 소식을 못 들은 건 내 탓이 아니다." 시리우스가 담담하게 말했다. "그건 너희 부모님이 결정한 일이니까. 하지만 해리는⋯⋯."

"해리한테 뭐가 좋은지는 당신 마음대로 결정할 문제가 아니에요!" 위즐리 부인이 날카롭게 외쳤다. 평소 상냥하기만 하던 그녀의 얼굴이 험악해졌다. "덤블도어 교수님이 하신 말씀을 잊은 건 아니겠죠?"

"어떤 말씀 말입니까?" 시리우스는 공손하면서도 싸울 준비가 돼 있는 자세로 되물었다.

"해리가 알아야 하는 것 이상의 얘기는 해 주지 말라는 말씀 말이에요." 위즐리 부인이 '알아야 하는 것'을 강조하며 말했다.

론과 헤르미온느, 프레드와 조지의 고개가 네트 위를 오가는 테니스공을 쫓듯 시리우스와 위즐리 부인 쪽을 왔다 갔다 했다. 지니는 버려진 버터맥주 코르크 더미 한가운데 무릎 꿇고 앉아 입을 벌린 채 두 사람을 지켜보고 있었다. 루핀의 눈은 시리우스에게 붙박인 채였다.

"해리가 알아야 하는 것 이상을 말해 줄 생각은 없습니다, 몰리." 시리우스가 말했다. "하지만 해리는 볼드모트의 부활을 목격한 장본인이니까(그 이름이 나오자 식탁에 둘러앉은 사람들 사이에서 또다시 전율이 일었다) 누구보다도 알 권리가……."

"해리는 불사조 기사단 일원이 아니에요!" 위즐리 부인이 말했다. "겨우 열다섯 살이고……."

"하지만 대부분의 기사단 사람들만큼 많은 일을 해냈죠." 시리우스가 말했다. "어떤 사람들에 비하면 더 많은 일을 해냈습니다."

"해리가 해낸 일을 인정하지 않는 사람은 아무도 없어요!" 위즐리 부인이 목소리를 높였다. 팔걸이를 꽉 잡은 그녀의 주먹이 부르르 떨리고 있었다. "하지만 해리는 아직……."

"해리는 어린애가 아닙니다!" 시리우스가 못 참겠다는

듯 소리쳤다.

"그렇다고 어른도 아니죠!" 위즐리 부인의 얼굴이 붉게 달아올랐다. "해리는 *제임스*가 아니에요, 시리우스!"

"고맙지만 저도 이 녀석이 누구인지는 아주 잘 압니다, 몰리." 시리우스가 차갑게 대꾸했다.

"글쎄, 그런가요?" 위즐리 부인이 말했다. "가끔 당신이 해리 얘기를 할 때 보면 가장 절친했던 친구가 돌아왔다고 생각하는 것 같던데요!"

"그게 뭐가 잘못이에요?" 해리가 말했다.

"뭐가 잘못이냐고? 해리, 너는 네 아버지가 *아니야*. 아무리 닮았더라도!" 위즐리 부인의 눈은 여전히 시리우스에게 꽂혀 있었다. "너는 아직 학생이야. 널 책임지고 있는 어른들은 그 사실을 잊어선 안 돼!"

"그 말은, 제가 무책임한 대부라는 뜻입니까?" 시리우스가 언성을 높이며 따졌다.

"당신이 경솔하게 행동하는 사람이라는 건 모두가 안다는 얘기예요, 시리우스. 그래서 덤블도어 교수님이 당신한테 집에 머물면서……."

"여기서 덤블도어 교수님이 지시한 얘기가 왜 나옵니까?" 시리우스가 큰 소리로 말했다.

"아서!" 위즐리 부인이 남편을 돌아보았다. "아서, 뭐라고 말 좀 해 봐!"

위즐리 씨는 바로 입을 열지는 않았다. 그는 아내에게 눈길을 주지 않고, 안경을 벗더니 로브로 천천히 닦았다. 그런 다음 조심스럽게 안경을 다시 쓰고 나서야 입을 떼었다.

"몰리, 덤블도어 교수님도 상황이 변한 걸 알고 계셔. 해리가 본부에서 지내게 된 이상 어느 정도까지는 알아야 한다는 걸 납득하실 거야."

"하지만 그거랑, 알고 싶은 건 뭐든 물어봐도 좋다는 건 엄연히 다르지!"

"개인적인 의견을 말씀드리면……." 루핀이 마침내 시리우스에게서 눈을 떼고 조용히 입을 열었다. 위즐리 부인은 이제야 자기편이 생겼다는 기대에 차서 재빨리 그에게 고개를 돌렸다. "저는 해리가 다른 사람들한테서 왜곡된 얘기를 듣느니 우리한테서 사실을 듣는 게 낫다고 생각합니다. 모든 사실을 알려 주자는 건 아니에요, 몰리. 전반적인 상황이라도……."

루핀의 얼굴은 차분해 보였지만, 해리는 그가 위즐리 부인의 제거 작업에도 불구하고 길어지는 귀 몇 개가 살아남았다는 사실을 알고 있다고 확신했다.

"글쎄요." 위즐리 부인은 한숨을 길게 내쉬며 도움을 바라는 눈길로 식탁을 둘러보았다. "내 의견이 기각될 거라는 건 알겠네요. 그냥 이 말만 해 두죠. 덤블도어 교수님이 해리가 너무 많이 알게 되는 걸 바라지 않는 데는 그만한 이유가 있을 거예요. 그리고 뭐가 해리에게 최선인지 늘 생각하는 사람으로서 말하는데……."

"해리는 당신 아들이 아닙니다." 시리우스가 단호하게 말했다.

"아들이나 마찬가지예요." 위즐리 부인이 목소리를 높였다. "해리한테 또 누가 있나요?"

"제가 있잖습니까!"

"그렇군요." 위즐리 부인이 입 끝을 삐죽 올리며 말했다. "하지만 아즈카반에 갇혀 있는 동안에는 해리를 돌보기 어려웠을 텐데요. 안 그래요?"

시리우스가 의자에서 일어서려 했다.

"몰리, 여기서 해리를 걱정하는 사람은 당신만이 아닙니다." 루핀이 날카롭게 말했다. "시리우스, 앉아."

위즐리 부인의 입술이 파르르 떨렸다. 시리우스는 하얗게 질린 얼굴로 천천히 자리에 앉았다.

"제 생각에는 해리 의견도 들어 봐야 할 것 같습니다." 루핀이 말을 이었다. "스스로 결정할 나이가 됐으니까요."

"저는 무슨 일이 벌어지고 있는지 알고 싶어요." 해리가 주저 없이 말했다.

그는 위즐리 부인 쪽을 보지 않았다. 위즐리 부인이 그를 아들이나 마찬가지라고 말한 것에는 감동받았지만 어린애 취급 하는 건 참기 힘들었다. 시리우스의 말이 맞았다. 그는 어린애가 *아니었다.*

"잘 알겠다." 위즐리 부인의 목소리가 갈라졌다. "지니, 론, 헤르미온느, 프레드, 조지…… 너희는 부엌에서 나가거라."

곧바로 소란이 일었다.

"우리는 성인이에요!" 프레드와 조지가 동시에 소리쳤다.

"해리는 되는데 난 왜 안 돼요?" 론이 고함을 질렀다.

"엄마, 나도 듣고 *싶단 말이에요!*" 지니는 울부짖다시피 했다.

"**안 돼!**" 위즐리 부인이 불길이 일렁이는 눈으로 자리에서 일어나며 소리쳤다. "절대로 안……."

"몰리, 프레드랑 조지까지 막을 수는 없어." 위즐리 씨가 지친 듯 말했다. "쟤들은 성인 맞아."

"아직 학교에 다니잖아."

"하지만 법적으로는 이제 성인이야." 위즐리 씨가 여전히 피곤한 목소리로 말했다.

위즐리 부인의 얼굴이 시뻘게졌다.

"아 그래, 좋아. 그럼 프레드와 조지는 남아도 된다. 하지만 론은……."

"결국엔 해리가 저랑 헤르미온느한테 어른들이 한 말을 다 전해 줄걸요!" 론이 흥분해서 말했다. "맞지? 그렇지?" 그가 해리의 눈을 마주 보며 불안한 듯 덧붙였다.

아주 짧은 순간, 해리는 론에게 말 안 해 줄 거니까 아무것도 모른 채 지내는 것이 어떤 기분인지 한번 맛보라고 말해 줄까 생각해 보았다. 하지만 눈이 마주친 순간 그런 심술궂은 충동은 싹 사라져 버렸다.

"당연하지." 해리가 말했다.

론과 헤르미온느가 활짝 웃었다.

"좋아!" 위즐리 부인이 소리쳤다. "알았다! 지니, **침실로 가!**"

지니도 순순히 나가지는 않았다. 계단을 올라가는 내내 그녀가 분통을 터뜨리며 발을 구르는 소리가 들리더니, 복도에 이르자 블랙 부인의 귀청을 찢을 듯한 비명까지 더해졌다. 루핀이 재빨리 초상화로 달려가고 나서야 집 안은 조용해졌다. 시리우스가 입을 연 것은 루핀이 돌아와 부엌문을 닫고 식탁에 자리를 잡은 뒤였다.

"좋아, 해리…… 뭘 알고 싶으냐?"

해리는 호흡을 가다듬은 다음, 지난 한 달 동안 그를 사로잡고 있던 질문을 던졌다.

"볼드모트는 어디 있어요?" 그는 볼드모트라는 이름에 몸서리치고 움찔하는 사람들을 못 본 척하고 말을 이었다. "뭘 하고 있어요? 머글 뉴스를 최대한 보려고 애썼는데, 그자와 관련 있을 것 같은 이상한 사망 사건 같은 건 없더라고요."

"아직까지는 이상한 사망 사건이 없었기 때문이다." 시리우스가 말했다. "어쨌든 우리가 아는 한에서는 말이야……. 아무튼 우린 꽤 많은 걸 알고 있어."

"그자가 생각하는 것보다는 많이 알지." 루핀이 말했다.

"그자가 왜 살인을 멈춘 거죠?" 해리가 물었다. 그는 볼드모트가 지난 1년 동안 한 번 이상 살인을 저질렀다는 사실을 알고 있었다.

"관심이 쏠리는 걸 원하지 않기 때문이지." 시리우스가 말했다. "그자에게는 위험한 일일 테니까. 그자의 귀환은

뜻대로 이루어지지 않았다. 일을 망치고 말았어.”

“아니, 그보다 네가 망쳐 났다고 하는 게 맞겠지.” 루핀이 만족스러운 미소를 지으며 말했다.

“어떻게요?” 해리가 어리둥절해하며 물었다.

“네가 살아남아선 안 됐던 거야!” 시리우스가 말했다. “죽음을 먹는 자들 말고는 아무도 그자가 돌아왔다는 사실을 몰라야 했어. 하지만 네가 살아남아서 목격자가 된 거다.”

“그뿐이냐? 그자가 돌아온 순간 자신의 귀환을 가장 알리고 싶지 않았던 사람은 바로 덤블도어 교수님이야.” 루핀이 말했다. “그런데 네가 살아남아서 덤블도어 교수님한테 곧바로 알린 거지.”

“그게 무슨 도움이 됐는데요?” 해리가 물었다.

“농담하는 거 아니지?” 빌이 어이가 없다는 듯 말했다. “덤블도어 교수님이야말로 ‘그 사람’이 두려워했던 유일한 인물이잖아!”

“네 덕분에 덤블도어 교수님은 볼드모트가 돌아온 지 약 한 시간 만에 불사조 기사단을 다시 불러 모을 수 있었다.” 시리우스가 말했다.

“그래서 기사단은 뭘 하고 있는데요?” 해리가 그들 모두를 돌아보며 물었다.

"볼드모트가 계획을 실행하지 못하도록 최선을 다하고 있다." 시리우스가 말했다.

"그자의 계획이 뭔지는 어떻게 알아요?" 해리가 재빨리 물었다.

"덤블도어 교수님이 통찰력을 발휘하셨지." 루핀이 말했다. "그리고 덤블도어 교수님의 통찰력은 보통 정확히 맞아떨어진단다."

"그럼 덤블도어 교수님은 그자가 뭘 계획하고 있다고 생각하시는데요?"

"그자는 일단 군대를 다시 만들고 싶어 한다." 시리우스가 말했다. "옛날에는 엄청나게 큰 군대를 거느렸거든. 괴롭히거나 마법을 걸어서 억지로 자기를 따르게 만든 마법사들, 충성스러운 죽음을 먹는 자들, 온갖 다양한 어둠의 생명체들 말이다. 너도 그자가 거인들을 불러 모을 계획이라는 얘기를 들었잖니. 거인은 그자가 노리는 집단 중 하나일 뿐이다. 열 명 남짓한 죽음을 먹는 자들을 데리고 마법 정부를 차지하려 들지는 않을 테니까."

"그러니까 더 이상 추종자가 생기지 않도록 막고 있는 건가요?"

"최선을 다하고 있다." 루핀이 말했다.

"어떻게요?"

"음, 가장 중요한 일은 되도록 많은 사람들에게 '그 사람'
이 정말로 돌아왔다는 것을 확신시키는 거야. 경각심을 갖
게 하는 거지." 빌이 말했다. "그런데 알고 보니 쉬운 일이
아니더라고."

"왜?"

"마법 정부의 태도 때문이야." 통스가 말했다. "너도 '그
사람'이 돌아온 이후 코닐리어스 퍼지가 어떻게 나오는지
봤잖아, 해리. 총리는 입장을 조금도 바꾸지 않았어. 그런
일이 일어났다는 걸 아예 믿으려 들지 않아."

"하지만 왜요?" 해리가 절망적으로 말했다. "왜 그렇게
멍청하게 구는 거예요? 덤블도어 교수님이라면……."

"그래, 제대로 짚었다." 위즐리 씨가 찡그린 미소를 지으
며 말했다. "문제는 덤블도어야."

"퍼지는 덤블도어 교수님을 두려워하거든." 통스가 서글
프게 말했다.

"덤블도어 교수님을 두려워한다고요?" 해리가 믿을 수
없다는 듯 물었다.

"덤블도어 교수님이 하려는 일을 두려워하는 거지." 위
즐리 씨가 말했다. "퍼지는 덤블도어 교수님이 자기를 끌

어내릴 음모를 꾸미고 있다고 생각하거든. 마법 정부 총리가 되고 싶어 한다고 말이야."

"하지만 덤블도어 교수님은 그런 걸 원하지 않……."

"당연하지." 위즐리 씨가 말했다. "덤블도어 교수님은 총리 자리를 원한 적이 한 번도 없어. 밀리선트 배그널드가 은퇴하고 나서 수많은 사람이 덤블도어 교수님이 그 자리에 오르기를 바랐지만 말이야. 대신 퍼지가 권력을 잡았지. 하지만 퍼지는 덤블도어 교수님이 얼마나 많은 인기와 지지를 얻었는지를 결코 잊지 않았어. 정작 덤블도어 교수님은 총리 직에 출마하지도 않았는데 말이야."

"퍼지도 내심 덤블도어 교수님이 자기보다 훨씬 현명하고 능력 있는 마법사라는 걸 알고 있어. 그래서 총리가 되고 얼마 안 됐을 때는 끊임없이 덤블도어 교수님에게 조언과 도움을 구했지." 루핀이 말했다. "하지만 이젠 권력에 맛을 들인 거야. 자신감도 제법 생겼고. 마법 정부 총리로 사는 게 너무 좋은 거지. 그래서 자신이야말로 현명한 사람이고, 덤블도어는 아무 이유 없이 말썽을 일으키는 사람이라고 믿는 거다."

"어떻게 그런 생각을 할 수 있죠?" 해리가 화를 냈다. "어떻게 덤블도어 교수님이 이 모든 걸 꾸며 냈다고, 어떻게 제가 이 모든 걸 지어냈다고 생각할 수 있어요?"

"볼드모트가 돌아왔다는 사실을 인정하면 정부가 지난 14년 동안 대처할 필요가 없었던 문제가 발생한 게 되니까." 시리우스가 씁쓸하게 말했다. "퍼지는 그런 상황을 마주할 자신이 없는 거야. 덤블도어가 자신의 권력을 불안정하게 만들기 위해 거짓말을 하는 거라고 믿는 게 훨씬 편한 거지."

"뭐가 문제인지 알겠니?" 루핀이 말했다. "마법 정부가 볼드모트를 두려워할 이유가 전혀 없다고 떠들어 대는 통에 그자가 돌아왔다는 사실을 납득시키기가 어려워진 거다. 애초에 사람들이 정말 믿고 싶어 하지 않는 일이다 보니 더욱 그렇고. 더 심각한 문제는, 마법 정부가 이 소식을 덤블도어의 유언비어라고 부르면서 절대 보도하지 말라고 《예언자일보》를 강하게 압박하고 있다는 거야. 그래서 마법사 사회에 속한 사람들 대부분은 무슨 일이 일어났는지 전혀 몰라. 그러다 죽음을 먹는 자들이 임페리우스 저주를 걸기 쉬운 표적이 되는 거지."

"하지만 사람들한테 알리고 있다면서요?" 해리가 위즐리 씨와 시리우스, 빌, 먼덩거스, 루핀, 통스를 돌아보며 말했다. "그자가 돌아왔다는 사실을 알리고 계신 거죠?"

그들은 하나같이 희미하게 미소 지었다.

"글쎄, 모두가 나를 정신 나간 대량 학살자라 생각하고 정부에서 내 목에 1만 갈레온의 현상금을 건 상황에서는 길거리를 돌아다니면서 전단지를 나눠 주기가 좀 어렵지 않겠니?" 시리우스가 못 참겠다는 듯 말했다.

"그리고 난 대부분의 저녁 모임에서 환영받지 못하는 손님이란다." 루핀이 말했다. "그게 늑대인간의 삶이지."

"통스와 아서는 함부로 입을 열었다간 직장에서 쫓겨날 거다." 시리우스가 말했다. "그런데 마법 정부 안에 우리 정보원을 두는 것도 우리한테는 아주 중요한 일이거든. 볼드모트도 분명 그럴 테니까."

"그래도 두어 명을 설득하긴 했단다." 위즐리 씨가 말했다. "우선 여기 통스가 있지. 지난번에는 너무 어려서 불사조 기사단에 들어올 수 없었어. 우리 편에 오러가 있다는 건 엄청난 이점이야. 킹슬리 샤클볼트도 중요한 인재지. 그 친구가 시리우스를 쫓는 임무를 맡고 있어서, 마법 정부에 시리우스가 티베트에 있다는 정보를 전하고 있거든."

"하지만 기사단 중 누구도 볼드모트가 돌아왔다는 소식을 알리지 않는다면⋯⋯." 해리가 입을 열었다.

"우리 중 누구도 소식을 알리지 않는다고 누가 그랬지?"

시리우스가 말했다. "그럼 덤블도어 교수님이 왜 그렇게 고생하고 있겠니?"

"그게 무슨 말씀이세요?" 해리가 물었다.

"저쪽에서는 덤블도어 교수님에 대한 신뢰를 떨어뜨리려 하고 있어." 루핀이 말했다. "지난주 《예언자일보》 못 봤니? 덤블도어 교수님이 노망이 나서, 투표에 따라 국제 마법사 연맹 마법사장 직을 잃었다고 보도했더구나. 하지만 그건 사실이 아니야. 덤블도어 교수님은 볼드모트가 돌아왔다고 선언하는 연설을 한 이후 정부 마법사들의 투표로 자리를 잃으신 거거든. 위즌가모트, 그러니까 마법사들의 대법원에서 맡고 있던 최고위원장 자리에서도 그 사람들 때문에 물러나셨고. 1급 멀린 훈장을 박탈하겠다는 얘기까지 나오고 있어."

"하지만 덤블도어 교수님은 개구리 초콜릿 카드에서 빠지지 않는 한 그자들이 뭘 하든 상관하지 않겠대." 빌이 씩 웃으며 말했다.

"웃을 일이 아니다." 위즐리 씨가 날카롭게 말했다. "이렇게 마법 정부와 계속 각을 세우다가는 덤블도어 교수님이 끝내 아즈카반에 가게 될지도 몰라. 그거야말로 우리가 결코 바라지 않는 일이지. '그 사람'도 덤블도어 교수님이

자유로운 상태에서 자기 꿍꿍이를 꿰뚫어 보고 있다는 걸
아는 한 조심스러울 수밖에 없어. 하지만 덤블도어 교수님
이 밀려나면 그자에게 독무대가 마련되는 셈이지."

"하지만 볼드모트도 죽음을 먹는 자들을 더 많이 모으려
면 자기가 돌아왔다는 소식을 알릴 수밖에 없지 않나요?"
해리가 절박한 목소리로 물었다.

"볼드모트는 가정집에 여봐란듯이 찾아가 현관문을 두드
리지 않는단다, 해리." 시리우스가 말했다. "속임수를 쓰거
나 저주를 걸거나 협박을 하지. 비밀리에 활동하는 데 아주
능숙한 자다. 어쨌든 추종자를 모으는 건 그자의 관심사 중
하나일 뿐이야. 다른 계획들도 있지. 아주 은밀하게 실행에
옮길 수 있는 계획들 말이야. 지금은 그 계획에 집중하고
있을 거야."

"추종자들 말고 또 뭘 노리는데요?" 해리가 재빨리 물었
다. 그는 시리우스가 대답하기 전 루핀과 아주 짧은 순간
눈길을 주고받는 것을 본 듯했다.

"오직 비밀스럽게만 손에 넣을 수 있는 것."

해리가 계속 아리송한 표정을 짓자 시리우스가 말했다.
"무기 같은 것 말이다. 지난번에는 갖지 못했던 거지."

"지난번이라면, 볼드모트가 강력했을 때 말인가요?"

"그래."

"무슨 무기인데요?" 해리가 물었다. "아바다 케다브라 저주보다 더 위협적인 거라면……?"

"이제 그만해요!"

문 옆의 어둠 속에 있던 위즐리 부인이 말했다. 어느새 그녀가 지니를 위층으로 데려다주고 돌아와 있었지만 해리는 전혀 눈치채지 못했다. 그녀는 화가 나서 팔짱을 끼고 있었다.

"이제 그만 잠자리에 들거라. 너희 모두." 그녀가 프레드와 조지, 론과 헤르미온느를 돌아보며 덧붙였다.

"우리한테는 이래라저래라 하시면 안……." 프레드가 입을 열었다.

"정말 그럴까?" 위즐리 부인이 으르렁거렸다. 그녀는 살짝 몸을 떨면서 시리우스에게로 고개를 돌렸다. "그만하면 해리가 알아야 할 건 다 알려 준 셈이에요. 이 이상 말해 주는 건 당장 기사단에 입단시키는 거나 다름없다고요."

"안 될 것 없잖아요?" 해리가 얼른 입을 열었다. "저도 들어갈게요, 들어가고 싶어요. 저도 싸우고 싶어요."

"안 돼."

이번에 말한 사람은 위즐리 부인이 아니라 루핀이었다.

"기사단에는 오직 성인 마법사들만 들어올 수 있다." 그가 말했다. "학교를 졸업한 마법사들 말이야." 프레드와 조지가 입을 열려고 하자 그가 얼른 덧붙였다. "너희 중 누구도 상상조차 못 할 위험이 따르는 일이야. 몰리 말이 맞는 것 같아, 시리우스. 이만하면 충분히 말해 준 거야."

시리우스는 어깨를 살짝 으쓱했으나 반박하지는 않았다. 위즐리 부인이 아들들과 헤르미온느에게 고압적으로 손짓했다. 그들이 한 명 한 명 자리에서 일어나자 해리도 패배했음을 깨닫고 그 뒤를 따랐다.

6장
고귀하고 유서 깊은 블랙 가문

위즐리 부인은 굳은 표정으로 그들을 따라 위층으로 올라왔다.

"너희 모두 곧장 잠자리에 들길 바란다, 수다 떨지 말고." 첫 번째 층계참에 도착하자 그녀가 말했다. "내일은 바쁠 거야. 지니는 잠들어 있을 테니……." 그녀가 헤르미온느에게 덧붙였다. "깨우지 말고."

"네, 잘도 잠들어 있겠네요." 헤르미온느가 작별 인사를 한 뒤 방에 들어가고 나머지는 한 층 더 올라가고 있을 때 프레드가 목소리를 죽이고 속삭였다. "눈 시퍼렇게 뜨고 누워서 헤르미온느가 밑에서 사람들이 했던 얘기를 전부 들려주기만 기다리고 있을걸. 그게 아니면 내가 플로버웜

이다…….''

"자, 론, 해리." 위즐리 부인이 두 번째 층계참에서 그들의 침실을 가리키며 말했다. "너희도 가서 자거라."

"잘 자." 해리와 론이 쌍둥이에게 말했다.

"잘 자라." 프레드가 눈을 찡긋했다.

해리가 방에 들어가자 위즐리 부인이 탁 소리를 내며 문을 닫았다. 조금이라도 달라진 게 있다면, 침실이 처음 봤을 때보다도 더 축축하고 우울해 보인다는 것뿐이었다. 벽에 걸린 텅 빈 캔버스는 이제 보이지 않는 그림 속 주인이 잠들어 있는 것처럼 느릿느릿 깊숙이 숨을 쉬고 있었다. 론이 쉴 새 없이 날개를 퍼덕거리면서 날아다니는 헤드위그와 피그위전을 진정시키려고 옷장 위로 부엉이 간식을 던지는 동안, 해리는 잠옷을 입고 안경을 벗은 다음 싸늘한 침대로 기어들었다.

"매일 밤 사냥을 내보낼 수는 없어." 론이 고동색 잠옷을 입으며 설명했다. "덤블도어가 광장 근처에 부엉이들이 너무 많이 날아다니면 안 된대. 수상해 보일 거라면서. 아 맞아, 깜빡했다…….''

그는 문으로 걸어가서 빗장을 잠갔다.

"왜 잠그는 거야?"

"크리처 때문에." 론이 불을 끄며 말했다. "내가 여기 온 첫날밤에 그 녀석이 새벽 3시에 어슬렁어슬렁 들어오더라고. 진짜야, 너도 자다 깨서 그 녀석이 방을 서성거리는 걸 보고 싶진 않을걸. 아무튼……." 그는 자신의 침대로 들어가 이불을 덮고 눕더니 고개를 돌려 어둠 속 해리를 바라보았다. 더러운 창문을 통해 들어오는 달빛에 그의 윤곽이 드러났다. "어떻게 생각해?"

론이 무슨 말을 하는지는 물을 필요도 없었다.

"뭐, 우리가 짐작할 수 있는 얘기만 해 준 거 아닌가?" 해리는 밑에서 들었던 모든 이야기를 떠올리며 말했다. "그러니까, 사실 우리한테 해 준 얘기라고는 기사단에서 사람들이 볼……."

론이 날카롭게 숨을 들이켜는 소리가 들렸다.

"……드모트한테 가담하는 걸 막으려 애쓰고 있다는 것뿐이잖아." 해리가 단호하게 밀어붙였다. "넌 언제나 돼야 그 이름을 말할 거야? 시리우스랑 루핀 교수님은 말하잖아."

론은 해리의 마지막 말을 듣지 못한 척했다.

"그래, 네 말이 맞아." 그가 말했다. "기사단이 해 준 말은 길어지는 귀를 사용해서 이미 거의 알고 있던 것들뿐이었어. 새로운 거라고는 그저……."

펑.

"아얏!"

"조용히 해, 론. 안 그랬다간 엄마가 다시 올라올 거야."

"둘이 방금 내 무릎 위로 순간이동 했잖아!"

"알아. 뭐, 깜깜한 데서 하니까 더 어렵네."

해리는 프레드와 조지의 흐릿한 윤곽이 론의 침대에서 뛰어내리는 것을 보았다. 침대 스프링이 삐걱거리는 소리가 나더니 조지가 해리의 발치에 앉으면서 매트리스가 몇 센티미터 내려앉았다.

"그래서, 그 얘기는 아직이야?" 조지가 기대감에 차서 물었다.

"시리우스가 말한 무기 말이야?" 해리가 되물었다.

"말했다기보다는 어쩌다 흘린 거지." 이번엔 프레드가 론 옆에 앉으며 즐거운 듯 말했다. "길어지는 귀로도 그런 얘기는 못 들었잖아?"

"뭘 것 같아?" 해리가 물었다.

"뭐든 될 수 있겠지." 프레드가 말했다.

"하지만 아바다 케다브라 저주보다 더 위협적인 게 있을 수가 있나?" 론이 말했다. "죽는 것보다 무서운 게 뭐지?"

"한꺼번에 아주 많은 사람들을 죽일 수 있는 걸지도 몰라." 조지가 의견을 내놓았다.

"어쩌면 특별히 고통스럽게 죽이는 방법일지도 모르고." 론이 겁먹은 듯 말했다.

"고통을 주는 건 크루시아투스 저주가 있잖아." 해리가 말했다. "그것보다 더 효과적인 건 필요 없을걸."

잠깐 침묵이 흘렀다. 다른 사람들도 해리만큼이나 그 무기가 어떤 끔찍한 짓을 저지를 수 있는지 궁금해하고 있었다.

"그럼 지금은 누가 갖고 있을까?" 조지가 물었다.

"우리 편이 갖고 있으면 좋겠다." 론이 살짝 긴장한 목소리로 말했다.

"만약 그렇다면 덤블도어가 갖고 있겠지." 프레드가 말했다.

"어디에?" 론이 재빨리 물었다. "호그와트?"

"틀림없어!" 조지가 말했다. "마법사의 돌도 거기에 숨겼잖아."

"하지만 무기라면 돌보다 훨씬 클 텐데?" 론이 말했다.

"꼭 그럴 필요는 없지." 프레드가 말했다.

"그래, 크기가 힘을 보장해 주는 건 아니야." 조지가 말했다. "지니를 봐."

"무슨 뜻이야?" 해리가 물었다.

"걔한테 박쥐 코딱지 마법 맞아 본 적 없지?"

"쉿!" 프레드가 침대에서 일어나다 말고 말했다. "들어
봐!"

그들은 순간 입을 다물었다. 계단을 올라오는 발소리가
들렸다.

"엄마다." 조지가 말하더니 지체하지 않고 요란한 '펑' 소
리를 냈다. 해리는 침대 끝이 가벼워지는 것을 느꼈다. 잠시
뒤 문밖 마룻바닥이 삐걱거리는 소리가 들렸다. 위즐리 부
인이 그들이 떠들고 있는지 확인하고 있는 게 틀림없었다.

헤드위그와 피그위전이 구슬프게 부엉부엉 울었다. 마룻
바닥이 다시 삐걱거리더니, 그녀가 프레드와 조지의 방을
확인하러 위층으로 올라가는 소리가 들렸다.

"엄마는 우리를 전혀 안 믿는다니까." 론이 섭섭하다는
듯 말했다.

해리는 분명 잠들 수 없을 거라고 생각했다. 그날 저녁
생각할 거리가 너무 많이 생겨서 전부 곱씹으려면 분명 몇
시간은 깨어 있어야 할 것 같았다. 그는 론과 계속 이야기
나누고 싶었지만 그때 위즐리 부인이 다시 삐걱 소리를 내
면서 계단을 내려왔다. 그녀가 떠나고 나자 다른 사람들

이 계단을 올라가는 소리가 똑똑히 들렸다. ……아니, 실은 다리가 여럿 달린 생명체들이 소리 죽인 채 침실 문밖을 빠르게 지나다니고, 마법 생명체 돌보기 교수인 해그리드가 "아름답지 않니, 해리? 이번 학기에는 무기를 공부할 거야……"라고 말하고 있었다. 머리 대신 대포가 달린 그 생명체들이 휙 돌아서서 그를 마주 보았다……. 해리는 몸을 움츠렸다…….

다음 순간 해리는 자신이 침대보 밑에서 따스하니 공처럼 둥글게 몸을 말고 있고, 조지의 시끄러운 목소리가 방을 채우고 있는 것을 알아차렸다.

"엄마가 부엌에 아침 차려 놨다고 일어나래. 다 먹으면 거실로 오라셔. 엄마가 생각했던 것보다 독시가 훨씬 많다나 봐. 소파 밑에서는 죽은 퍼프스킨 둥지가 발견됐대."

30분 뒤, 옷을 입고 재빨리 아침 식사를 마친 해리와 론은 거실로 들어갔다. 거실은 2층에 있는 천장이 높은 긴 방으로 올리브색 벽은 지저분한 태피스트리로 뒤덮여 있었다. 발을 디딜 때마다 카펫에서 작은 먼지구름들이 올라왔고, 이끼색 긴 벨벳 커튼에서는 눈에 보이지 않는 벌들이 들끓는 듯 윙윙거리는 소리가 났다. 위즐리 부인과 헤르미온느, 지니, 프레드와 조지가 그 주위에 모여 서 있었다. 모두 천으로 코와 입을 가린 채 끝에 분출 장치가 달린 커다란 병을 들고 있는 조금 특이한 모습이었다. 병에는 검은색 액체가 들어 있었다.

"얼굴 가리고 분무기 받아라." 위즐리 부인은 해리와 론을 보자마자 그렇게 말하더니 탁자 위에 놓인 두 개의 검은색 액체 병을 가리켰다. "독시 살충제란다. 독시들이 이렇게까지 심각하게 들끓는 건 처음 본다. 저놈의 집요정은 지난 10년 동안 뭘 한 건지……."

해리는 헤르미온느가 수건으로 얼굴의 반을 가린 와중에도 위즐리 부인에게 못마땅한 눈길을 던지는 모습을 똑똑히 보았다.

"크리처는 사실 나이가 많잖아요. 아마 어쩔 수 없었을……."

"크리처가 마음만 먹으면 뭘 할 수 있는지 알면 놀랄 거다, 헤르미온느." 시리우스가 죽은 쥐 같은 것들이 들어 있는 피로 얼룩진 자루를 들고 막 거실로 들어오면서 말했다. "벅빅한테 먹이를 주고 오는 길이야." 해리가 궁금해하는 표정을 짓자 그가 덧붙였다. "위층 우리 어머니 침실에서 키우고 있거든. 그건 그렇고, 이 책상은……."

그는 쥐가 들어 있는 자루를 안락의자에 던져 놓고 허리를 구부려 잠긴 서랍장을 살펴보았다. 해리는 그제야 그 서랍장이 조금씩 떨리고 있다는 사실을 알아차렸다.

"글쎄요, 몰리. 확실히 보가트 같은데요." 시리우스가 열쇠 구멍으로 들여다보면서 말했다. "하지만 꺼내기 전에 매드아이한테 살짝 봐 달라고 해야 할지도 모르겠군요. 우리 어머니를 생각해 보면 보가트보다 훨씬 안 좋은 걸지도 모르니까."

"맞는 말이에요, 시리우스." 위즐리 부인이 말했다.

가볍고 공손한 목소리를 내려고 신경 쓰는 것을 보니, 두 사람 모두 어젯밤의 의견 충돌을 결코 잊지 않은 게 틀림없었다.

밑에서 시끄럽게 딸랑거리는 초인종 소리가 들렸다. 곧바로, 어젯밤 통스가 우산꽂이를 넘어뜨렸을 때 터져 나왔던 비명과 울부짖음의 불협화음이 뒤따랐다.

"초인종 누르지 말라고 그렇게 말했는데!" 시리우스가 짜증을 내면서 방에서 달려 나갔다. 블랙 부인의 비명이 또 한 번 집 안 전체에 울려 퍼지는 가운데 그가 쿵쿵거리며 계단을 내려가는 소리가 들렸다.

"가문의 수치, 더러운 잡종들, 혈통을 저버린 것들, 쓰레기 자식들……."

"문 좀 닫아 주겠니, 해리." 위즐리 부인이 말했다.

해리는 최대한 시간을 끌면서 거실 문을 닫았다. 밑에서 무슨 일이 벌어지는지 듣고 싶었던 것이다. 비명이 멈춘 걸 보면 시리우스가 간신히 커튼을 닫아 어머니의 초상화를 가린 게 틀림없었다. 시리우스가 복도를 걸어가는 소리와 현관문에서 철커덩하고 쇠사슬이 풀리는 소리, 킹슬리 샤클볼트의 묵직한 저음이 들렸다. "방금 헤스티아와 교대했어. 지금은 헤스티아가 무디의 망토를 가지고 있고. 덤블도어 교수님한테 보고하는 게 좋을 것 같아서……."

뒤통수에 꽂히는 위즐리 부인의 시선을 느낀 해리는 아쉽지만 거실 문을 닫고 독시 박멸 부대에 합류했다.

위즐리 부인은 소파 위에 펼쳐 놓은《길더로이 록하트의 가정 유해 생물 안내서》위로 고개를 숙인 채 독시에 관한 페이지를 확인했다.

"좋아, 다들 조심해야 돼. 독시들은 깨무는 데다가 이빨에 독이 있거든. 해독제가 있긴 하지만 이걸 쓸 일은 없었으면 좋겠구나."

그녀는 몸을 펴고 커튼을 똑바로 바라보고 서더니 아이들에게 손짓했다.

"내가 말하면 바로 뿌리는 거야." 그녀가 말했다. "아마 우리 쪽으로 날아오겠지만 분무기 설명서에 한 번만 제대로 뿌리면 마비될 거라고 적혀 있으니까, 독시들이 움직이지 못하게 되면 이 양동이 안에 던져 넣으면 된다."

그녀는 사격 범위에서 조심스럽게 물러나 분무기를 들어 올렸다.

"좋아…… 발사!"

겨우 몇 초쯤 뿌렸을까, 커튼 주름 사이에서 완전히 자란 독시가 날아왔다. 독시는 바늘처럼 날카로운 작디작은 이빨을 드러낸 채 반짝이는 풍뎅이 날개 비슷한 것을 윙윙거리고 있었다. 요정 같은 몸은 무성한 검은 털로 뒤덮여 있고, 조그만 주먹 네 개는 화난 듯 꽉 쥐여 있었다. 해리는 녀석의 얼굴에 독시 살충제를 정통으로 뿌렸다. 공중에서 마비된 독시가 놀랄 만큼 커다란 '쿵' 소리를 내며 해진 카펫 위로 떨어졌다. 해리는 독시를 집어 양동이 안에 던져 넣었다.

"프레드, 너 뭐 하니?" 위즐리 부인이 날카롭게 소리쳤다. "당장 약을 뿌려서 버려!"

해리가 돌아보니 프레드가 몸부림치는 독시를 검지와 엄지로 집어 들고 있었다.

"알겠습니당!" 프레드가 명랑하게 대답하면서 재빨리 독시의 얼굴에 약을 뿌려 기절시켰다. 하지만 위즐리 부인이 등을 돌린 순간 그는 눈을 찡긋하며 독시를 자기 주머니에 넣었다.

"우리 '꾀병 과자 세트'에 독시의 독을 시험해 보고 싶어서." 조지가 목소리를 죽이고 해리에게 말했다.

해리는 코앞으로 날아든 독시 두 마리에게 솜씨 좋게 한 번에 스프레이를 뿌리며 조지에게 다가가 입술 한쪽을 움직이며 중얼거렸다. "꾀병 과자 세트가 뭔데?"

"먹으면 병이 나는 각종 간식이야." 조지가 위즐리 부인의 뒷모습을 경계하듯 바라보며 속삭였다. "아, 심하게 아픈 건 아니고 그냥 땡땡이치고 싶을 때 수업을 빼먹을 수 있을 만큼만. 프레드랑 내가 이번 여름 내내 개발해 왔어. 껌 같은 건데 하나에 두 가지 색깔이 입혀져 있지. '속 뒤집어지는 사탕'의 오렌지색 반쪽을 먹으면 토하게 돼. 하지만 병동에 가는 척 수업을 뛰쳐나온 순간 자주색 반쪽을 삼키면……."

"……'완벽히 멀쩡한 상태로 되돌아옵니다. 아무 쓸모 없는 지루한 일에 허비됐을 한 시간을 당신이 선택한 여가 활동에 쓸 수 있습니다.' 아무튼, 이게 우리가 광고에 넣으려는 말이야." 프레드가 뒤이어 소곤거렸다. 그는 살금살금 위즐리 부인의 눈을 피해, 바닥에 떨어져 갈 곳 잃은 독시 몇 마리를 주머니에 쓸어 담았다. "하지만 아직 작업이 더 필요해. 지금 당장은 실험 대상들이 자주색 반쪽을 삼키면서 구토를 참는 데 약간 어려움을 겪고 있거든."

"실험 대상이라니?"

"우리 말이야." 프레드가 말했다. "우리가 번갈아 가면서 먹어 보고 있어. '졸도하는 장식 케이크'는 조지가 먹었고, '코피 캔디'는 둘 다 먹어 봤고……."

"엄마는 우리가 결투를 벌인 줄 알아." 조지가 말했다.

"그럼 장난감 가게는 계속하는 거야?" 해리가 분무기 분출구를 바로잡는 척하면서 중얼거렸다.

"뭐, 아직 기회가 없어서 가게를 얻지는 못했어." 위즐리 부인이 다시 공격을 시작하기 전 스카프로 이마를 닦는 틈을 타 프레드가 더욱 목소리를 낮추며 말했다. "그래서 지금 당장은 우편 주문 서비스로 운영하고 있지. 지난주에는 《예언자일보》에 광고도 냈어."

"다 네 덕분이야, 친구." 조지가 말했다. "하지만 걱정 마……. 엄마는 눈치 못 채고 계시니까. 더 이상 《예언자일보》를 읽지 않으시거든. 너랑 덤블도어에 대해서 거짓 기사를 쓴다면서."

해리는 씩 웃었다. 그는 장난감 가게를 열겠다는 위즐리 쌍둥이의 꿈을 실현시키는 데 도움을 주고자, 트라이위저 드 대회 우승 상금 1,000갈레온을 그들에게 억지로 쥐여 주었다. 하지만 그가 그들의 계획을 진척시키는 데 한몫했다는 사실을 위즐리 부인이 여전히 모른다니 정말 다행이었다. 그녀는 장난감 가게를 운영하는 일이 두 아들에게 어울리는 직업이 아니라고 생각했던 것이다.

커튼 속 독시를 없애는 일에 아침 시간이 거의 날아갔다. 위즐리 부인이 마침내 얼굴을 보호하던 스카프를 벗고, 죽은 쥐가 들어 있는 자루가 놓인 푹 꺼진 안락의자에 털썩 주저앉았다가 비명을 지르며 벌떡 일어났을 때는 이미 정오가 지난 시간이었다. 커튼은 이제 윙윙 소리를 내는 대신 강력한 분무기 공격으로 축축하게 늘어져 있었고 그 밑에는 정신을 잃은 독시들이 잔뜩 들어 있는 양동이가 놓여 있었다. 크룩생스는 그 옆에 놓인 검은색 독시 알 그릇을 콩콩댔고 프레드와 조지도 거기에 연신 탐욕스러운 눈길을 던졌다.

"저건 점심 먹고 나서 처리해야겠구나." 위즐리 부인이 벽난로 양쪽에 각각 서 있는 먼지 쌓인 유리 진열장들을 가리켰다. 그 안에는 이상한 물건들이 한가득이었다. 녹슨 단

검 세트, 갈고리, 똬리를 튼 뱀 가죽, 해리가 모르는 언어가 새겨진 변색된 은제 상자 여러 개. 그중에서도 가장 기분 나쁜 것은 마개에 큼직한 오팔이 박혀 있는 화려한 크리스털 병이었는데, 해리가 보기에 그 병에 가득 차 있는 것은 분명 피였다.

초인종이 다시 딸랑딸랑 울렸다. 모두 위즐리 부인을 바라보았다.

"여기 있어라." 그녀는 단호하게 말하더니 쥐가 든 자루를 집어 들었다. 밑에서 또다시 블랙 부인의 비명 소리가 들려오기 시작했다. "샌드위치 좀 가지고 오마."

그녀는 방을 나가며 조심스럽게 문을 닫았다. 다들 곧바로 창문으로 달려가 현관 계단을 내려다보았다. 지저분한 적갈색 정수리와 위태롭게 균형을 잡고 있는 솥단지 더미가 보였다.

"먼덩거스네!" 헤르미온느가 말했다. "솥단지는 왜 저렇게 많이 가져온 거야?"

"아마 안전하게 보관할 장소를 찾고 있겠지." 해리가 말했다. "나를 미행하기로 되어 있던 날 밤에 한 일이 저거잖아. 수상한 솥단지 주우러 다니는 거 말이야."

"그래, 맞아!" 현관문이 열리자 프레드가 말했다. 먼덩거스는 문 너머로 솥단지들을 들어 올리더니 시야에서 사라졌다. "제기랄, 엄마가 싫어할 텐데……."

프레드와 조지가 방을 가로질러 가더니 문 앞에 서서 열심히 귀를 기울였다. 블랙 부인의 비명이 멈췄다.

"먼덩거스가 시리우스랑 킹슬리한테 뭐라고 말하고 있어." 프레드가 집중하느라 얼굴을 찌푸리며 중얼거렸다. "잘 안 들리는데…… 좀 위험하긴 하지만 길어지는 귀를 써 볼까?"

"통할지도 몰라." 조지가 말했다. "내가 몰래 올라가서 하나 가져올……."

하지만 바로 그 순간 아래층에서 길어지는 귀가 필요 없을 만큼 큰 소리가 터져 나왔다. 위즐리 부인이 있는 힘껏 내지르는 소리가 모두의 귀에 똑똑히 들렸다.

"우리는 훔친 물건 숨겨 주려고 여기 있는 게 아니에요!"

"난 우리한테 그러는 게 아니면 엄마가 소리 지를 때 참 좋더라고." 프레드가 만족스러운 미소를 띠면서 말했다. 그는 위즐리 부인의 목소리가 방으로 더 잘 들려오도록 문을 살짝 열어 놓았다. "기분 전환이 돼."

"……정말 무책임하네요. 당신이 훔친 솥을 이 집에 들여오지 않으면 걱정거리가 부족할까 봐 그런 거예요?"

"저 멍청이들이 엄마가 본격 궤도에 오르도록 내버려 둘 셈인가?" 조지가 고개를 저으며 말했다. "일찌감치 방향을 틀어야지, 안 그러면 엄마가 열 받을 대로 열 받아서 몇 시간이고 들이받을 거야. 그러잖아도 먼덩거스가 해리 널 미행하기로 한 날 몰래 자리를 비운 뒤로 계속 벼르고 있었는데. 자, 시리우스네 엄마가 또 등장하십니다."

복도 초상화들이 높은 소리로 고함과 비명을 지르기 시작하자 위즐리 부인의 목소리가 묻혔다.

조지가 문을 닫아 소음을 막으려 했지만, 그럴 겨를도 없이 집요정 하나가 슬그머니 방으로 들어왔다.

허리춤에 더러운 걸레를 샅바처럼 묶고 있을 뿐 집요정은 완전히 벌거벗은 모습이었다. 그 집요정은 나이가 꽤 들어 보였다. 주름이 너무 쪼글쪼글해서 피부를 쫙 펴면 몸통의 몇 배는 될 것 같았고, 다른 집요정들처럼 대머리였지만 크고 박쥐 같은 귀에는 하얀 털이 잔뜩 나 있었다. 충혈된 눈은 물기 어린 회색이었고, 살집이 있는 커다란 코는 동물의 주둥이 같은 모양이었다.

집요정은 해리나 다른 사람들은 전혀 신경 쓰지 않았다. 마치 그들이 보이지 않는 양 구부정한 자세로 발을 질질 끌고 천천히, 그리고 고집스럽게 방 가장 안쪽으로 걸어가면서 황소개구리처럼 거칠고 굵은 목소리로 연신 중얼거리기만 했다.

"……시궁창 냄새가 나는 것도 모자라 범죄자라니. 여자는 또 어떻고. 못돼 처먹은 혈통 배신자 주제에 말썽쟁이들을 끌고 와서 우리 마님의 집을 어지럽혀? 아, 불쌍한 우리 마님. 이런 걸 아셨다면, 저자들이 이 집에 이 쓰레기들을 들여보낸 걸 아셨다면 늙은 크리처에게 뭐라고 말씀하셨을까. 아, 이렇게 망신스러운 일이 있나. 머드블러드와 늑대인간과 배신자들과 도둑들이라니. 불쌍한 크리처, 크리처가 뭘 어쩌겠어……."

"안녕, 크리처." 프레드가 문을 탁 닫으며 꽤 큰 소리로 말했다.

집요정은 가다 말고 우뚝 멈춰 서서 중얼거리기를 그만두고 과장된 동작으로 깜짝 놀란 시늉을 했다.

"크리처가 도련님을 못 봤네요." 그가 뒤돌아 프레드에게 허리를 숙이며 말하더니 여전히 카펫을 바라보며 아주 잘 들리는 소리로 덧붙였다. "혈통 배신자가 데려온 못된 말썽쟁이 같으니."

"뭐라고?" 조지가 말했다. "마지막 말을 못 들었는데."

"크리처는 아무 말도 하지 않았습니다요." 집요정은 또 다시 조지에게 허리를 꾸벅 숙이면서 분명하게 덧붙였다. "게다가 쌍둥이야. 자연에 어긋난 짐승들 같으니."

해리는 웃어야 할지 말아야 할지 알 수 없었다. 집요정은 몸을 펴고 악의가 담긴 눈으로 그들 모두를 뚫어지게 쳐다보더니 자기 말이 들리지 않을 거라고 확신하는 듯 계속 중얼거렸다.

"……거기다 머드블러드까지 있네. 얼굴에 철판이라도 깔았는지 저기 서 있군. 아, 마님이 아셨다면 얼마나 우셨을까. 그리고 처음 보는 남자아이도 있고. 크리처는 이름도 모르는데. 여기서 뭘 하는 거지? 크리처는 모르겠어……."

"얘는 해리예요, 크리처." 헤르미온느가 머뭇거리며 말했다. "해리 포터."

크리처의 엷은 색깔 눈이 휘둥그레졌다. 크리처가 조금 전보다 더 빠르고 더 격렬하게 중얼거렸다.

"머드블러드가 친구라도 되는 것처럼 크리처한테 말을 거네. 크리처의 마님이 이런 녀석들과 함께 있는 걸 보신다면, 아, 뭐라고 하실까……."

"머드블러드라고 부르지 마!" 론과 지니가 버럭 화를 내며 동시에 소리쳤다.

"괜찮아." 헤르미온느가 속삭였다. "제정신이 아니잖아.

자기가 무슨 말을 하는지도 몰…….”

“모르는 척하지 마, 헤르미온느. 쟤는 자기가 하는 말을 정확히 알고 있어.” 프레드가 강렬한 혐오가 깃든 눈으로 크리처를 쏘아보며 말했다.

크리처는 해리에게 시선을 둔 채 여전히 중얼거리고 있었다.

“정말인가? 저게 해리 포터라고? 크리처한테도 흉터가 보여. 진짜가 틀림없어. 저 녀석이 어둠의 왕을 막은 소년이라니. 어떻게 그럴 수 있었는지 크리처는 궁금…….”

“우리 모두 궁금해, 크리처.” 프레드가 말했다.

“아무튼, 원하는 게 뭐야?” 조지가 물었다.

크리처의 큼직한 눈이 조지에게 홱 돌아갔다.

“크리처는 청소를 하고 있었어요.” 그가 둘러댔다.

“퍽이나.” 해리 뒤에서 어떤 목소리가 들려왔다.

시리우스가 와 있었다. 그는 문 앞에 서서 집요정을 노려보고 있었다. 복도에서 나던 소음이 줄어들었다. 아마도 위즐리 부인과 먼덩거스가 말다툼 장소를 아래층 부엌으로 옮긴 듯했다. 시리우스를 본 크리처는 주둥이처럼 생긴 코가 바닥에 닿도록 우스꽝스러울 만큼 깊숙이 허리를 숙였다.

“똑바로 서.” 시리우스가 못 참겠다는 듯 말했다. “그래,

무슨 일을 꾸미는 거냐?"

"크리처는 청소를 하고 있었습니다요." 집요정이 다시 말했다. "크리처는 고귀한 블랙 가문을 섬기기 위해 살고 있……."

"블랙이라서 그런지 매일 더 새까매지는데. 더러워." 시리우스가 말했다.

"주인님은 원래 농담을 좋아하셨죠." 크리처가 다시 허리를 숙이더니 소리 죽여 말을 이었다. "주인님은 어머니의 마음을 아프게 한 성질 더럽고 배은망덕한 돼지……."

"우리 어머니에게는 마음이 없었어, 크리처." 시리우스가 쏘아붙였다. "어머니는 순수한 악의만으로 살았다."

크리처는 다시 허리를 숙이며 말했다.

"주인님께서 그렇게 말씀하신다면요." 그러고는 잔뜩 화가 나서 중얼거렸다. "주인님은 어머니 신발에 묻은 오물을 닦을 자격도 없어요, 아, 불쌍한 마님. 크리처가 저 사람을 모시는 걸 보면 뭐라고 하실까. 저 사람을 얼마나 싫어하셨는데. 저 사람한테 얼마나 실망하셨는데……."

"뭘 꾸미는 거냐고 물었다." 시리우스가 싸늘하게 말했다. "청소하는 척 나타나서 매번 뭔가를 네 방으로 훔쳐 가잖아. 우리가 버리지 못하게 하려고 말이야."

"크리처는 주인님 댁에 있는 어떤 물건도 절대로 제자리에서 옮겨 놓지 않습니다요." 집요정이 말하더니 아주 빠르게 중얼거렸다. "태피스트리가 버려진다면 마님은 결코 크리처를 용서하지 않으실 거야. 이 가문에 저 태피스트리가 전해 내려온 세월이 700년인데. 크리처는 태피스트리를 지켜야 해. 크리처는 주인님과 혈통 배신자들과 말썽쟁이들이 그걸 버리게 두지 않을 거야……."

"그럴 것 같더라니." 시리우스가 맞은편 벽에 경멸 어린 시선을 던지며 말했다. "어머니가 분명 저 뒤에도 영구 부착 마법을 걸어 놨겠지? 하지만 없앨 방법만 있으면 확실히 없애 버릴 거다. 이제 가 봐, 크리처."

직접적인 명령에는 크리처도 감히 거역하지 못하는 듯했다. 그렇지만 크리처가 발을 질질 끌면서 지나갈 때 시리우스에게 던진 시선에는 뿌리 깊은 증오가 가득했다. 크리처는 방을 나가는 내내 중얼거렸다.

"……아즈카반에서 돌아온 주제에 크리처한테 이래라저래라야. 아, 가엾은 마님. 지금 집안 꼴을 보면 뭐라고 하실까. 쓰레기들이 이 집에 살고 있는 데다, 마님의 보물들은 내버려지고. 마님은 아들 같은 건 없다고 선언하셨는데. 그런데 저 사람이 돌아왔어. 다들 저 사람이 살인까지 저질렀다고 하는데······."

"계속 중얼거리면 진짜 살인자가 되어 주마!" 시리우스
는 집요정이 나간 문을 쾅 닫으며 짜증스럽게 소리쳤다.

"시리우스, 크리처는 제정신이 아니잖아요." 헤르미온느
가 애원하듯 말했다. "우리가 자기 말을 들을 수 있다는 걸
모르는 것 같아요."

"혼자 너무 오래 있긴 했지." 시리우스가 말했다. "우리
어머니의 초상화가 내리는 정신 나간 명령을 받고 혼잣말
을 하면서 말이야. 하지만 저 녀석은 전부터 성격이 더러
운······."

헤르미온느가 희망 어린 목소리로 말했다. "아저씨가 크
리처를 해방시켜 주시면, 어쩌면······."

"해방시킬 수는 없어. 기사단에 대해 너무 많은 걸 아니
까." 시리우스가 딱 잘라 말했다. "게다가 해방시켰다간 충
격을 받고 죽을 거다. 네가 저 녀석한테 이 집을 떠나는 게
어떠냐고 한번 물어봐라. 어떻게 나오는지 보게."

시리우스는 크리처가 지키려고 했던, 벽 높이와 같은 길
이의 태피스트리가 걸려 있는 곳으로 걸어갔다. 해리와 다
른 사람들이 그를 뒤따랐다.

태피스트리는 엄청나게 오래된 것 같았다. 빛이 바랬고,

독시들이 여기저기 물어뜯은 흔적도 보였다. 하지만 수놓인 황금색 실만은 아직도 밝게 빛나며 사방으로 뻗은 가계도를 보여 주었다. 해리가 보기에는 중세까지 거슬러 올라가는 것 같았다. 태피스트리 맨 꼭대기에는 커다란 글자로 이렇게 적혀 있었다.

고귀하고 유서 깊은 블랙 가문
'언제까지나 순수하게(Toujours Pur)'

"아저씨는 여기 없네요!" 해리가 가계도 맨 아래쪽을 훑어보더니 말했다.

"예전엔 거기 있었지." 시리우스가 담뱃불로 지진 자국처럼 보이는 작고 동그란 구멍을 가리키며 말했다. "내가 가출하니까 우리 다정하신 어머니께서 내 이름을 없애 버리셨다. 크리처는 그 얘기를 중얼거리길 꽤 좋아하지."

"가출했다고요?"

"열여섯 살쯤에." 시리우스가 말했다. "도저히 버틸 수가 있어야지."

"어디로 가셨는데요?" 해리가 그를 뚫어지게 바라보며 물었다.

"너희 아빠 집." 시리우스가 말했다. "너희 할머니, 할아버지는 정말 좋은 분들이셨어. 나를 또 다른 아들처럼 여겨 주셨다. 그래, 나는 방학 동안 너희 아빠 집에서 살다시피 했어. 열일곱 살 때는 내 집을 갖게 됐다. 알파드 삼촌이 내게 상당한 금화를 남겨 줬거든. 그분 이름도 여기에서 지워졌어. 아마 나한테 돈을 줘서겠지. 아무튼, 그다음부터는 혼자 살아왔다. 그래도 일요일 점심에는 포터 아저씨와 아주머니가 늘 반갑게 맞아 주셨지."

"그런데…… 왜……?"

"집을 나갔냐고?" 시리우스는 씁쓸하게 미소 짓더니 손가락으로 길고 지저분한 머리카락을 쓸어 올렸다. "이 집안 인간들 모두가 증오스러웠으니까. 내 부모는 순수 혈통에 광적으로 집착했어. 블랙 가문 사람이라면 사실상 왕족이나 다름없다고 확신했지……. 그리고 멍청한 내 동생은 물러 터져서 그런 부모님을 믿었고……. 바로 저 녀석이다."

시리우스가 가계도 맨 아래 있는 '레귤러스 블랙'이라는 이름을 손가락으로 쿡 찔렀다. 태어난 날짜 뒤에 사망 날짜(약 15년 전이었다)가 적혀 있었다.

"동생이었지만……" 하고, 시리우스가 말을 이었다. "사람들이 나한테 끊임없이 일깨워 주었듯 나보다 훨씬 나은 아들이었지."

"그런데 돌아가셨네요." 해리가 말했다.

"그래." 시리우스가 말했다. "멍청한 녀석이야. 죽음을 먹는 자들 편에 가담했으니까."

"설마요!"

"왜 이러냐, 해리. 이 집을 충분히 봤을 텐데. 우리 가족이 어떤 마법사였는지 모르겠니?" 시리우스가 툴툴거리듯 말했다.

"아, 아저씨 부모님도 죽음을 먹는 자들이었어요?"

"아니, 그건 아니야. 하지만 내 말 믿어라. 그 사람들은 볼드모트의 생각이 옳다고 생각했어. 마법사 인종 청소를 전적으로 지지했지. 머글 태생들을 제거하고 순수 혈통이 지배해야 한다고 말이야. 내 부모뿐만이 아니었어. 볼드모트가 본색을 드러내기 전부터도 그자가 옳다고 생각한 사람들이 꽤 있었다. 단지, 볼드모트가 힘을 얻기 위해서라면 무슨 짓이든 저지를 수 있다는 걸 알고 겁을 먹었을 뿐이야. 하지만 분명 내 부모는 앞장서서 볼드모트에게 가담한 레귤러스야말로 정의로운 어린 영웅이라고 생각했을 거다."

"레귤러스는 오러한테 죽었나요?" 해리가 망설인 끝에

물었다.

"아, 아니야." 시리우스가 말했다. "그렇지 않아. 그 녀석은 볼드모트한테 살해당했다. 아니, 볼드모트의 명령에 따라 살해당했다고 말하는 게 더 맞겠군. 레귤러스가 볼드모트한테 직접 살해당할 만큼 중요한 인물이었을 것 같지는 않으니까. 녀석이 죽고 나서 알아보니 레귤러스는 너무 깊숙이 발을 담근 뒤에야 자기가 받은 명령에 두려움을 느끼고 발을 빼려 한 것 같더구나. 뭐, 볼드모트한테는 그냥 사직서를 낸다고 되는 게 아니지. 평생 동안 봉사하거나 죽거나 둘 중 하나다."

"점심 먹어요." 위즐리 부인의 목소리가 들려왔다.

그녀는 마법 지팡이를 높이 들어 올린 채 그 끝으로 샌드위치와 케이크가 잔뜩 쌓인 커다란 쟁반의 균형을 잡고 있었다. 얼굴은 무척 붉었고 아직도 화난 표정이었다. 다른 사람들은 음식을 먹으려고 앞다퉈 위즐리 부인에게로 향했지만 해리는 시리우스 옆에 남았다. 시리우스가 태피스트리 쪽으로 더 가까이 몸을 기울였다.

"나도 이걸 오랜만에 본다. 피니어스 나이젤러스…… 내 고조부다. 보이지? 호그와트 역대 교장 중에서 가장 인기가 없었단다. 그리고 아라민타 멀리플루아…… 우리 어머니의 사촌인데…… 머글 사냥을 합법화하는 법안을 억지로 통과시키려고 했어. 또 친애하는 엘라도라 고모도 있구나. 이분은 집요정들이 너무 늙어서 차를 나르지 못할 정도가 되면 목을 베어 버리는 집안의 전통을 처음 만드셨단다. 물론, 어쩌다 제정신을 갖춘 사람이 나오면 집안에서 의절당했어. 그러고 보니 통스가 여기 없구나. 크리처가 통스의 명령을 듣지 않는 건 그래서일 거야. 크리처는 가문에 속한 사람이 요구하는 것을 따르게 되어 있거든."

"통스가 아저씨 친척이에요?" 해리가 놀라서 물었다.

"아, 그래. 통스의 어머니인 안드로메다는 내가 가장 좋아하는 사촌이야." 시리우스가 태피스트리를 유심히 살펴보며 말했다. "그래, 안드로메다도 여기 없구나. 봐라……."

시리우스는 벨라트릭스와 나르시사라는 이름 사이에 나 있는 또 하나의 작고 동그란 탄 자국을 가리켰다.

"안드로메다의 자매들은 아직 여기 있어. 멋지고 존경받을 만한 순수 혈통 가문과 결혼을 했으니까. 하지만 안드로메다는 머글 태생인 테드 통스와 결혼하는 바람에……."

시리우스는 마법 지팡이로 태피스트리를 날리는 시늉을 하더니 쓰게 웃었다. 그러나 해리는 안드로메다의 이름이 있었을 탄 자국 오른쪽에 있는 이름을 보는 데 정신이 팔려 웃지 않았다. 두 줄로 수놓인 황금색 실이 나르시사 블랙을 루시우스 말포이와 이어 주었고, 거기서부터 한 줄의 황금색 세로줄이 드레이코라는 이름으로 이어지고 있었던 것이다.

"말포이네랑도 친척이네요!"

"순수 혈통 집안은 모두 친척이야." 시리우스가 말했다. "자식들을 순수 혈통 마법사들하고만 결혼시키려면 선택 폭이 아주 좁아지거든. 순수 혈통은 별로 남아 있지 않으니까. 몰리와 나는 사돈 관계야. 아서가 내 육촌 형제뻘이니까. 하지만 여기서 둘을 찾으려고 해 봐야 소용없다. 위즐리 가족은 집안 전체가 혈통 배신자라고 낙인 찍혔거든."

이제 해리는 안드로메다의 탄 자국 왼쪽에 있는 이름을 보고 있었다. 벨라트릭스 블랙이라는 이름이 로돌푸스 레스트레인지와 두 줄로 연결되어 있었다.

"레스트레인지⋯⋯." 해리가 소리 내어 말했다. 그 이름을 보자 기억이 소용돌이치면서 무언가가 떠올랐다. 분명 아는 이름이었지만, 순간 오싹한 느낌만 들었을 뿐 어디서 들은 이름인지는 생각나지 않았다.

"그 둘은 아즈카반에 있어." 시리우스가 짧게 말했다.

해리는 호기심 어린 얼굴로 그를 바라보았다.

"벨라트릭스와 남편 로돌푸스는 바티 크라우치 2세와 함께 아즈카반에 들어왔다." 시리우스가 여전히 딱딱한 목소리로 말했다. "로돌푸스의 남동생 라바스탄도 같이."

그제야 떠올랐다. 해리는 생각과 기억을 저장할 수 있는 이상한 장치인 덤블도어의 펜시브에서 벨라트릭스 레스트레인지를 본 적이 있었다. 눈꺼풀이 처지고 키가 큰 검은 머리 여자. 법정에서 그녀는 볼드모트가 몰락한 뒤에도 그를 찾으려 한 것에 자부심을 느끼고 언젠가는 보상을 받을 거라면서 계속 볼드모트에게 충성을 지키겠다고 분명히 밝혔다.

"그런 말씀은 하신 적 없잖아요, 벨라트릭스가······."

"내 사촌이라는 말? 그게 중요하니?" 시리우스가 쏘아붙이듯 말했다. "적어도 나한테 저 사람들은 가족이 아니야. 특히 저 여자는 절대 아니지. 나는 지금의 네 나이가 된 뒤로 벨라트릭스를 한 번도 본 적이 없다. 아즈카반에 들어오는 모습을 잠깐 본 걸 빼면 말이야. 내가 저런 친척이 있는 걸 자랑스러워할 것 같니?"

"죄송해요." 해리가 얼른 말했다. "전 그런 뜻이 아니라······ 그냥 놀랐을 뿐이에요. 그게 다예요······."

"괜찮아, 사과할 것 없다." 시리우스가 중얼거렸다. 그는 손을 주머니 깊숙이 찔러 넣은 채 태피스트리에서 고개를 돌렸다. "난 여기 돌아온 게 싫어." 그가 거실 저편을 응시하면서 말했다. "다시 이 집에 처박히게 될 거라고는 생각도 못 했다."

해리는 그 마음을 온전히 이해했다. 어른이 되어 프리빗가 4번지를 영원히 벗어났다고 생각했는데 다시 그곳에 돌아가 살게 된다면 어떤 기분일지 그는 알고 있었다.

"물론 본부로 쓰기엔 제격이지." 시리우스가 말했다. "내 아버지가 여기 살았을 때 마법사들 사이에 알려진 온갖 보호 조치를 취해 두었으니까 말이다. 이곳은 지도에 나타나지 않아. 머글들이 접근해서 초인종을 누르는 일도 절대 불가능하지. 그러고 싶어 하는 사람도 없겠지만. 게다가 지금은 덤블도어 교수님이 나름의 보안장치들을 추가한 상태니 이보다 더 안전한 집은 어디에도 없을 거다. 덤블도어 교수님이 기사단의 비밀 수호자거든. 덤블도어 교수님이 직접 위치를 말해 주기 전에는 아무도 본부를 찾을 수 없다는 얘기지. 무디가 어젯밤 너에게 보여 준 쪽지는 바로 덤블도어 교수님이 보낸 거였단다." 시리우스는 개가 짖듯이 짧게 웃었다. "내 부모가 자신들의 집이 지금 어떻게 쓰이는지 본다면…… 뭐, 너도 우리 어머니 초상화를 봤으니 어느 정도 짐작하겠구나.”

그는 잠깐 얼굴을 찡그리더니 한숨을 쉬었다.

“나도 가끔은 밖에 나가서 뭔가 쓸모 있는 일을 할 수 있으면 좋겠어. 네가 징계 청문회에 갈 때 같이 가면 안 되겠냐고 덤블도어 교수님한테 물어봤다. 물론, 멍멍이의 모습으로 말이야. 그러면 너도 조금 든든하지 않겠니? 어때?”

해리는 먼지 쌓인 카펫 아래까지 가슴이 내려앉는 기분이었다. 어제 저녁 이후 청문회에 대해서는 까맣게 잊고 있었던 것이다. 세상에서 가장 좋아하는 사람들 곁에 돌아와서 신이 난 데다가 무슨 일들이 벌어지고 있는지 전부 듣느라 청문회 생각은 완전히 날아가 버렸다. 하지만 시리우스의 말을 듣자 참담한 공포가 다시 밀려왔다. 해리는 샌드위치를 입에 밀어 넣는 헤르미온느와 위즐리 형제를 바라보면서, 자신을 빼고 저들만 호그와트에 돌아간다면 어떤 기분이 들까 생각해 보았다.

“걱정 마라.” 시리우스가 말했다. 고개를 든 해리는 시리우스가 자신을 지켜보고 있었다는 것을 알아차렸다. “반드시 무죄로 밝혀질 거다. 국제 비밀 유지 법령에는 분명 목숨이 위험할 경우에는 마법을 사용해도 된다는 내용이 있으니까."

"하지만 정말로 절 퇴학시키면요?" 해리가 조용히 물었
다. "그럼 여기 돌아와서 아저씨랑 같이 살아도 돼요?"

시리우스가 슬프게 미소 지었다.

"두고 보자꾸나."

"더즐리네로 돌아가지 않아도 된다는 것만 알아도 청문
회가 훨씬 편하게 느껴질 것 같아요." 해리는 더욱 밀어붙
였다.

"여기가 더 낫다니 그 사람들도 어지간한가 보구나." 시
리우스가 우울하게 말했다.

"거기 둘, 빨리 와요. 안 그러면 음식이 하나도 남지 않을
테니까." 위즐리 부인이 소리쳤다.

시리우스는 또 한 번 크게 한숨을 쉬며 어두운 얼굴로 태
피스트리를 쓱 쳐다본 다음 해리와 함께 다른 사람 쪽으로
갔다.

그날 오후, 해리는 청문회를 생각하지 않으려고 애쓰며
유리 진열장을 치웠다. 다행히 그 일에는 엄청난 집중력이
필요했다. 그 안에 들어 있는 수많은 물건이 먼지 쌓인 선
반을 결코 떠나지 않으려고 했던 것이다. 시리우스는 은제
담뱃갑에 심하게 물렸는데, 물린 손은 순식간에 우둘투둘

한 갈색 장갑을 낀 것처럼 보기 흉한 딱딱한 껍질로 뒤덮였다.

"괜찮아." 그는 흥미로운 듯 그 손을 살펴보더니, 마법 지팡이로 가볍게 두드려 피부를 원래대로 돌려놓았다. "저안에 분명 무사마귀 딱지 가루가 들어 있을 거다."

시리우스는 진열장에서 나온 쓰레기를 담는 자루에 담뱃갑을 던졌다. 해리는 조지가 헝겊으로 조심스럽게 손을 둘둘 싸고 그 담뱃갑을 이미 독시가 가득 들어 있는 주머니에 슬쩍 집어넣는 것을 보았다.

기분 나쁘게 생긴, 다리가 여럿 달린 핀셋 모양의 은제 기구도 발견됐다. 해리가 집어 들자 그것은 거미처럼 총총거리며 그의 팔을 기어 올라오더니 살갗에 구멍을 뚫으려고 했다. 시리우스가 그것을 잡아 《타고난 고귀함: 마법사 계보학》이라는 제목의 두꺼운 책으로 뭉개 버렸다. 태엽을 감으면 땡그랑거리는 불길한 선율이 희미하게 흘러나오는 오르골도 있었는데 그 소리를 듣고 있으려니 다들 자기도 모르는 사이 이상하게 기운이 빠지면서, 지니가 정신을 차리고 뚜껑을 쾅 닫을 때까지 꾸벅꾸벅 졸았다. 그들 중 아무도 열지 못한 묵직한 로켓(사진이나 기념품, 머리카락 따위를 넣어 목걸이에 다는 작은 갑으로, 보통 금이나 백금으로 만든

다—옮긴이)이 있는가 하면 아주 오래된 도장들도 잔뜩 있었고, 먼지 쌓인 상자에는 시리우스의 할아버지가 '정부에 공헌'한 공로로 받은 1급 멀린 훈장이 들어 있었다.

"내 조부가 정부에 엄청난 양의 금화를 갖다 바쳤다는 뜻이지." 시리우스가 경멸스럽다는 듯 말하며 훈장을 쓰레기 자루에 던져 넣었다.

크리처는 몇 번인가 살금살금 방에 들어와 허리춤에 물건을 숨겨 갖고 나가려 들었고, 들킬 때마다 끔찍한 욕설을 중얼거렸다. 시리우스가 크리처의 손아귀에서 블랙 가문의 문장이 새겨진 커다란 황금 반지를 비틀어 빼냈을 때는 실제로 분노 어린 울음을 터뜨리더니, 숨 죽여 흐느끼는 와중 해리가 한 번도 들어 본 적 없는 말로 시리우스를 욕하면서 방을 나갔다.

"우리 아버지 물건이야." 시리우스가 반지를 자루에 던지며 말했다. "크리처는 아버지한테는 어머니한테 하는 것처럼 *그렇게* 헌신적이지는 않았어. 그래도 지난주에는 아버지의 낡은 바지에 진한 키스를 퍼붓다 나한테 들켰지."

이어지는 며칠 동안 위즐리 부인은 모두에게 힘들게 일을 시켰다. 거실을 치우는 데만도 사흘이 걸렸다. 끝끝내 거실에 남은 꼴 보기 싫은 물건은, 벽에서 떼어 내려고 갖은 애를 썼지만 아무 소용 없었던 블랙 가문의 가계도 태피스트리와 덜커덕거리는 책상뿐이었다. 무디가 아직 본부에 들르지 않았으므로 그 책상 안에 무엇이 들어 있는지는 확인할 수 없었다.

그들은 거실에서 1층 식당으로 자리를 옮겼는데, 그곳에서는 목재 찬장에 숨어 있던 접시만 한 거미들이 발견됐다(론은 차를 끓이겠다면서 서둘러 그 방을 나가 한 시간 반이 지나도록 돌아오지 않았다). 시리우스는 블랙 가문의 문장과 가훈이 새겨진 도자기들을 인정사정없이 모조리 쓰레기 자루에 던져 버렸고, 변색된 은제 액자 안에 들어 있던 낡은 사진들도 같은 운명을 맞았다. 그 사진 속 주인공들은 액자 유리가 깨질 때마다 하나같이 날카롭게 비명을 질렀다.

스네이프야 그들이 하고 있는 작업을 '청소'라고 부를지 모르지만, 해리가 생각하기에 이는 집을 상대로 한 진짜 전쟁이었다. 집은 크리처의 도움과 선동 아래 아주 잘 싸우고 있었다. 집요정은 그들이 모여 있는 곳마다 나타나 쓰레기 자루에서 손닿는 대로 물건을 빼 가려 했고, 그럴 때마다 점점 더 공격적으로 중얼거렸다. 급기야 시리우스가 옷을 주겠다고 협박하는 지경에 이르렀다. 그러나 크리처는 축축한 눈으로 그를 빤히 바라보며 "주인님이 원하신다면 그렇게 하셔야죠" 하더니 고개를 돌려 매우 큰 소리로 중얼거렸다. "하지만 주인님은 크리처를 내보내지 않으실 거야. 그렇고말고. 크리처는 저 사람들이 뭘 꾸미는지 알고 있으니까. 암, 당연하지. 주인님은 어둠의 왕에 반대하는 음모를 꾸미고 있는 거야. 그래, 이 머드블러드들과 배신자들과 쓰레기들과 함께……."

그 말을 들은 시리우스는 헤르미온느의 항의를 묵살하고 크리처의 허리춤을 잡아 방 밖으로 힘껏 내던져 버렸다.

하루에도 몇 번씩 초인종이 울렸다. 시리우스의 어머니에게는 다시 비명을 지르라는 신호였고, 해리와 다른 아이들에게는 방문객의 말을 엿들어 보라는 신호였다. 그래 봐야 위즐리 부인이 맡은 일이나 열심히 하라고 일러 주기 전까지 몰래 엿보고 엿들은 대화에서 얻을 수 있는 것은 별로 없었다. 스네이프는 이 저택을 몇 번 더 들락거렸지만, 다행히 해리와 마주친 적은 한 번도 없었다. 변환 마법 선생인 맥고나걸 교수도 잠깐 보았다. 머글 치마와 외투 차림의 그녀는 아주 어색해 보였고, 너무 바빠 오래 머물 수도 없는 것 같았다. 하지만 가끔은 방문객이 오래 머물며

일을 도와주기도 했다. 어느 날 오후, 통스와 함께 위층 화
장실에 사람을 죽이려 드는 늙은 굴이 숨어 있는 것을 발견
한 일이 기억에 남았다. 루핀은 지나가는 사람들에게 묵직
한 나사못을 던져 대는 나쁜 습관을 가진 괘종시계를 고쳐
주었다. 루핀은 시리우스와 함께 살고 있었지만, 기사단의
비밀 임무 때문에 오랫동안 집을 비우곤 했다. 한편 먼덩거
스는 옷장에서 꺼낸 아주 낡은 자주색 로브가 론을 목 졸라
죽이려는 것을 구해 주었고, 그 덕에 그를 바라보는 위즐리
부인의 눈초리가 조금은 부드러워졌다.

　여전히 복도와 잠긴 문들이 나오는 꿈을 꾸고 그럴 때마
다 흉터가 쿡쿡 쑤시는 탓에 잠을 제대로 자지 못했지만,
해리는 올여름 들어 처음으로 즐거운 시간을 보냈다. 바쁘
게 지내는 동안에는 기분이 괜찮았다. 하지만 몸을 움직
이지 않을 때, 방심하거나 지친 몸을 침대에 누이고 천장
에 어른거리는 흐릿한 그림자들을 보고 있을 때면 정부 징
계 청문회 생각이 어렴풋이 떠올랐다. 퇴학을 당하면 어쩌
나 하는 생각이 들 때마다 공포가 바늘처럼 가슴속을 찌르
는 것 같았다. 그것은 너무 끔찍해서 감히 입에 담을 수도
없고, 론과 헤르미온느에게조차 말할 수 없는 생각이었다.
론과 헤르미온느는 가끔 둘이서만 속삭이며 해리 쪽을 걱

정스럽게 바라보는 모습이 자주 눈에 띌 뿐 해리와 마찬가지로 청문회 얘기는 꺼내지 않았다. 가끔 얼굴을 알아볼 수 없는 정부 공무원이 마법 지팡이를 두 동강 내면서 더즐리네로 돌아가라고 명령하는 장면이 떠오르는 것은 어쩔 수 없었다. 하지만 그는 가지 않을 것이다. 그 결심만은 확고했다. 그는 이곳 그리몰드가로 돌아와 시리우스와 함께 살 생각이었다.

수요일 저녁 식사 시간에는 위즐리 부인이 해리를 보며 조용히 말했다. "내일 아침에 입고 가라고 가장 좋은 옷을 다려 두었단다, 해리. 오늘 밤에 머리도 감으렴. 첫인상이 큰 효과를 발휘할 수 있단다." 해리는 가슴속에 묵직한 벽돌이 떨어진 것 같은 기분이었다.

론과 헤르미온느, 프레드와 조지, 지니 모두 대화를 멈추고 그를 바라보았다. 해리는 고개를 끄덕이고 계속 고기를 먹으려고 했지만 입이 바싹 말라서 도저히 씹을 수가 없었다.

"거기까지는 어떻게 가요?" 그는 아무렇지도 않은 척하려고 애쓰면서 위즐리 부인에게 물었다.

"아서가 출근하면서 너를 데려갈 거야." 위즐리 부인이 부드럽게 말했다.

식탁 맞은편에서 위즐리 씨가 격려 어린 미소를 지어 보였다.

"청문회 시간이 될 때까지 내 사무실에서 기다리면 된다." 그가 말했다.

해리는 시리우스를 바라봤지만 질문을 던질 겨를도 없이 위즐리 부인이 대답했다.

"덤블도어 교수님은 시리우스가 함께 가지 않는 게 좋을 것 같다고 생각하신단다. 그리고 솔직히 나도……."

"……덤블도어 교수님 말씀이 *지당하다고* 생각하겠죠." 시리우스가 이를 악문 채 말했다.

위즐리 부인이 불만스럽게 입술을 오므렸다.

"덤블도어 교수님이 언제 그런 얘기를 했어요?" 해리가 시리우스를 보며 물었다.

"어젯밤에 오셨다. 너 자고 있을 때." 위즐리 씨가 말했다.

시리우스는 침울하게 포크로 감자를 쿡쿡 찔렀다. 해리는 접시로 시선을 내렸다. 덤블도어가 청문회 전날 밤 이 집에 와서 해리의 얼굴도 보지 않고 갔다니, 그 이상 나쁠 수 없을 것 같았던 기분이 더욱 나빠졌다.

7장
마법 정부

이튿날 아침 5시 30분, 해리는 누가 귀에 대고 소리라도 지른 것처럼 갑자기 잠에서 깼다. 그는 잠시 꼼짝도 않고 침대에 누워 있었다. 청문회에 대한 생각이 그의 머릿속을 구석구석까지 가득 채웠다. 그러다 더 이상 견딜 수 없어지자 그는 침대에서 뛰쳐나와 안경을 썼다. 침대 발치에는 위즐리 부인이 깨끗하게 세탁한 청바지와 티셔츠가 놓여 있었다. 해리는 허둥지둥 그 옷들을 입었다. 벽에 걸린 텅 빈 캔버스가 낄낄거렸다.

론은 입을 쩍 벌린 채 팔다리를 아무렇게나 뻗고 깊이 잠들어 있었다. 해리가 방을 가로질러 층계참으로 나가고 조용히 문을 닫는 동안에도 꼼짝하지 않았다. 해리는 다음번에 론을 만났을 때 더 이상 같은 호그와트 학생이 아닐지도 모른다는 생각을 떨쳐 버리려고 애쓰며, 크리처 조상들의 머리를 지나 부엌을 향해 조용히 계단을 내려갔다.

비어 있을 줄 알았는데, 부엌문에 이르자 안쪽에서 여러 사람이 조용히 웅성거리는 소리가 들렸다. 문을 열자 위즐리 부부와 시리우스, 루핀, 통스가 마치 그를 기다리기라도 한 듯 앉아 있었다. 자주색 누비 가운을 입고 있는 위즐리 부인을 제외하면 모두 옷을 갖춰 입은 채였다. 해리가 들어오자 위즐리 부인은 의자에서 벌떡 일어났다.

"아침 먹어야지." 그녀가 마법 지팡이를 꺼내고 서둘러 난롯가로 다가가면서 말했다.

"아…… 아…… 안녕, 해리." 통스가 하품을 했다. 오늘 아침 그녀의 머리카락은 금발 곱슬머리였다. "잘 잤어?"

"네." 해리가 말했다.

"나는 바…… 바…… 밤을 꼴딱 샜어." 그녀가 또 한 번 부르르 떨면서 하품했다. "이리 와서 앉아……."

그녀는 의자를 빼려다가 그 옆에 있는 의자를 쳐서 넘어뜨렸다.

"뭐 먹고 싶니, 해리?" 위즐리 부인이 소리쳤다. "포리지? 머핀? 훈제 청어? 베이컨이랑 달걀? 토스트?"

"그, 그냥 토스트요. 고맙습니다." 해리가 말했다.

루핀이 해리를 힐끗 보더니 통스에게 물었다. "스크림저가 어쨌다고?"

"아, 맞다……. 그게, 좀 더 조심해야겠어. 그 사람이 킹슬리랑 나한테 이상한 질문을 던지고 있거든……."

대화에 끼지 않아도 된다는 사실이 해리에게는 은근히 다행스러웠다. 긴장으로 속이 뒤틀렸다. 위즐리 부인이 그의 앞에 토스트와 마멀레이드를 내려놓았다. 해리는 토스트를 먹으려고 애썼지만 마치 카펫을 씹는 것 같았다. 위즐리 부인이 해리 곁에 앉아 티셔츠 상표를 집어넣어 주고 어깨 주름을 펴면서 법석을 떨었다. 해리는 그녀가 자신을 내버려 뒀으면 싶었다.

"……그리고 덤블도어 교수님한테 내일 밤 근무는 못 한다고 얘기해야겠어요. 그냥 너…… 너…… 너무 피곤해서요." 통스가 또다시 크게 하품하면서 말을 마쳤다.

"내가 대신해 줄게." 위즐리 씨가 말했다. "난 괜찮아. 어차피 마무리 지어야 할 보고서도 있고……."

위즐리 씨는 마법사 로브가 아닌, 가느다란 세로줄무늬가 들어간 바지에 낡은 항공 재킷을 입고 있었다. 그는 통스에게서 해리 쪽으로 시선을 돌렸다.

"기분은 좀 어떠니?"

해리는 어깨를 으쓱했다.

"금방 끝날 거다." 위즐리 씨가 기운을 돋워 주려고 말했다. "몇 시간 후면 무죄로 밝혀질 거야."

해리는 아무 말도 하지 않았다.

"청문회는 나랑 같은 층에서 일하는 어밀리아 본즈의 사무실에서 열린단다. 본즈는 마법 사법부 장관이야. 그 사람이 널 심문할 거란다."

"어밀리아 본즈라면 나쁘지 않아, 해리." 통스가 진정 어린 목소리로 말했다. "공정한 사람이거든. 네 말을 끝까지 들어줄 거야."

해리는 고개를 끄덕였다. 여전히 뭐라고 대꾸해야 할지 생각나지 않았다.

"화내지 말거라." 시리우스가 불쑥 말했다. "예의 바르게 굴고 사실만 말해."

해리는 다시 고개를 끄덕였다.

"법이 네 편이야." 루핀이 조용히 말했다. "미성년 마법사라도 목숨이 위험한 상황에서는 마법을 쓸 수 있어."

아주 차가운 무언가가 해리의 목덜미에 뚝뚝 떨어졌다. 순간 누군가가 그에게 보호색 마법을 건 것이라고 생각했지만, 사실은 위즐리 부인이 젖은 빗으로 그의 머리카락을 공격하고 있었다. 그녀가 해리의 정수리를 힘주어 눌렀다.

"이 머리는 대체 얌전해질 줄을 모르는구나!" 그녀가 절망적으로 말했다.

해리는 고개를 흔들었다.

위즐리 씨가 손목시계를 확인하더니 눈을 들어 해리를 바라보았다.

"이제 가야 할 것 같다." 그가 말했다. "좀 이르긴 하지만, 여기서 시간 때우고 있느니 정부에 가는 게 너한테도 좋을 것 같아."

"네." 해리는 무의식적으로 대답하며 토스트를 내려놓고 자리에서 일어났다.

"괜찮을 거야, 해리." 통스가 그의 팔을 토닥였다.

"행운을 빈다." 루핀이 말했다. "꼭 잘 풀릴 거야."

"만약 일이 잘못되면" 하고, 시리우스가 음침하게 입을 열었다. "내가 너 대신 어밀리아 본즈를 한번 만나 봐야지……."

해리는 희미하게 웃었다. 위즐리 부인이 그를 안아 주었다.

"우린 잘되길 빌고 있으마." 그녀가 말했다.

"네." 해리가 말했다. "그럼…… 나중에 뵈어요."

그는 위즐리 씨를 따라 계단을 올라가 복도를 걸었다. 시리우스의 어머니가 커튼 뒤에서 잠꼬대로 투덜거리는 소리가 들렸다. 위즐리 씨가 현관문의 빗장을 열었다. 그들은 차가운 잿빛 새벽 속으로 걸어 나갔다.

"보통은 걸어서 출근 안 하시죠?" 광장을 둘러서 바쁘게 걸어가며 해리가 물었다.

"그래, 보통은 순간이동을 하지." 위즐리 씨가 말했다. "하지만 너는 못하니까. 그리고 난 완전히 비마법적인 방식으로 도착하는 게 가장 좋다고 생각한단다. 더 좋은 인상을 주는 거지. 네 징계 청문회가 열린 이유부터……."

위즐리 씨는 걷는 내내 재킷 주머니에 손을 넣고 있었다. 해리는 그가 그 손으로 마법 지팡이를 꽉 움켜쥐고 있다는 것을 알았다. 황폐한 거리에는 인적이 드물었지만, 초라하고 작은 지하철역에 도착하니 이른 아침 출근하는 사람들이 이미 한가득이었다. 머글들의 일상에 접근할 때면 늘 그랬듯, 위즐리 씨는 흥분한 마음을 좀처럼 억누르지 못했다.

"정말 기가 막히는구나." 그가 승차권 자동 발매기를 가리키며 속삭였다. "훌륭하고 독창적이야."

"고장 났는데요." 해리가 표지판을 가리키며 말했다.

"그래, 그렇더라도 말이야……." 위즐리 씨가 애정 어린 눈길로 그것들을 바라보며 말했다.

그들은 발매기 대신 졸린 표정의 역무원에게서 표를 샀고(위즐리 씨는 머글 돈에 그다지 익숙하지 않았기 때문에 표를 사는 일은 해리가 했다) 5분 뒤 지하철에 올라탔다. 지하철은 덜컹거리면서 그들을 런던 한복판으로 데려갔다. 위즐리 씨는 불안한 듯 창문 위 지하철 노선도를 확인하고 또 확인했다.

"네 정거장 남았다, 해리……. 이제 세 정거장……. 두 정거장 더 가야 되는구나, 해리……."

런던 한복판 역에 도착한 그들은 양복 입은 남자들과 서류 가방을 든 여자들의 물결에 휩쓸려 지하철에서 내린 뒤 에스컬레이터를 타고 올라가 개찰구를 통과해(위즐리 씨는 검표기가 표를 삼키는 것을 보고 즐거워했다) 위용 있는 건물들이 늘어선 대로변으로 나왔다. 도로에는 이미 차들이 가득했다.

"여기가 어디지?" 위즐리 씨가 멍하니 말했다. 한순간 해리는 위즐리 씨가 계속 지도를 보고 있었으면서도 엉뚱한 역에 내린 줄 알고 심장이 멎을 뻔했다. 하지만 위즐리 씨가 곧바로 말했다. "아, 그래…… 이쪽이다, 해리." 그는 해리를 옆길로 데려갔다.

"미안하다." 그가 말했다. "지하철을 타고 와 본 적이 한 번도 없어서 말이야. 머글 입장에서는 모든 게 달라 보이는 구나. 솔직히 말하면 난 정부 건물 손님용 출입구도 이용해 본 적이 없단다."

걸어갈수록 건물들이 점점 작아지고 볼품없어졌다. 마침 내 그들은 꽤 초라해 보이는 사무실 몇 곳과 선술집, 꽉 차 다 못해 넘치는 대형 쓰레기통이 있는 거리에 도착했다. 사 실 해리는 마법 정부가 이보다는 멋진 곳에 있을 거라 기대 했다.

"다 왔다." 위즐리 씨가 빨간색 낡은 공중전화 부스를 가 리키며 밝은 목소리로 말했다. 유리판이 몇 개 빠진 그 공 중전화 부스는 낙서가 심하게 되어 있는 벽 앞에 서 있었 다. "너 먼저 들어가거라, 해리."

해리는 공중전화 부스 문을 열었다.

안에 들어가면서도 그는 대체 이게 무슨 짓인지 궁금했 다. 위즐리 씨가 해리 옆으로 비집고 들어와 문을 닫았다. 공간이 비좁은 탓에 해리의 몸이 전화기 쪽으로 꽉 눌렸 다. 전화기는 불량배들이 뜯어내려고 했던 듯 삐딱하게 걸 려 있었다. 위즐리 씨가 해리의 등 뒤에서 수화기로 손을 뻗었다.

"위즐리 아저씨, 이것도 고장 났나 본데요." 해리가 말했
다.

"아니, 아니야. 이건 확실히 멀쩡하단다." 위즐리 씨는
수화기를 머리 위로 들고 다이얼을 바라보았다. "어디 보
자…… 6……." 그는 숫자 다이얼을 돌렸다. "2…… 4……
또 4…… 또 2……."

다이얼이 부드럽게 제자리로 돌아가자 위즐리 씨가 들고
있는 수화기가 아니라 공중전화 부스 안에서 차분한 여자
목소리가 들려왔다. 눈에 보이지 않는 사람이 바로 곁에 서
있는 것처럼 크고 또렷한 목소리였다.

"마법 정부에 오신 것을 환영합니다. 성함과 용무를 말씀
해 주십시오."

"어……." 위즐리 씨는 수화기에 대고 말해야 하는지 어
째야 하는지 확신하지 못했다. 그는 입에 대야 할 부분을
귀에 대는 것으로 타협을 보았다. "머글 제품 오용 관리과
의 아서 위즐리입니다. 청문회에 참석하라는 요구를 받은
해리 포터를 데리고 왔는데요……."

"고맙습니다." 차분한 목소리가 말했다. "손님 여러분은
배지를 받아 로브 앞에 부착해 주시기 바랍니다."

달칵하고 달그락거리는 소리가 나더니, 보통은 거스름돈 동전이 나오는 금속 배출구로 뭔가가 미끄러져 나왔다. 해리는 그것을 집어 들었다. 은빛 정사각형 배지에 '해리 포터, 징계 청문회'라고 적혀 있었다. 티셔츠 앞에 배지를 다는데 여자 목소리가 다시 말했다.

"정부를 방문하신 손님께서는 수색에 협조하시어 보안 검색대에서 마법 지팡이를 등록해야 합니다. 보안 검색대는 중앙 홀 끝에 있습니다."

공중전화 부스의 바닥이 떨렸다. 그들은 천천히 바닥으로 가라앉고 있었다. 인도가 공중전화 부스 유리창을 지나 점점 떠오르는 것처럼 보였다. 불안한 마음으로 지켜보는 해리의 머리 위로 마침내 어둠이 덮였다. 그다음에는 아무것도 보이지 않았다. 공중전화 부스가 지하로 내려가면서 뭔가를 갈고 지나가는 것 같은 둔탁한 소리만 들렸을 뿐이다. 해리에게는 무척 길게 느껴졌지만, 실제로는 1분쯤 지나자 황금빛 한 줄기가 그의 발을 비추더니 점점 넓어지면서 몸을 타고 올라와 마침내 얼굴에 닿았다. 해리는 눈을 깜빡여 눈물이 괴는 것을 막았다.

"마법 정부에서 기분 좋은 하루 보내시기 바랍니다." 여자 목소리가 말했다.

공중전화 부스 문이 벌컥 열리고 위즐리 씨가 밖으로 나갔다. 해리는 입을 쩍 벌린 채 그 뒤를 따랐다.

그들은 꽤 길고 휘황찬란한 복도 한쪽 끝에 서 있었다. 검은색 나무 바닥은 번쩍번쩍 윤이 났다. 진한 청록색 천장에는 눈부신 황금색 기호들이 아로새겨져 있었는데, 그 기호들은 하늘에 뜬 거대한 게시판처럼 끊임없이 움직이며 모양을 바꾸었다. 윤이 나는 검은색 널빤지를 댄 양쪽 벽에는 황금을 입힌 벽난로 여러 개가 설치되어 있었다. 왼쪽 벽난로에서는 몇 초마다 '쉭' 소리와 함께 마법사들이 나타났다. 오른쪽 벽난로들 앞에는 마법사들이 짧은 줄을 이루고 서서 출발을 기다리고 있었다.

복도를 걸어가다 보니 분수가 나왔다. 분수대 한가운데에는 실물보다 큰 황금 조각상들이 서 있었다. 그중 가장 키가 큰 것은 마법 지팡이를 공중으로 치켜든 위엄 넘치는 남자 마법사 조각상이었고, 아름다운 여자 마법사와 켄타우로스, 고블린, 집요정이 그를 둘러싸고 있었다. 켄타우로스와 고블린과 집요정은 모두 그 두 마법사를 우러러보고 있었다. 두 개의 마법 지팡이와 켄타우로스의 화살 끝, 고블린의 모자 꼭대기와 집요정의 양쪽 귀에서 반짝이는 물줄기가 뿜어져 나왔다. 찰랑거리고 쏴쏴 하는 물소리에

'펑' 하고 '휙' 하며 순간이동 하는 소리, 수백 명의 마법사가 오가는 발소리가 뒤섞였다. 마법사들은 대부분 이른 아침 특유의 침울한 표정으로 복도 저 끝의 황금빛 대문을 향해 성큼성큼 걸어가고 있었다.

"이쪽이다." 위즐리 씨가 말했다.

그들은 사람들 틈에 끼어 정부 직원들 사이를 천천히 나아갔다. 어떤 사람들은 금방이라도 무너질 것 같은 양피지 더미를, 또 어떤 사람들은 낡은 서류 가방을 들고 있었다. 또 다른 사람들은 걸어가면서 《예언자일보》를 읽고 있었다. 분수 옆을 지나칠 때 해리는 분수대 바닥에서 은 시클과 청동 크넛이 반짝이는 것을 보았다. 옆에 있는 작고 더러운 팻말에는 이렇게 적혀 있었다.

마법 형제의 분수에서 나오는 모든 수익은 세인트 멍고 마법 질병 상해 병원에 기부됩니다.

'호그와트에서 퇴학당하지 않는다면 10갈레온 넣을게요.' 해리는 자기도 모르게 간절히 빌고 있었다.

"이쪽이다, 해리." 위즐리 씨가 말했다. 그들은 황금 대
문으로 향하는 정부 직원들의 행렬에서 빠져나왔다. 왼쪽
에는 '보안'이라는 팻말 아래 책상이 놓여 있고, 그 뒤에 청
록색 로브를 입고 면도도 제대로 하지 않은 마법사가 앉아
있었다. 그들이 다가가자 마법사는 눈을 들더니 읽고 있던
《예언자일보》를 내려놓았다.

"방문객을 데려왔는데요." 위즐리 씨가 해리를 손짓하며
말했다.

"이쪽으로 오세요." 마법사가 지루해하는 목소리로 말했
다.

해리가 가까이 다가가자 마법사는 자동차 안테나처럼 가
늘고 잘 휘어지는 기다란 황금색 막대를 들어 올려 해리의
몸 앞뒤를 위아래로 훑었다.

"마법 지팡이." 경비 마법사가 황금색 기구를 내려놓고
해리에게 손을 내밀며 퉁명스럽게 말했다.

해리가 마법 지팡이를 건네자 마법사는 그것을 접시저울
처럼 생긴 기묘한 놋쇠 기구 위에 올려놓았다. 그 기구가
떨리기 시작하더니 아래쪽 구멍에서 빠른 속도로 가느다
란 양피지가 튀어나왔다. 마법사는 그 양피지를 뜯어내 거
기에 적힌 글을 읽었다.

"28센티미터, 심지는 불사조 깃털, 4년째 사용 중. 맞아?"

"네." 해리가 긴장한 목소리로 대답했다.

"이건 내가 보관하고……." 마법사가 작은 놋쇠 못에 양피지를 끼우면서 말을 이었다. "이건 다시 가져가거라." 그가 마법 지팡이를 해리에게 떠밀며 덧붙였다.

"고맙습니다."

"잠깐만……."

마법사가 천천히 입을 열었다.

그의 눈길이 해리의 가슴에 달린 방문객용 은 배지에서 그의 이마로 빠르게 움직였다.

"고마워요, 에릭." 위즐리 씨가 단호하게 말하더니 해리의 어깨를 잡고 그를 보안 검색대에서 멀리, 황금 대문을 통과하는 마법사들의 행렬 속으로 다시 몰아갔다.

해리는 사람들에게 조금씩 떠밀리면서 위즐리 씨를 따라 대문을 지나 조금 더 작은 홀에 들어섰다. 정교하게 세공된 황금색 철창살 뒤에 적어도 스무 개는 되는 엘리베이터가 있었다. 해리와 위즐리 씨는 그중 한 곳에 몰려 있는 사람들 틈에 끼었다. 가까운 곳에 턱수염을 풍성하게 기른 마법사가 거칠게 긁어 대는 소리가 나는 커다란 종이 상자를 들고 있었다.

"잘 지냈나, 아서?" 마법사가 위즐리 씨에게 고개를 끄덕하며 말했다.

"그건 뭐야, 밥?" 위즐리 씨가 상자를 바라보며 물었다.

"잘 모르겠어." 마법사가 심각하게 말했다. "이 녀석이 불을 뿜기 전에는 그냥 평범한 닭이라고 생각했지. 실험적 사육 금지법을 심각하게 위반한 사안인 것 같아."

엘리베이터가 시끄럽게 철컹거리고 덜컹거리며 내려왔다. 황금색 철창이 스르르 열리자 해리와 위즐리 씨는 다른 사람들과 함께 엘리베이터에 탔다. 해리는 어느새 등 뒤 벽에 눌려 버렸다. 마법사 몇 명이 궁금한 눈길로 그를 바라보았다. 누구와도 눈을 마주치고 싶지 않았던 해리는 발만 내려다보며 앞머리를 납작하게 눌렀다. 쿵 소리와 함께 철창이 미끄러지듯 닫히고 엘리베이터가 천천히 올라가면서 쇠사슬이 철컹거리는 소리가 들렸다. 공중전화 부스에서 들었던 차분한 여자 목소리가 다시 울려 퍼졌다.

"지하 7층, 마법 스포츠부입니다. 영국 및 아일랜드 퀴디치 연맹 본부, 공식 곱스톤 협회, 터무니없는 특허청에 가실 분은 이번 층에서 내리십시오."

엘리베이터 문이 열렸다. 온갖 퀴디치 팀 포스터가 벽에 삐딱하게 붙어 있는 어수선한 복도가 언뜻 보였다. 빗자루를 한 아름 안고 있던 남자 마법사 한 명이 어렵사리 엘리베이터에서 내려 복도 저편으로 사라졌다. 문이 닫히자 엘리베이터는 또다시 요동치면서 위로 올라갔다. 여자 목소리가 말했다.

"지하 6층, 마법 교통부입니다. 플루 네트워크 관리과, 빗자루 통제 관리과, 포트키 관리과, 순간이동 면허 시험 센터에 가실 분은 이번 층에서 내리십시오."

다시 한 번 엘리베이터 문이 열리고 마법사 너덧 명이 내렸다. 동시에, 종이비행기 몇 개가 엘리베이터 안으로 휙 날아들어 왔다. 해리는 한가롭게 파닥거리며 머리 주위를 날아다니는 옅은 보라색 종이비행기들을 뚫어지게 올려다 보았다. 날개 가장자리에 '마법 정부'라는 글자가 찍혀 있는 것이 보였다.

"그냥 부서 간에 오가는 쪽지란다." 위즐리 씨가 중얼거렸다. "예전에는 부엉이를 썼는데 완전히 엉망진창이었거든. 책상이 온통 똥 천지에……."

엘리베이터가 철컹거리며 다시 위로 올라가는 동안 쪽지들은 천장에서 흔들리는 등불 주위를 파닥거렸다.

"지하 5층, 국제 마법 협력부입니다. 국제 마법 무역 기

준 관리과, 국제 마법 법률 사무소, 국제 마법사 연맹 영국
지회에 가실 분은 이번 층에서 내리십시오."

문이 열리자 마법사 몇 명이 내리면서 쪽지 두 장이 붕
날아갔다. 하지만 더 많은 쪽지가 날아들어 와 등불 주위를
쌩쌩 날아다니는 바람에 머리 위에서 불빛이 깜빡깜빡 번
쩍거렸다.

"지하 4층, 마법 생명체 통제 관리부입니다. 동물·인간·
영혼과, 고블린 교섭과, 유해 생물 대책 관리과에 가실 분
은 이번 층에서 내리십시오."

"실례." 불 뿜는 닭을 들고 있던 마법사가 말하더니 엘리
베이터에서 내렸다. 쪽지들이 작은 무리를 지어 그 뒤를 따
랐다. 문이 철컹거리며 다시 한 번 닫혔다.

"지하 3층, 마법 사고 및 재난부입니다. 마법 사고 복구
반, 망각 마법사 본부, 머글 상대 해명 위원회에 가실 분은
이번 층에서 내리십시오."

이번 층에서는 위즐리 씨와 해리, 바닥에 질질 끌릴 정도
로 긴 양피지 두루마리를 읽고 있는 여자 마법사를 뺀 모두
가 내렸다. 엘리베이터가 덜컹거리며 다시 위로 올라가는
동안에도 남은 쪽지들은 끊임없이 등불 주위를 날아다녔
다. 잠시 뒤 문이 열리고 안내하는 목소리가 들려왔다.

"지하 2층, 마법 사법부입니다. 마법 부당 사용 관리과, 오러 본부, 위즌가모트 행정 사무실에 가실 분은 이번 층에서 내리십시오."

"우린 여기다, 해리." 위즐리 씨가 말했다. 여자 마법사에 뒤이어 엘리베이터에서 내리자 양옆에 문들이 늘어선 복도가 보였다. "내 사무실은 저쪽 끝에 있어."

"위즐리 아저씨." 해리가 말했다. 그들은 햇빛이 쏟아져 들어오는 창문 옆을 지나고 있었다. "우리 아직 지하에 있는 거 아니에요?"

"맞아, 지하에 있다." 위즐리 씨가 말했다. "저 창문에는 마법이 걸려 있어. 마법 건물 관리팀에서 매일매일 날씨를 결정하지. 지난번에는 그 친구들이 임금 인상을 요구하면서 두 달 동안 허리케인이 불게 만들었단다……. 여기만 돌면 된다, 해리."

모퉁이를 돌아 육중한 오크나무 문을 지나자, 사무용 칸막이로 나뉜 어수선하고 탁 트인 공간이 나왔다. 그곳은 말소리와 웃음소리로 떠들썩했다. 쪽지들이 조그만 장난감 로켓처럼 칸막이 안팎을 쌩쌩 날아다녔다. 가장 가까운 칸막이에 비뚜름하게 걸려 있는 팻말에는 이렇게 적혀 있었다. '오러 본부.'

해리는 지나가면서 칸막이 안을 슬쩍 들여다보았다. 그곳에는 오러들이 붙여 놓은 현상 수배 마법사들의 사진에서부터 가족사진, 가장 좋아하는 퀴디치 팀 포스터, 《예언자일보》에 실린 기사에 이르기까지 온갖 것이 칸막이벽을 빽빽하게 뒤덮고 있었다. 진홍색 로브를 입고 빌보다 긴 말총머리를 한 남자가 부츠 신은 발을 책상에 올려놓고 앉아 깃펜에게 보고서를 받아쓰게 하고 있었다. 좀 더 떨어진 곳에서는 한쪽 눈에 안대를 한 여자 마법사가 칸막이벽 너머로 킹슬리 샤클볼트에게 말을 건네고 있었다.

"안녕하세요, 위즐리 씨." 그들이 다가가자 킹슬리가 태연하게 말을 걸었다. "안 그래도 얘기 좀 할까 했는데, 1초만 내주시겠습니까?"

"네, 정말 1초만으로 된다면요." 위즐리 씨가 말했다. "지금 좀 급해서요."

그들은 서로 잘 모르는 것처럼 대화를 나누었다. 해리가 킹슬리에게 인사하려고 막 입을 열자 위즐리 씨가 그의 발을 밟았다. 그들은 킹슬리를 따라 칸막이들을 지나 맨 마지막 칸막이로 들어갔다.

해리는 조금 충격을 받았다. 사방에서 눈을 깜빡거리며 그를 내려다보는 것은 다름 아닌 시리우스의 얼굴이었다.

신문에서 오려 낸 기사와 오래된 사진 들, 심지어 포터 부부의 결혼식에서 들러리를 선 사진까지 벽에 붙어 있었다. 시리우스가 붙어 있지 않은 단 한 곳에 붙은 세계지도에는 보석처럼 빛나는 작은 빨간색 핀들이 꽂혀 있었다.

"받으세요." 킹슬리가 위즐리 씨의 손에 양피지 다발을 찔러 주며 무뚝뚝하게 말했다. "지난 12개월 동안 목격된 날아다니는 머글 차량과 관련해서 되도록 많은 정보가 필요합니다. 블랙이 아직 예전 오토바이를 사용하고 있을지도 모른다는 정보가 들어왔거든요."

킹슬리가 해리에게 은근슬쩍 눈을 찡긋하더니 속삭였다. "그 친구한테 잡지를 가져다 줘. 재미있어할지도 모르니." 그런 다음 그는 다시 평소 목소리로 말했다. "너무 오래 걸리면 안 됩니다, 위즐리 씨. 그 소화기 보고서가 늦어지는 바람에 우리 측 조사가 한 달째 중단된 상태예요."

"내가 쓴 보고서를 읽었다면 '소화기'가 아니라 '소형 화기'라는 걸 알 텐데요." 위즐리 씨가 차갑게 말했다. "그리고 유감이지만, 오토바이에 관한 정보는 좀 기다려야 합니다. 우리가 요즘 아주 바쁘거든요." 그가 목소리를 낮추고 말을 이었다. "7시 전에 퇴근할 수 있겠나? 몰리가 미트볼을 만들 거야."

그는 해리를 손짓해 불러 킹슬리의 칸막이 밖으로 나간 다음, 또 다른 오크나무 문을 지나 새로운 통로로 들어섰다. 왼쪽으로 돌아가 복도를 걷던 그들은 다시 오른쪽으로 돌아 어슴푸레하게 밝혀진, 눈에 띄게 초라한 복도로 접어든 끝에 막다른 곳에 다다랐다. 왼쪽으로는 열린 문 사이로 빗자루를 보관하는 벽장이 들여다보였고, 오른쪽 문에는 '머글 제품 오용 관리과'라고 적힌 빛바랜 놋쇠 팻말이 달려 있었다.

위즐리 씨의 우중충한 사무실은 빗자루를 보관하는 벽장보다 조금 더 작아 보였다. 책상 두 개가 들어차 있는 사무실 안은 벽을 따라 서류 보관함이 쭉 늘어서 있어 거의 움직일 공간이 없었다. 서류 보관함 위에도 서류철들이 위태롭게 쌓여 있었다. 그나마 남아 있는 벽 공간에는 분해된 엔진이 그려진 자동차 포스터 몇 장, 머글 동화책에서 직접 잘라 낸 것처럼 보이는 우체통 삽화 두 장, 플러그에 전선을 연결하는 법을 보여 주는 도표 등이 붙어 있어 머글 물건에 대한 위즐리 씨의 집착을 보여 주었다.

위즐리 씨의 넘쳐나는 미결 서류함 위에는 서글프게 딸꾹질을 하는 낡은 토스터와 엄지손가락을 배배 꼬는 텅 빈 가죽장갑 한 켤레가 놓여 있었고 그 옆에는 위즐리 가족의 사진이 있었다. 퍼시가 걸어 나가고 없는 것이 눈에 띄었다.

"여기엔 창문이 없단다." 위즐리 씨가 항공 점퍼를 벗어 의자 등받이에 걸쳐 놓으며 미안하다는 듯 말했다. "요청은 했는데, 우리한테는 필요 없다고 생각하는 것 같더구나. 앉아라, 해리. 퍼킨스는 아직 출근 안 한 것 같아."

해리는 퍼킨스의 책상 의자에 몸을 구겨 넣었다. 위즐리 씨는 킹슬리 샤클볼트가 건넨 양피지 다발을 쭉 펼쳤다.

"아." 그가 씩 웃더니 양피지 다발 한가운데에서 《이러쿵 저러쿵》이라는 제목의 잡지를 한 권 꺼냈다. "그래······." 그가 잡지를 휙휙 넘겼다. "그래, 맞아. 분명 시리우스가 아주 재미있어하겠군. 아 이런, 이건 또 뭐지?"

방금 열린 문으로 쪽지 한 장이 붕 날아오더니 딸꾹질을 하는 토스터 꼭대기에 파닥파닥 내려앉았다. 위즐리 씨가 쪽지를 펼쳐 큰 소리로 읽었다.

"'베스널 그린에 있는 공중화장실에서 역류하는 변기가 세 번째 발견되었음. 즉시 조사 요망.' 갈수록 가관이군······."

"역류하는 변기라고요?"

"반머글 난봉꾼들의 소행이야." 위즐리 씨가 얼굴을 찌푸리며 말했다. "지난주에도 두 개가 발견됐지. 하나는 윔

블던에서, 하나는 엘리펀트 앤 캐슬에서. 머글들이 물을 내리면 모든 게 사라지는 게 아니라…… 뭐, 말 안 해도 알겠지? 가엾은 머글들은 계속해서 그, *배구공*이었던가? 그 사람들을 불러 댈 뿐이란다. 파이프 같은 걸 고치는 사람들 말이야.”

“배관공요?”

“맞아, 그거. 하지만 당연히 그 사람들은 당황할 뿐이지. 대체 누가 그런 짓을 하는지, 꼭 잡았으면 좋겠구나.”

“오러들이 잡나요?”

“아, 그건 아니다. 이건 오러들이 나서기에는 너무 사소한 일이야. 보통은 마법 수사대가 담당하는데…… 아, 해리. 이쪽이 퍼킨스란다.”

부스스한 흰머리에 구부정하고 소심해 보이는 나이 든 남자 마법사가 헐떡이며 지금 막 사무실에 들어왔다.

“이런, 아서!” 그는 해리 쪽을 보지도 않은 채 절박하게 말했다. “세상에, 여기서 과장님을 기다려야 할지 어떨지 몰라서 당황하고 있었어요. 방금 과장님 집으로 부엉이를 보냈는데 분명 놓치셨나 보군요. 10분 전에 긴급한 메시지가 왔어요.”

“역류하는 변기 얘기라면 알고 있습니다.” 위즐리 씨가 말했다.

"아니, 아니에요. 변기가 아니라요, 포터라는 소년의 징계 청문회 얘기예요. 시간과 장소가 바뀌었더라고요. 지금, 그러니까 8시에, 아래층 구 법정 10호실에서 진행된다고……."

"아래층 구 법정이라뇨……. 하지만 내가 듣기로는…… 멀린의 턱수염 같으니!"

위즐리 씨는 손목시계를 보더니 짧은 비명을 지르고 의자에서 벌떡 일어났다.

"서둘러라, 해리. 5분이나 지났어!"

위즐리 씨가 해리와 함께 사무실에서 뛰쳐나가는 동안 퍼킨스는 서류 보관함에 몸을 바짝 붙었다.

"왜 시간을 바꾼 거죠?" 오러 본부 칸막이를 지날 때 해리가 숨을 헐떡이며 물었다. 사람들이 고개를 내밀고 쏜살같이 달려가는 그들을 의아하게 바라보았다. 해리는 몸속에 있는 것을 몽땅 퍼킨스의 책상에 놓고 온 듯한 기분이었다.

"나도 모르겠다. 일찍 도착해서 그나마 다행이구나. 청문회를 놓쳤다면 그야말로 재앙이었을 거야!"

위즐리 씨는 엘리베이터 앞에 미끄러져 멈추더니 조급한 손놀림으로 내려가는 버튼을 마구 눌렀다.

"빨리 좀!"

엘리베이터가 덜컹거리며 나타나자 그들은 재빨리 올라 탔다. 위즐리 씨는 엘리베이터가 멈출 때마다 사납게 욕설 을 내뱉으며 계속 9층 버튼을 눌러 댔다.

"그곳에 있는 법정들은 오랫동안 사용한 적도 없어." 위 즐리 씨가 화를 내며 말했다. "왜 거기에서 하는지 모르겠 다. 혹시…… 아니, 아니겠지……."

김이 모락모락 피어오르는 잔을 든 통통한 여자 마법사 가 엘리베이터에 타자 위즐리 씨는 자세한 말을 아꼈다.

"중앙 홀입니다." 차분한 여자 목소리가 말했다. 황금 철 창이 스르르 열리며 저 멀리 분수대의 황금 조각상들이 언 뜻 보였다. 통통한 여자 마법사가 내리고, 아주 애절한 표 정을 짓고 있는 누르께한 피부의 남자 마법사가 탔다.

"안녕한가, 아서." 엘리베이터가 내려가기 시작하자 그 남 자가 음침한 목소리로 말했다. "웬일로 여기까지 내려왔나."

"급한 볼일이 있네, 보드." 위즐리 씨가 말했다. 그는 발 꿈치를 들었다 내렸다 하며 해리에게 불안한 눈길을 던지 고 있었다.

"아, 그래." 보드가 눈 하나 깜짝하지 않고 해리를 훑어보 며 말했다. "그렇겠지."

보드를 신경 쓸 겨를이 전혀 없었는데도 해리는 그의 집요한 시선이 불편하게 느껴졌다.

"미스터리부입니다." 차분한 목소리가 말했다. 그것으로 끝이었다.

"서둘러라, 해리." 엘리베이터 문이 덜컹 열리자 위즐리 씨가 말했다. 그들은 복도를 빠르게 달려갔다. 그곳은 위층의 복도들과는 상당히 달랐다. 벽에 붙어 있는 것은 아무것도 없었다. 복도 맨 끝에 있는 밋밋한 검은색 문을 빼면 창문도, 문도 없었다. 해리는 그 문으로 들어갈 거라고 생각했지만 위즐리 씨는 그러는 대신 그의 팔을 잡고 왼쪽에 있는 통로로 끌고 갔다. 그곳은 계단으로 이어져 있었다.

"이 밑이다. 이 아래야." 위즐리 씨는 한 번에 계단을 두 칸씩 내려가면서 헐떡였다. "엘리베이터도 여기까지는 내려오지 않아서……. 왜 이런 데서 하는 건지 난 도무지……."

계단을 다 내려간 그들은 또 다른 복도를 따라 달렸다. 거친 돌벽과 거기에 걸린 횃불들까지, 스네이프의 지하 감옥 교실로 가는 호그와트 복도와 무척 비슷했다. 그들은 쇠로 만든 빗장과 열쇠 구멍이 달린 육중한 나무 문들을 지나쳤다.

"10호…… 법정…… 아마…… 이 근처에…… 그래."

위즐리 씨는 어마어마한 크기의 쇠 자물쇠가 달린 때 묻은 검은색 문 앞에 비틀거리며 멈춰 서서 결리는 가슴을 움켜쥔 채 벽에 털썩 기댔다.

"가 보거라." 그가 엄지로 문을 가리키며 헐떡거렸다. "들어가."

"아, 아저씨는 같이 안 가세요?"

"아냐, 아니다. 나는 들어갈 수 없어. 행운을 비마!"

해리는 심장이 목구멍에서 격렬하게 요동치는 것을 느꼈다. 그는 힘겹게 침을 삼킨 다음 묵직한 쇠 손잡이를 돌려 법정으로 들어갔다.

8장
청문회

 해리는 숨을 들이켰다. 다른 도리가 없었다. 방금 들어선 커다란 지하 법정이 끔찍하게도 익숙했던 것이다. 그는 예전에 이곳을 본 적이 있을 뿐만 아니라 이곳에 와 본 적이 있었다. 덤블도어의 펜시브 안에서 왔던 곳, 레스트레인지 일가가 아즈카반 종신형을 선고받는 모습을 지켜봤던 바로 그 장소였다.

 검은색 돌로 만들어진 벽이 횃불로 어스름히 밝혀져 있었다. 양옆에 층층이 놓인 긴 의자들은 텅 비어 있었지만, 저 앞 가장 높은 곳에 있는 의자에는 어두운 형체가 여럿 앉아 있었다. 그들은 나직한 목소리로 이야기를 하고 있었는데, 해리가 들어오고 육중한 문이 닫히자 법정에는 불길

251

한 침묵이 내려앉았다.

차가운 남자 목소리가 법정에 울려 퍼졌다.

"늦었군요."

"죄송합니다." 해리가 기어들어 가는 목소리로 말했다. "저, 저는 시간이 바뀐 줄 몰랐어요."

"그건 우리 위즌가모트의 잘못이 아니지요." 그 목소리가 말했다. "오늘 아침에 부엉이를 보냈으니. 자리에 앉으세요."

해리는 법정 한가운데 있는 의자로 시선을 옮겼다. 의자의 양쪽 팔걸이에는 쇠사슬이 잔뜩 묶여 있었는데, 해리는 그 쇠사슬들이 갑자기 살아 움직여 의자에 앉은 사람을 묶는 장면을 본 적이 있었다. 돌바닥을 걸어가자 발소리가 시끄럽게 울렸다. 해리는 조심조심 의자 끝에 걸터앉았다. 쇠사슬은 위협적으로 철컹거렸지만 그를 묶지는 않았다. 해리는 약간 토할 것 같은 기분을 느끼며 높은 의자에 앉아 있는 사람들을 올려다보았다.

50명쯤 되는 사람들이 그곳에 앉아 있었다. 눈에 들어오는 사람들은 하나같이 왼쪽 가슴에 은빛 'W'가 정교하게 수놓인 짙은 보라색 로브를 입고 그를 내려다보고 있었다. 몇몇은 굉장히 엄격한 표정이었고, 또 어떤 사람들은 노골적인 호기심을 보였다.

맨 앞줄 한가운데 마법 정부 총리인 코닐리어스 퍼지가 앉아 있었다. 몸집이 약간 뚱뚱한 그는 종종 밝은 연두색 중산모자를 뽐내듯 쓰고 다녔지만 오늘은 아니었다. 한때 해리에게 말을 걸며 짓곤 하던 관대한 미소도 보이지 않았다. 퍼지의 왼쪽에는 아주 짧게 자른 회색 머리에 넓고 각진 턱을 가진 여자 마법사가 앉아 있었는데, 외알 안경을 낀 채 무서운 얼굴을 하고 있었다. 퍼지의 오른쪽에 있는 또 다른 여자 마법사는 너무 의자 깊숙이 앉아 있는 바람에 얼굴이 그림자에 가려 잘 보이지 않았다.

"좋습니다." 퍼지가 말했다. "피고가 왔네요. 늦었지만, 시작하도록 하지요. 준비됐나?" 그가 아랫줄을 향해 소리쳤다.

"네, 총리님." 해리가 아는 열정적인 목소리가 대답했다. 론의 형 퍼시가 앞자리 맨 끝에 앉아 있었다. 해리는 퍼시가 아는 척을 할 거라고 생각하며 그를 쳐다봤지만 그런 일은 일어나지 않았다. 뿔테 안경 뒤로 보이는 퍼시의 눈은 양피지에 고정되어 있었고 손에는 깃펜이 들려 있었다.

"8월 12일, 본 징계 청문회에서는" 하고, 퍼지 총리가 쩌렁쩌렁한 목소리로 말하자 퍼시가 곧바로 받아 적기 시작했다. "서리주 리틀 윈징 프리빗가 4번지에 거주하는 해리 제임스 포터의 미성년 마법의 합리적 제한에 관한 법령 및 국제 비밀 유지 법령 위반 사건을 심리하고자 합니다. 심문자는 마법 정부 총리 코닐리어스 오즈월드 퍼지, 마법 사법부 장관 어밀리아 수전 본즈, 총리실 비서실장 덜로리스 제인 엄브리지입니다. 법정 서기는 퍼시 이그네이셔스 위즐리……."

"피고 측 증인 알버스 퍼시벌 울프릭 브라이언 덤블도어입니다." 해리 뒤에서 조용한 목소리가 말했다. 해리는 목에서 경련이 일 정도로 빠르게 고개를 돌렸다.

덤블도어가 긴 암청색 로브를 입고 더할 나위 없이 평온한 표정을 지은 채 차분한 걸음으로 성큼성큼 걸어오고 있었다. 해리가 있는 곳까지 다가온 그는 심하게 구부러진 코 중간쯤에 걸쳐 있는 반달 모양 안경 너머로 퍼지를 올려다보았다. 덤블도어의 긴 은색 턱수염과 머리카락이 횃불 빛에 비쳐 번쩍였다.

위즌가모트 위원들이 웅성거렸다. 모든 눈길이 이제 덤블도어에게 향했다. 어떤 사람들은 짜증 난 표정이었고 또 어떤 사람들은 살짝 겁을 먹은 듯했다. 그러나 뒷줄에 있던 나이 든 여자 마법사 두 명은 환영의 뜻으로 손을 흔들었다.

덤블도어를 본 해리의 가슴속에서 강렬한 감정이 솟구쳤다. 불사조의 노래를 들었을 때처럼 힘이 나고 희망이 솟아오르는 느낌이었다. 그는 덤블도어와 눈을 마주치고 싶었지만 덤블도어는 해리 쪽을 보지 않았다. 그는 당황한 기색이 역력한 퍼지를 계속 올려다볼 뿐이었다.

"아." 퍼지는 완전히 냉정을 잃은 듯 보였다. "덤블도어. 그렇군. 그러니까…… 어…… 받았나 보군요, 그…… 청문회 시간과…… 어…… 장소가 바뀌었다는 통지 말입니다."

"전혀 못 받았습니다." 덤블도어가 명랑하게 말했다. "하지만 다행히 내가 세 시간이나 일찍 이곳에 도착하는 실수를 저지르는 바람에 아무 문제 없었습니다."

"예, 뭐…… 의자가 하나 더 필요할 것 같은데…… 내가…… 위즐리, 자네가 좀……?"

"염려 마세요, 괜찮습니다." 덤블도어가 유쾌하게 말했다. 그가 마법 지팡이를 꺼내 살짝 튕기자 해리 옆의 허공에서 푹신푹신한 친츠 안락의자가 나타났다. 덤블도어는 의자에 앉아 얼굴 앞에서 긴 손가락 끝을 맞대더니 정중한 관심이 깃든 눈으로 퍼지를 바라보았다. 여전히 웅성거리며 안절부절못하던 위즌가모트 위원들은 퍼지가 다시 입을 열고서야 진정되었다.

"그래요." 퍼지가 노트를 펄럭펄럭 넘기며 다시 말했다. "뭐, 그럼. 알겠습니다. 혐의 내용을 읽을 차례였지요, 네."

그는 앞에 놓인 서류 더미에서 양피지 한 장을 뽑아 들고 심호흡을 한 다음 큰 소리로 읽었다. "피고의 혐의는 다음과 같습니다. 사전에 비슷한 혐의로 마법 정부의 서면 경고를 받은 적이 있으므로 해당 행위의 불법성을 충분히 인지하고 있음에도, 피고는 8월 2일 9시 23분경 머글 거주 지역 내 머글의 눈앞에서 고의적, 의도적으로 패트로누스 마법을 사용했습니다. 이는 1875년 제정된 미성년 마법의 합리적 제한에 관한 법령 C항 및 국제 마법사 연맹 비밀 유지 법령 13항에서 규정하는 위법 행위에 해당합니다. 피고는 서리주 리틀 윙징 프리빗가 4번지에 사는 해리 제임스 포터가 맞습니까?" 퍼지가 양피지 너머로 해리를 쏘아보며 말했다.

"네." 해리가 대답했다.

"피고는 3년 전 법을 어기고 마법을 사용하여 정부로부터 공식 경고를 받은 바 있습니다. 맞습니까?"

"네, 하지만⋯⋯."

"그런데도 피고는 8월 2일 밤에 패트로누스를 불러냈습니다. 맞습니까?" 퍼지가 말했다.

"네." 해리가 다시 말했다. "하지만……."

"17세가 되기 전에는 학교 바깥에서 마법을 사용해서는 안 된다는 사실을 알고 있었나요?"

"네, 그렇지만……."

"피고가 있는 곳이 머글들로 가득한 지역이라는 것도 알았고요?"

"네, 그래도……."

"당시에 머글이 아주 가까운 곳에 있다는 사실 또한 온전히 인지하고 있었습니까?"

"*네.*" 해리가 화를 내며 말했다. "하지만 제가 마법을 쓴 건 저희가……."

외알 안경을 쓴 여자 마법사가 우렁찬 목소리로 그의 말을 잘랐다.

"피고는 완전한 형태의 패트로누스를 만들었습니까?"

"네." 해리가 대답했다. "왜냐하면……."

"실체를 갖춘 패트로누스를?"

"뭐, 뭘 만들었다고요?" 해리가 물었다.

"피고의 패트로누스는 명확한 형태를 갖추고 있었습니까? 그러니까, 그 패트로누스가 증기나 연기가 아니었는지를 묻는 겁니다."

"네." 해리가 말했다. 짜증이 났지만 조금 절박하기도 했다. "수사슴요. 항상 수사슴이었어요."

"항상?" 본즈 장관이 큰 소리로 말했다. "예전에도 패트로누스를 만들어 낸 적이 있습니까?"

"네." 해리가 말했다. "패트로누스를 불러낼 수 있게 된 지는 1년이 넘었어요."

"지금 열다섯 살이고요?"

"네, 그런데……."

"학교에서 배웠나요?"

"네, 3학년 때 루핀 교수님이 가르쳐 주셨어요. 왜냐하면……."

"놀랍군요." 본즈 장관이 그를 내려다보며 말했다. "그 나이에 진짜 패트로누스를 불러내다니…… 정말이지 매우 인상적입니다."

그녀 주위의 마법사 몇 명이 다시 웅성거렸다. 몇몇은 고개를 끄덕였지만 또 몇몇은 얼굴을 찌푸리며 고개를 젓고 있었다.

"문제는 그 마법이 얼마나 인상적이었는지가 아니에요." 퍼지가 짜증이 깃든 목소리로 말했다. "사실, 인상적일수록 문제는 더 심각할 겁니다. 저 아이가 머글이 뻔히 보고 있는 데서 마법을 사용했다는 점을 생각하면 말이죠!"

얼굴을 찌푸리던 사람들이 이제 찬성한다는 뜻으로 웅성거렸다. 하지만 해리는 다른 무엇보다도 착실한 척 살짝 고개를 끄덕이는 퍼시를 보자 화를 참지 못하고 입을 열었다.

"제가 그 마법을 사용한 건 디멘터들 때문이었어요!" 해리는 누가 또 그의 말을 끊기 전에 큰 소리로 외쳤다.

웅성거리는 소리가 더 심해질 거라고 생각했지만 오히려 더 묵직한 침묵이 내려앉았다.

"디멘터라니?" 잠시 후 본즈 장관이 입을 열었다. 짙은 눈썹을 치켜올리는 바람에 외알 안경이 떨어질 것처럼 위태로워 보였다. "그게 무슨 뜻입니까?"

"그 골목에 디멘터가 둘 있었어요. 그놈들이 저랑 제 사촌을 공격했단 말이에요!"

"아." 퍼지가 위즌가모트 위원들을 돌아보며 불쾌하게 히죽거렸다. 마치 이 우스갯소리를 다 같이 즐기자는 투였다. "그래, 그래. 나는 이런 얘기가 나올 거라고 생각했습니다."

"리틀 윙징에 디멘터라니?" 본즈 장관이 굉장히 놀란 목소리로 말했다. "이해가 안 가는데……."

"이해가 안 간다고요, 어밀리아?" 퍼지가 여전히 히죽거리며 말했다. "내가 설명해 드리지요. 저 아이는 이 일을 골똘히 생각하다가 디멘터라면 아주 괜찮은 핑곗거리가 될 거라고 판단한 겁니다. 정말이지 아주 그럴싸한 핑계죠. 머글들은 디멘터들을 볼 수 없으니까요. 안 그렇습니까, 피고? 아주 편리하네요, 진짜 편리해……. 그러면 피고의 증언만 있고 목격자는 없으니까……."

"거짓말하는 거 아니에요!" 해리가 또 한 번 법정에 터져 나온 웅성거리는 소리를 누르며 큰 소리로 외쳤다. "둘이 었어요, 골목 반대편 끝에서 다가왔고요. 모든 게 어두워지고 차가워졌어요. 제 사촌은 그놈들의 존재를 느끼고 도망쳤어요……."

"됐다, 됐어!" 퍼지가 매우 거만한 표정을 짓고 말했다. "이야기를 꾸며 내느라 열심히 연습했을 텐데 끼어들어서 미안하지만……."

덤블도어가 목을 가다듬었다. 위즌가모트 위원들이 다시 조용해졌다.

"우리는 실제로 그 골목에 디멘터들이 있었다는 증언을 확보했습니다." 그가 말했다. "그러니까, 더들리 더즐리가 아닌 또 다른 사람의 증언 말이죠."

퍼지의 통통한 얼굴이 누가 바람이라도 뺀 것처럼 축 늘어졌다. 그는 잠깐 덤블도어를 내려다보더니 냉정을 되찾은 척하며 말했다. "미안하지만 또 다른 헛소리를 들을 시간은 없습니다, 덤블도어. 나는 이 문제가 빨리 처리되기를……."

"내가 틀렸을 수도 있지만……." 덤블도어가 유쾌하게 말을 이었다. "위즌가모트 권리헌장에 따라 피고는 분명 본인에게 유리한 증인을 내세울 수 있습니다. 그게 마법 정부 사법부의 방침 아니었나요, 본즈 장관님?" 그가 외알 안경을 쓴 여자 마법사에게 물었다.

"맞습니다." 본즈 장관이 말했다. "틀림없는 사실이지요."

"아, 알겠습니다. 알겠어요." 퍼지가 쏘아붙였다. "그 증인이라는 사람은 어디 있습니까?"

"내가 데려왔습니다." 덤블도어가 말했다. "지금 문 앞에 있습니다. 내가 가서……."

"아닙니다. 위즐리, 자네가 가게." 퍼지가 고함치자 퍼시는 곧바로 자리에서 일어나 위원석 돌계단을 달려 내려가더니 눈길 한 번 주지 않고 덤블도어와 해리를 빠르게 지나쳤다.

잠시 후 그가 피그 부인과 함께 돌아왔다. 그녀는 겁에 질려 있었고 어느 때보다도 제정신이 아닌 것처럼 보였다. 실내용 슬리퍼를 갈아 신어야겠다는 생각 정도는 해 줬으면 좋았을 텐데.

자리에서 일어난 덤블도어가 자신이 앉아 있던 의자를 피그 부인에게 내주고 또 다른 의자를 만들어 냈다.

"이름은?" 피그 부인이 긴장한 채 의자 가장자리에 걸터앉자 퍼지가 큰 소리로 물었다.

"아라벨라 도린 피그입니다." 피그 부인이 떨리는 목소리로 대답했다.

"그래서, 당신이 정확히 누구라는 겁니까?" 퍼지가 심드렁하고 거만한 목소리로 물었다.

"저는 리틀 윙징, 그러니까 해리 포터가 사는 곳 근처의 주민입니다." 피그 부인이 말했다.

"기록에 따르면 리틀 윙징에 사는 마법사는 남녀를 불문하고 해리 포터뿐인데요." 본즈 장관이 즉시 지적했다. "그쪽 상황은 늘 면밀히 살펴 왔습니다. 과거에…… 과거에 일어난 사건들이 있으니까요."

"저는 스큅이에요." 피그 부인이 말했다. "그래서 등록이 안 돼 있는 게 아닐까요?"

"스큅이라고?" 퍼지가 의심스럽다는 듯 그녀를 보며 말했다. "그건 확인해 보도록 하겠소. 내 보좌관 위즐리에게 당신의 혈통을 자세히 알려 주시오. 그건 그렇고, 스큅도 디멘터를 볼 수 있나요?" 그는 좌우를 둘러보며 덧붙였다.

"네, 볼 수 있어요!" 피그 부인이 발끈하며 말했다.

퍼지는 눈썹을 치켜들고 다시 그녀를 내려다보았다. "네, 좋습니다." 그가 무심하게 말했다. "어디 들어 봅시다."

"8월 2일 저녁 9시쯤, 저는 고양이 먹이를 사러 위스테리아가 끝에 있는 구멍가게로 갔습니다." 피그 부인은 외워 오기라도 한 듯 단번에 말을 쏟아 놓았다. "그때 매그놀리아 거리와 위스테리아가 사이 골목에서 소란스러운 소리가 들렸어요. 골목 어귀에 도착하니 디멘터들이 달려가는 것이 보여서……."

"달린다뇨?" 본즈 장관이 날카롭게 말했다. "디멘터들은 달리지 않습니다. 미끄러지듯이 움직이지요."

"그렇게 말하려던 거예요." 피그 부인이 메마른 양 뺨을 붉히며 재빨리 말했다. "소년 두 명처럼 보이는 것을 향해 골목을 미끄러져 나아가더군요."

"어떻게 생겼습니까?" 본즈 장관이 외알 안경 모서리가 살에 파묻히도록 눈을 가늘게 뜨며 말했다.

"그게, 한 명은 몸집이 비대했고 다른 한 명은 비쩍 말랐는데……."

"아니, 아뇨." 본즈 장관이 조바심을 내며 말했다. "디멘
터들 말입니다. 디멘터들을 묘사해 보세요."

"아." 피그 부인은 이제 목까지 새빨개지고 있었다. "컸
어요. 컸고, 망토를 입고 있었어요."

해리는 가슴이 철렁 내려앉는 것을 느꼈다. 피그 부인이
뭐라고 말하든, 그에게는 그녀가 디멘터를 그린 그림만 본
것처럼 들렸던 것이다. 그리고 그림은 결코 그것들이 어떤
존재인지 전해 줄 수 없었다. 땅 위로 약간 뜬 채 이동하는
소름 끼치는 모습도, 뭔가 썩는 듯한 냄새도, 그것들이 주
위 공기를 빨아들일 때 나는 그 끔찍한 그르렁거림도…….

두 번째 줄에서 커다란 검은색 콧수염을 기른 땅딸막한
남자 마법사가 옆자리의 곱슬머리 여자 마법사 쪽으로 몸
을 기울이고 뭐라 속삭였다. 그녀는 히죽 웃더니 고개를 끄
덕였다.

"크고 망토를 입고 있었다." 본즈 장관이 싸늘하게 되풀
이했다. 퍼지는 경멸하듯 코웃음을 쳤다.

"알겠습니다. 그 밖에 할 말이 있습니까?"

"네." 피그 부인이 말했다. "전 디멘터들을 느낄 수 있었
어요. 모든 게 차가워졌거든요. 그때가 아주 더운 여름밤이

었다는 것을 알아 두셔야 해요. 그리고 마치…… 온 세상에서 행복이 다 사라져 버린 것 같은 기분이 들었어요. 끔찍한 기억들이…… 떠오르고…….”

그녀의 목소리가 떨리다가 점점 작아졌다.

본즈 장관의 눈이 살짝 커졌다. 눈썹 밑에 외알 안경이 파고든 자국이 빨갛게 남았다.

“디멘터들이 무슨 짓을 했습니까?” 그녀가 묻자 해리는 희망이 솟구치는 것을 느꼈다.

“아이들에게 달려들었어요.” 피그 부인이 말했다. 이제 그녀의 목소리는 더 강하고 자신감에 차 있었으며, 얼굴색도 본래대로 돌아오고 있었다. “아이들 중 한 명은 넘어져 있고 다른 아이는 물러나면서 디멘터를 물리치려 애썼어요. 그게 해리였어요. 해리는 두 번 마법을 시도했는데 은색 증기만 만들어 냈어요. 세 번째 시도 만에 패트로누스를 만들어 냈죠. 패트로누스는 처음에 디멘터 한 놈한테 돌진하더니, 해리가 시키니까 저 아이의 사촌을 공격하던 또 다른 디멘터도 쫓아 버렸어요. 그렇게…… 그렇게 된 겁니다.” 피그 부인은 어쩐지 조금 자신 없는 목소리로 말을 마쳤다.

본즈 장관은 말없이 피그 부인을 내려다보았다. 퍼지는

그쪽으로는 눈길도 주지 않고 서류만 만지작거렸다. 마침내 그가 눈을 들더니 상당히 공격적인 말투로 입을 열었다. "당신이 본 건 그렇다?"

"실제로 일어난 일이 그렇다는 거예요." 피그 부인이 다시 말했다.

"아주 좋소." 퍼지가 말했다. "가도 됩니다."

피그 부인은 겁에 질린 눈길을 퍼지에게서 덤블도어에게로 돌리더니, 자리에서 일어나 발을 질질 끌면서 문으로 향했다. 그녀가 나가고 문이 쿵 닫히는 소리가 들렸다.

"그렇게 믿을 만한 증인은 아니군요." 퍼지가 거만하게 말했다.

"흠, 글쎄요." 본즈 장관이 쩌렁쩌렁한 목소리로 말했다. "증인이 디멘터의 공격에 대해 아주 정확하게 묘사한 건 사실입니다. 게다가 그 자리에 디멘터가 없었는데도 굳이 있었다고 거짓말을 할 이유를 저는 잘 모르겠군요."

"그렇긴 하지만, 디멘터들이 머글이 사는 교외 지역을 돌아다니다가 우연히 마법사와 마주쳤단 겁니까?" 퍼지가 코웃음을 쳤다. "그럴 확률은 아주아주 적을 겁니다. 배그먼조차도 이런 일에는 내기를 하지 않을……."

"아, 나 역시 디멘터들이 그곳에 간 것이 우연이었다고 믿을 사람은 아무도 없을 거라 생각합니다." 덤블도어가 가볍게 입을 열었다.

얼굴이 어둠에 가려진 채 퍼지 오른쪽에 앉아 있던 여자 마법사가 살짝 움찔했을 뿐 다른 사람들은 모두 말없이 가만히 있었다.

"그게 무슨 뜻이오?" 퍼지가 얼음장처럼 차갑게 물었다.

"디멘터들이 명령을 받고 그곳에 갔을 거라는 얘깁니다." 덤블도어가 말했다.

"누군가가 디멘터들한테 리틀 윙잉을 어슬렁거리라고 지시했다면 그에 관한 기록이 있을 텐데요!" 퍼지가 버럭 소리를 질렀다.

"디멘터들이 요즘 마법 정부가 아닌 다른 누군가의 명령을 받고 있는 게 아니라면 그렇겠죠." 덤블도어가 차분하게 말했다. "나는 이 문제에 관해 이미 의견을 전달했습니다, 코닐리어스."

"네, 그랬지요." 퍼지가 억지로 입을 열었다. "그리고 나는 당신의 의견이 실없는 헛소리가 아니라고 믿을 이유가 전혀 없어요, 덤블도어. 디멘터들은 아즈카반에서 자리를 지키며 우리가 요구하는 모든 일을 하고 있소."

"그렇다면……." 덤블도어가 조용히, 그러나 분명하게

말했다. "정부 내의 누군가가 왜 8월 2일에 디멘터 둘을 그 골목으로 보냈는지 자문해 봐야겠군요."

이 말에 대한 응답은 완벽한 침묵이었다. 퍼지의 오른쪽에 앉아 있던 여자 마법사가 몸을 앞으로 기울였고 덕분에 해리는 처음으로 그녀의 얼굴을 보았다.

해리가 보기에 그녀는 꼭 크고 창백한 두꺼비 같았다. 매우 땅딸막한 체격에 넙데데한 얼굴은 살이 축 늘어져 있었고, 목은 버넌 이모부처럼 거의 없다시피 했으며, 커다란 입은 느슨하게 처져 있었다. 크고 동그란 눈은 살짝 튀어나왔고, 심지어 짧은 곱슬머리에 얹힌 검은색 벨벳 나비 리본조차 그녀의 길고 끈적끈적한 혀에 잡히기 직전인 커다란 파리를 연상시켰다.

"본 위원장은 총리실 비서실장 덜로리스 제인 엄브리지에게 발언을 허락합니다." 퍼지가 말했다.

그 여자 마법사가 소녀처럼 가냘프게 떨리는 높은 목소리로 말하자 해리는 깜짝 놀랐다. 그녀의 입에서 잔뜩 쉰 목소리가 튀어나올 줄 알았던 것이다.

"틀림없이 제가 오해한 거겠지요, 덤블도어 교수님." 그녀가 바보같이 웃으며 말했지만 크고 동그란 눈은 여전히 차가웠다. "제가 이렇게 바보 같다니까요. 하지만 제가 잠깐 듣기로는, 마법 정부가 이 소년을 공격하라는 지시를 내렸다고 말씀하신 것 같은데요!"

그녀의 또랑또랑한 웃음소리를 듣자 해리는 목덜미에 소름이 돋는 것을 느꼈다. 몇몇 위즌가모트 위원들도 그녀와 함께 웃었다. 그중 누구도 즐거워서 웃는 게 아니라는 사실은 명백했다.

"디멘터들이 오직 마법 정부의 명령만을 받는 게 사실이고, 두 명의 디멘터가 1주일 전 해리와 해리의 사촌을 공격한 것도 사실이라면, 논리적으로 정부 내의 누군가가 그 공격을 지시했을지 모른다는 결론이 나옵니다." 덤블도어가 정중하게 말했다. "물론, 이 특정 디멘터들은 정부의 통제를 벗어났을 수 있습니다만……."

"정부의 통제를 벗어난 디멘터들은 없소!" 퍼지가 쏘아붙였다. 그의 얼굴색이 벽돌 색깔처럼 붉어져 있었다.

덤블도어는 인사하듯 고개를 살짝 숙였다.

"그렇다면 정부에서는 틀림없이 두 명의 디멘터가 어떤 이유로 아즈카반에서 그렇게 멀리 떨어진 곳에 왔으며, 왜 허가 없이 공격을 시도했는지 전면 조사를 벌이시겠군요."

"마법 정부가 무엇을 하고 말고는 당신이 결정할 일이 아니오, 덤블도어!" 퍼지가 쏘아붙였다. 이제 그의 얼굴은 화가 난 버넌 이모부한테서나 볼 수 있을 법한 시뻘건 색으로 변해 있었다.

"그거야 당연하죠." 덤블도어가 온화하게 말했다. "나는 단지 이 문제를 조사하지 않고 넘어가실 리 없다는 믿음을 표현했을 뿐입니다."

그는 본즈 장관을 힐끔 쳐다보았다. 그녀는 외알 안경을 바로잡고 얼굴을 살짝 찌푸린 채 그를 마주 보았다.

"다들 이번 청문회의 주제는 이 디멘터들의 행동이 아니라는 걸 명심해 주시길 바랍니다. 물론 그것도 그 디멘터들이 이 아이의 상상이 빚어낸 허구가 아니라면 말이지만요!" 퍼지가 말했다. "우리는 미성년 마법의 합리적 제한에 관한 해리 포터의 위법 행위를 심문하려고 여기에 와 있는 겁니다!"

"지당한 말씀입니다." 덤블도어가 말했다. "하지만 그 골목에 디멘터가 나타났는지는 이 문제와 상당한 연관성이 있습니다. 법령 제7조에 따르면 예외적 상황에서는 머글 앞에서도 마법을 사용할 수 있으니까요. 이때의 예외적 상황에는 그 시점에서 마법사 자신이나 그 자리에 있는 다른 마법사 또는 머글의 목숨이 위협당하는 상황도 포함……."

"대단히 고맙습니다만, 우리도 7조는 잘 알고 있소!" 퍼지가 으르렁거리듯 말했다.

"물론 그러시겠지요." 덤블도어가 예의 바르게 대꾸했다. "그러면 해리가 이 상황에서 패트로누스 마법을 쓴 것이 바로 그 조항이 규정하는 예외적 상황에 정확히 맞아떨어진다는 점에는 모두 동의하시는 겁니까?"

"디멘터들이 있었다면 그렇겠지요. 내 생각은 다르오만."

"목격자 진술을 들었잖습니까." 덤블도어가 곧바로 말했다. "아직도 증언의 신빙성을 의심하시는 거라면 증인을 다시 불러 심문하세요. 증인도 분명 거부하지 않을 겁니다."

"그, 그게 아니라……!" 퍼지가 앞에 놓인 서류를 만지작거리며 버럭했다. "그건…… 나는 이 문제를 오늘 끝내고 싶소, 덤블도어!"

"하지만 그렇다고 증인의 진술을 여러 번 듣는 게 번거로우신 건 아니겠지요. 그렇게 하지 않을 경우 법정이 심각한 판단 착오를 저지르게 될 테니까요." 덤블도어가 말했다.

"심각한 판단 착오라니, 세상에!" 퍼지가 목청을 돋웠다. "당신은 저 아이가 학교 밖에서 함부로 마법을 써 놓고 그것을 숨기기 위해 엉터리 거짓말을 지어낸 게 대체 몇 번이나 되는지 세어 본 적 있소, 덤블도어? 3년 전 저 아이가 부유 마법을 썼던 일을 잊었나 본데……."

"그건 제가 그런 게 아니었어요, 집요정이 그랬죠!" 해리
가 말했다.

"**봤소?**" 퍼지가 요란한 손짓으로 해리 쪽을 가리키며 고
함을 질렀다. "머글 집에 집요정이라니! 기가 막히는군."

"그 집요정은 현재 호그와트 마법학교에서 일하고 있습
니다." 덤블도어가 말했다. "원하신다면 그 집요정을 지금
당장 여기 불러 증언하도록 하죠."

"아, 아니, 나는 집요정의 얘기를 들을 시간 따위 없소!
어쨌든, 그뿐만이 아닙니다. 저 아이는 자기 고모를 부풀린
적도 있어요. 세상에!" 퍼지가 주먹으로 위원석을 두드리
며 소리쳤다. 그 바람에 잉크병이 엎질러졌다.

"한데 총리께서는 아주 친절하게도 그 일로 해리를 처벌
하지 않으셨지요. 제 생각에는, 최고의 마법사들조차 항상
자기감정을 다스리지는 못한다는 사실을 인정하셨기 때문
일 겁니다." 덤블도어가 담담하게 말했다. 퍼지는 노트에
묻은 잉크를 닦으려 하고 있었다.

"저 아이가 학교에서 저지른 일들은 아직 입에 올리지도
않았습니다."

"그러나 정부는 호그와트 학생이 교내에서 저지른 잘못

을 처벌할 권한이 없으므로, 해리가 그곳에서 한 행동은 이 청문회와 무관합니다." 덤블도어는 언제나 그렇듯 정중했지만 이제는 말에 냉기가 실려 있었다.

"아하!" 퍼지가 말했다. "저 아이가 학교에서 저지르는 일은 우리 소관이 아니다? 그렇게 생각하시오?"

"정부는 호그와트 학생들을 퇴학시킬 권한이 없습니다, 코닐리어스. 내가 8월 2일 밤에 상기시켜 드렸듯이 말입니다." 덤블도어가 말했다. "또한 잘못이 확실히 입증되기 전에는 학생의 마법 지팡이를 압수할 권한도 없습니다. 이 역시 8월 2일 밤에 직접 상기시켜 드린 사실이지요. 물론 고의는 아니었겠지만, 법을 반드시 지키게 하려는 경탄할 만한 의지가 너무 앞선 나머지 총리께서 몇 가지 법을 간과하신 듯합니다."

"법은 바뀔 수 있소." 퍼지가 사납게 말했다.

"그건 그렇습니다." 덤블도어가 고개를 숙이며 말을 이었다. "총리께서는 분명 많은 변화를 만들어 내고 계시지요, 코닐리어스. 하기야, 내가 위즌가모트에서 물러나라는 요청을 받은 지 겨우 몇 주밖에 안 됐는데, 미성년 마법 같은 단순한 문제를 처리하려고 정식 형사 재판을 여는 게 벌써 관례가 되지 않았습니까?"

윗자리에 앉은 마법사 몇몇이 불편한 듯 자세를 바꿨다. 퍼지의 얼굴은 조금 더 짙은 암갈색으로 변했다. 하지만 그의 오른쪽에 있는 두꺼비 같은 여자 마법사는 표정이 거의 없는 얼굴로 덤블도어를 빤히 바라보기만 했다.

덤블도어가 말을 이었다. "내가 아는 한, 해리가 지금까지 사용한 모든 소소한 마법을 근거로 본 법정에서 저 아이를 처벌할 수 있는 법은 없습니다. 해리는 구체적인 위법 행위에 대해 고발당했고 변론을 펼쳤습니다. 이제 해리와 내가 할 수 있는 건 여러분의 판결을 기다리는 일뿐입니다."

덤블도어는 다시 손가락 끝을 모으고 더 이상 말하지 않았다. 퍼지는 단단히 화가 난 얼굴로 그를 노려보았다. 해리는 확신을 얻기 위해 곁눈으로 덤블도어를 힐끗 바라보았다. 해리는 덤블도어가 사실상 위즌가모트에게 이제 결정을 내려야 할 때라고 말한 것이 과연 잘한 일인지 전혀 확신할 수 없었다. 그러나 이번에도 덤블도어는 눈을 마주치려는 해리의 노력을 알아채지 못한 듯했다. 그는 위즌가모트 전체가 다급히 귓속말을 나누고 있는 위원석만 계속 올려다볼 뿐이었다.

해리는 자신의 발을 내려다보았다. 이상할 정도로 부풀

어 오른 심장이 갈비뼈 밑에서 요란하게 쿵쾅거렸다. 청문
회가 더 길어질 것 같았다. 자신이 좋은 인상을 줬는지 전
혀 알 수 없었다. 사실 말도 많이 못 했다. 디멘터들에 대해
서 더 자세히 설명했어야 하는데, 그가 어떻게 넘어졌고 그
와 더들리가 어떻게 입맞춤을 당할 뻔했는지도 얘기했어
야 하는데…….

그는 두어 번 퍼지를 올려다보며 뭔가 말하려고 입을 열
었지만 이제는 부풀어 오른 심장 때문에 숨통이 쪼그라드
든 것만 같았다. 결국 두 번 다 숨만 깊이 들이쉬고 다시 신발
을 내려다보았다.

그때 소곤거림이 멈췄다. 해리는 위원들을 올려다보고
싶었지만 신발 끈만 계속 들여다보는 게 훨씬, 훨씬 쉬운
일이었다.

"피고가 무죄라고 생각하시는 분?" 본즈 장관이 우렁찬
목소리로 말했다.

해리는 번쩍 고개를 들었다. 많은 사람이 손을 들고 있었
다……. 반 이상이었다! 그는 가쁜 숨을 쉬며 수를 세어 보
려 했지만 다 세기도 전에 본즈 장관이 입을 열었다. "유죄
라고 생각하시는 분?"

퍼지가 손을 들었다. 퍼지 오른쪽에 있는 여자 마법사, 둘

째 줄에 앉아 있던 콧수염 무성한 남자 마법사와 곱슬머리 여자 마법사를 포함해 대여섯 명이 더 손을 들고 있었다.

퍼지는 목구멍에 뭔가 큼직한 게 걸린 표정을 지으며 그들 모두를 둘러보더니 손을 내렸다. 그러고는 두 차례 심호흡을 하고 화를 억누르는 듯한 목소리로 말했다. "아주 좋습니다, 좋아요……. 무죄를 선고합니다."

"훌륭하군요." 덤블도어가 쾌활하게 말하더니 벌떡 일어나 마법 지팡이를 꺼내 두 개의 친츠 안락의자를 사라지게 만들었다. "그럼, 난 이만 가 봐야겠습니다. 모두 좋은 하루 보내시길."

그러더니 그는 해리에게 눈길 한 번 주지도 않고 지하 법정을 휙 나가 버렸다.

9장
위즐리 부인의 고뇌

덤블도어가 갑자기 그렇게 가 버리자 해리는 깜짝 놀랐다. 그는 쇠사슬 달린 의자에 그대로 앉아 충격과 안도감이라는 두 감정 사이에서 갈팡질팡했다. 위즌가모트 위원들은 모두 자리에서 일어나 이야기를 나누고 서류를 챙기며 짐을 꾸리고 있었다. 해리도 일어섰다. 퍼지 오른쪽에 있는 두꺼비 같은 여자 마법사를 빼면, 누구도 그에게 아주 작은 관심조차 기울이지 않는 것 같았다. 이제 그녀는 덤블도어 대신 해리를 뚫어지게 내려다보고 있었다. 해리는 그녀를 무시한 채 퍼지나 본즈 장관과 눈을 마주치려고 애썼다. 가도 되는지 물어보고 싶었던 것이다. 하지만 퍼지는 해리를 모르는 척하기로 작정한 듯했고 본즈 장관은 서류 가방을

챙기느라 바빴다. 망설이다 출구 쪽으로 몇 발짝 걸어간 해
리는 아무도 그를 불러 세우지 않자 아주 빠르게 걷기 시작
했다.

마지막 몇 걸음은 아예 뛰다시피 했다. 그 바람에 문을
벌컥 연 순간 창백하고 걱정스러운 얼굴로 문밖에 서 있던
위즐리 씨와 부딪힐 뻔했다.

"덤블도어 교수님이 얘기를 안 해 주셔서……."

"무죄예요." 해리가 문을 닫으며 말했다. "모든 혐의가
기각됐어요!"

위즐리 씨는 활짝 웃으며 해리의 어깨를 꽉 잡았다.

"해리, 정말 잘됐구나! 뭐, 당연히 유죄판결을 내릴 수는
없었을 거다. 엄연히 증거가 있는데 말이지. 하지만 그래도
난 걱정……."

하지만 막 법정 문이 다시 열리는 바람에 위즐리 씨는 말
을 멈췄다. 위즌가모트 위원들이 줄지어 나왔다.

"멀린의 턱수염 같으니!" 위즐리 씨가 해리를 잡아당겨
그들에게 길을 터 주며 놀란 듯 소리쳤다. "네가 정식 재판
을 받았단 말이야?"

"그런 것 같아요." 해리가 조용히 말했다.

마법사 한두 명은 지나가면서 해리에게 고개를 끄덕였

고, 본즈 장관을 비롯한 몇몇은 위즐리 씨에게 "안녕하세요, 아서"라고 말했지만 대부분은 그들의 눈길을 피했다. 코닐리어스 퍼지와 두꺼비 같은 여자 마법사는 거의 마지막으로 지하 법정을 나왔다. 퍼지는 위즐리 씨와 해리가 벽이라도 되는 것처럼 굴었지만, 여자 마법사는 이번에도 해리를 샅샅이 훑어보듯 하면서 지나갔다. 가장 마지막으로 지나간 사람은 퍼시였다. 퍼지 총리와 마찬가지로 아버지와 해리를 완전히 무시한 그는 커다란 양피지 두루마리와 여분 깃펜을 움켜쥐고 등을 꼿꼿이 세운 채 고개를 치켜들고 당당히 걸어갔다. 위즐리 씨도 입가가 살짝 경직됐을 뿐 셋째 아들을 본 티를 전혀 내지 않았다.

"당장 집에 데려다주마. 다른 사람들한테도 이 좋은 소식을 알려야지." 퍼시가 계단을 올라가 9층으로 완전히 사라지자 위즐리 씨가 해리를 손짓해 부르며 말했다. "베스널 그린 공중화장실로 가는 길에 내려 줄게. 가자."

"변기는 어떻게 하시려고요?" 해리가 씩 웃으며 물었다. 갑자기 모든 것이 전보다 다섯 배는 더 재미있게 느껴졌다. 슬슬 실감이 났다. 나는 무죄다. 호그와트로 돌아간다.

"아아, 아주 간단한 해제 마법을 쓰면 된단다." 위즐리 씨가 계단을 오르며 말했다. "하지만 피해 복구가 중요한 게 아니야. 그런 공공 기물 파손 이면에 있는 태도가 문제란다, 해리. 머글 괴롭히기를 그냥 우스꽝스러운 장난이라고 생각하는 사람들도 있지만, 사실 이 문제는 훨씬 뿌리 깊고 형편없는 어떤 것의 표현이란다. 나만 해도…….”

위즐리 씨는 말을 하다 멈췄다. 그들이 다다른 9층 복도에 코닐리어스 퍼지가 있었다. 그는 몇 미터 떨어진 곳에 서서, 윤기 나는 금발에 갸름하고 허연 얼굴을 한 키 큰 남자와 조용히 이야기를 나누고 있었다.

그 남자는 그들의 발소리에 대화를 멈추고 고개를 돌렸다. 그가 차가운 회색 눈을 가늘게 뜨고 해리를 빤히 바라보았다.

“이런, 이런, 이런…… 패트로누스 포터로군.” 루시우스 말포이가 싸늘한 목소리로 말했다.

해리는 걷다가 뭔가 단단한 것에 부딪힌 듯 숨이 턱 막히는 기분이었다. 해리가 저 차가운 회색 눈을 마지막으로 본 건 죽음을 먹는 자들의 후드에 뚫린 구멍을 통해서였다. 저 남자의 목소리를 마지막으로 들은 건 어두운 묘지에서 저자가 볼드모트 경이 해리를 고문하는 광경을 보며 비웃을 때였다. 루시우스 말포이가 감히 그의 얼굴을 마주 보고 있다는 사실이 해리는 도저히 믿기지 않았다. 저자가 이곳 마법 정부에 있다는 사실도, 코닐리어스 퍼지가 그와 이야기를 나누고 있다는 사실도 그랬다. 해리가 퍼지에게 루시우스 말포이가 죽음을 먹는 자라고 알려 준 게 겨우 몇 주 전이었다.

"총리님이 방금 네가 운 좋게 빠져나갔다는 얘기를 해 주고 계셨다, 포터." 말포이 씨가 느릿느릿 말했다. "정말 놀랍더구나. 그 비좁은 구멍에서 계속 꿈틀거리며 빠져나오는 게…… 정말이지, 뱀 같단 말이야."

위즐리 씨가 경고하듯이 해리의 어깨를 꽉 움켜쥐었다.

"네." 해리가 말했다. "네, 제가 도망은 좀 잘 치죠."

루시우스 말포이가 눈을 들어 위즐리 씨의 얼굴을 바라보았다.

"게다가 아서 위즐리도 있었군! 자넨 여기서 뭘 하는 건가, 아서?"

"여긴 내 직장이야." 위즐리 씨가 딱 잘라 말했다.

"여기는 결코 아닐 텐데?" 말포이 씨가 눈썹을 치켜올리고 위즐리 씨의 어깨 너머로 문을 힐끗하며 말했다. "자네는 2층에서 일하는 줄 알았는데……. 머글 물건을 몰래 집으로 가져가서 마법을 거는 게 자네 일 아니었나?"

"아니야." 위즐리 씨가 쏘아붙였다. 이제 그의 손가락은 해리의 어깨를 파고들 지경이었다.

"아저씨는 여기서 뭘 하는 건데요?" 해리가 루시우스 말 포이에게 물었다.

"나와 총리님의 개인적인 일에 네가 참견할 필요는 없다고 생각한다만, 포터." 말포이 씨가 로브 앞자락을 펴면서 말했다. 해리는 금화로 가득한 주머니에서 나는 듯 부드럽게 짤랑거리는 소리를 확실히 들었다. "덤블도어가 널 편애한다고 다른 사람들한테도 똑같은 너그러움을 기대하면 안 되지. 그럼 집무실로 올라가실까요, 총리님?"

"그러세." 퍼지가 해리와 위즐리 씨에게서 등을 돌리며 말했다. "이쪽이네, 루시우스."

그들은 나직한 목소리로 이야기하며 성큼성큼 멀어져 갔다. 위즐리 씨는 그들이 엘리베이터 안으로 사라질 때까지 해리의 어깨를 놓지 않았다.

"둘이서 볼일이 있다면서 왜 퍼지 총리의 집무실 앞에서 기다리지 않은 걸까요?" 해리가 화를 내며 내뱉었다. "여기까지 와서 할 일이 뭐길래?"

"법정에 몰래 들어가려던 거겠지." 위즐리 씨가 한껏 불안한 얼굴로 엿듣는 사람이 없는지 확인하려는 듯 어깨 너머를 쓱 돌아보며 말했다. "네가 퇴학을 당했는지 아닌지

알아내려고 말이야. 널 바래다주면서 덤블도어 교수님한
테 편지를 남겨야겠다. 말포이가 퍼지와 다시 이야기를 나
누고 있다는 걸 아셔야 하니까."

"근데 두 사람 사이의 개인적인 일이라는 게 뭘까요?"

"아마 돈이 관련된 일이겠지." 위즐리 씨가 화난 목소리
로 말했다. "말포이는 몇 년째 온갖 사업에 막대한 자금을
대고 있어. 덕분에 자기에게 필요한 사람들을 만날 수 있게
됐지. 그런 다음 편의를 부탁하는 거야. 통과되지 않았으면
하는 법안은 보류시키고……. 아, 저자는 연줄이 좋아. 루
시우스 말포이 말이다."

안에 쪽지 떼만 있을 뿐 텅 빈 엘리베이터가 도착했다.
위즐리 씨가 중앙 홀로 가는 버튼을 누르는 동안에도 그 쪽
지들은 위즐리 씨의 머리 주위를 퍼덕거리며 날아다녔다.
엘리베이터 문이 덜컹거리며 닫혔다. 위즐리 씨는 짜증스
러운 듯 손을 휘둘러 쪽지들을 쫓았다.

"위즐리 아저씨." 해리가 천천히 입을 열었다. "퍼지 총
리가 말포이 씨 같은 죽음을 먹는 자들을 만나고 있다면,
그것도 혼자서 만나고 있다면, 그놈들이 퍼지 총리한테 임
페리우스 저주를 걸었을 수도 있지 않겠어요?"

"우리도 그 생각을 안 해 본 게 아니다, 해리." 위즐리 씨

가 조용히 말했다. "하지만 덤블도어 교수님은 퍼지가 지금 당장은 본인의 의지에 따라 행동하고 있다고 생각하셔. 덤블도어 교수님 말씀대로, 그렇다고 그 사실이 큰 위안이 되는 건 아니지. 지금은 더 얘기하지 않는 게 좋겠구나, 해리."

엘리베이터 문이 스르르 열렸다. 그들은 이제 사람이 거의 없는 중앙 홀로 나왔다. 경비 마법사인 에릭은 다시 《예언자일보》 뒤에 얼굴을 감추고 있었다. 황금 분수를 곧바로 지나친 다음에야 해리는 뭔가를 떠올렸다.

"잠깐만요⋯⋯." 그는 위즐리 씨에게 말하고 주머니에서 돈 자루를 꺼내 분수로 돌아갔다.

그는 잘생긴 남자 마법사의 얼굴을 올려다보았다. 가까이에서 보니 조금 나약하고 멍청해 보이는 것 같았다. 여자 마법사는 미인 대회 참가자처럼 생기 없는 미소를 짓고 있었다. 게다가 해리가 아는 한, 고블린과 켄타우로스가 인간을 저렇게 우러러보듯 할 리는 없었다. 소름 끼칠 만큼 비굴해 보이는 집요정의 태도만이 설득력 있어 보였다. 해리는 헤르미온느가 저 집요정 조각상을 보면 뭐라고 말할까 하는 생각에 씩 웃으며, 돈 자루를 뒤집어 10갈레온만이 아니라 들어 있던 돈을 모조리 분수 안에 쏟아 넣었다.

"그럴 줄 알았어!" 론이 허공에 주먹질을 하며 소리쳤다. "넌 항상 무사히 빠져나오잖아!"

"무죄판결을 내릴 수밖에 없었을 거야." 헤르미온느가 말했다. 해리가 부엌에 들어왔을 때만 해도 걱정돼서 기절하기 일보 직전이었던 그녀는 이제 떨리는 손을 눈에 대고 있었다. "너한테 불리한 판례는 하나도 없었거든. 단 하나도."

"근데 내가 풀려날 줄 알았다면서 이제야 다들 안심한 것 같네?" 해리가 미소를 지으며 말했다.

위즐리 부인은 앞치마로 얼굴을 훔치고 있었고, 프레드와 조지와 지니는 "풀려났다, 풀려났다, 풀려났다……" 하는 노래에 맞춰 전쟁에서 승리한 것을 기뻐하는 듯한 춤을 추고 있었다.

"그만하면 됐다! 진정해!" 위즐리 씨가 소리쳤다. 하지만 그 역시 미소를 머금고 있었다. "그런데, 시리우스. 루시우스 말포이가 정부에 있더군요."

"뭐라고요?" 시리우스가 날카롭게 말했다.

"풀려났다, 풀려났다, 풀려났다……."

"셋 다 조용히 해라! 그래요, 그자가 9층에서 퍼지와 이야기 나누는 걸 봤어요. 그러더니 둘이 함께 퍼지의 집무실로 올라가더군요. 덤블도어 교수님에게 알려야 합니다."

"당연히 그래야죠." 시리우스가 말했다. "우리가 전하겠습니다, 걱정 마세요."

"뭐, 나는 가 봐야겠네요. 베스널 그린에 역류하는 변기가 기다리고 있어서. 몰리, 난 늦을 거야. 통스 대신 근무를 서 주기로 했거든. 하지만 킹슬리가 저녁을 먹으러 올지도 모르니까……."

"풀려났다, 풀려났다, 풀려났다……."

"이제 그만해라, 프레드, 조지, 지니!" 위즐리 씨가 부엌을 나서는데 위즐리 부인이 말했다. "해리, 얘야. 와서 앉아라. 점심 좀 먹어. 아침은 거의 못 먹었잖니."

론과 헤르미온느가 해리의 맞은편에 앉았다. 두 사람은 해리가 그리몰드가에 도착한 이래 어느 때보다도 행복한 표정을 짓고 있었다. 해리도 루시우스 말포이를 만나서 조금 쪼그라들었던 안도감이 아찔할 만큼 다시 부풀어 오르는 것을 느꼈다. 우울했던 집이 갑자기 더욱 따뜻하고 안락해 보였다. 심지어 왜 이렇게 소란스러운지 알아보려고 주둥이 같은 코를 부엌에 밀어 넣은 크리처조차 덜 못생겨 보였다.

"덤블도어가 네 편을 든 이상 그 사람들이 너한테 유죄 판결을 내릴 수 없는 게 당연해." 론이 모두의 접시에 으깬

감자를 잔뜩 담아 주면서 기분 좋게 말했다.

"그래, 덤블도어 교수님이 이기게 해 준 거야." 해리가 말했다. 그는 '그래도 나한테 말을 걸어 줬으면 좋았을 텐데. 아니면 날 보기라도 하든지'라고 말하면 철없어 보일 뿐만 아니라 아주 배은망덕하게 들리지 않을까 하는 기분이 들었다.

이런 생각을 하는데 이마의 흉터가 너무 아프게 쿡쿡 쑤셔서 그는 손으로 흉터를 감싸 쥐었다.

"왜 그래?" 헤르미온느가 놀란 얼굴로 물었다.

"흉터 때문에." 해리가 웅얼거렸다. "근데 아무것도 아냐……. 이제는 늘 그러거든……."

다른 사람들은 아무도 알아채지 못했다. 모두 해리가 가까스로 위기를 벗어났다는 기쁨에 젖어 음식을 먹고 있었다. 프레드와 조지, 지니는 여전히 노래를 부르고 있었다. 헤르미온느는 조금 불안한 표정이었지만, 그녀가 뭐라고 말할 새도 없이 론이 즐겁게 말했다. "틀림없어. 오늘 저녁에 덤블도어가 우리와 함께 축하하러 올 거야."

"그러실 수 있을지 모르겠구나, 론." 위즐리 부인이 구운 닭고기가 담긴 커다란 접시를 해리 앞에 내려놓으며 말했다. "지금 아주 바쁘시거든."

"풀려났다, 풀려났다, 풀려났다······."

"시끄러워!" 위즐리 부인이 고함을 질렀다.

이어지는 며칠 사이 해리는 이곳 그리몰드가 12번지에 그가 호그와트로 돌아가게 된 것을 완전히 기뻐하지만은 않는 것 같은 사람이 있다는 사실을 눈치채고 말았다. 처음 소식을 들었을 때는 시리우스도 제법 그럴싸하게 기뻐하는 척하면서 해리의 손을 꼭 잡고 다른 사람들과 똑같이 활짝 웃었다. 하지만 머잖아 그는 전보다 더 우울해지고 시무룩해져서 모두에게, 심지어 해리한테까지도 좀처럼 말을 걸지 않았다. 그가 벅빅과 함께 어머니의 방에 틀어박혀 있는 시간이 점점 더 길어졌다.

"죄책감 가질 필요 없어!" 며칠 뒤 4층 곰팡이 낀 찬장을 닦다가 해리가 이런 느낌을 일부 털어놓자 헤르미온느가 단호하게 말했다. "너는 호그와트 학생이고 시리우스도 그걸 알아. 나는 솔직히 시리우스가 이기적인 것 같아."

"그건 좀 너무하다, 헤르미온느." 론이 얼굴을 찌푸린 채 손가락에 단단히 달라붙은 곰팡이를 벗겨 내려 애쓰면서 말했다. "너라도 같이 있을 사람 하나 없이 이 집에 처박히고 싶지는 않을 거야."

"같이 있을 사람이 왜 없어!" 헤르미온느가 말했다. "여기는 불사조 기사단 본부잖아. 시리우스는 그냥 해리가 여기서 같이 살게 될 거라는 지나친 희망을 품었던 것뿐이야."

"그건 아닌 것 같은데." 해리가 걸레를 비틀어 짜면서 말했다. "내가 그래도 되냐고 물어봤을 때 바로 대답하지 않았거든."

"그거야 기대가 너무 커질까 봐 그랬겠지." 헤르미온느가 현명하게도 그렇게 말했다. "아마 죄책감도 좀 느꼈을 테고. 마음 한구석에서는 네가 정말 퇴학당하기를 바랐을 테니까. 그렇게 되면 너랑 시리우스가 함께 도망자가 되는 거잖아."

"말도 안 돼!" 해리와 론이 동시에 말했지만 헤르미온느는 그냥 어깨만 으쓱했다.

"좋을 대로 생각해. 하지만 나는 가끔 론네 엄마 말씀이 맞다는 생각이 들어. 시리우스가 널 너인지 너희 아버지인지 헷갈려 하는 것 같다는 얘기야, 해리."

"그러니까, 시리우스 머리가 이상해진 것 같다는 거야?" 해리가 열을 내며 말했다.

"아니, 난 그저 시리우스가 오랫동안 아주 외로웠다고 생각할 뿐이야." 헤르미온느가 간단하게 말했다.

그때, 등 뒤에서 위즐리 부인이 침실로 들어왔다.

"아직 안 끝났니?" 그녀가 찬장 안으로 머리를 들이밀며 말했다.

"난 엄마가 좀 쉬라고 말하려고 온 줄 알았는데!" 론이 격하게 항의했다. "우리가 여기 와서 지금까지 얼마나 많은 곰팡이를 제거했는지 아세요?"

"너희는 기사단을 돕고 싶어서 안달했잖아." 위즐리 부인이 말했다. "기사단 본부를 사람 살 만한 곳으로 만들면 너희 역할을 하는 거다."

"집요정이 된 기분이야." 론이 툴툴거렸다.

"뭐, 집요정들이 얼마나 힘든 삶을 사는지 이해했으니 앞으로 S.P.E.W. 활동을 더 적극적으로 하겠구나!" 헤르미온느가 기대에 차서 말했다. 위즐리 부인은 그들을 남겨 두고 방을 나갔다. "있잖아, 하루 종일 청소만 하는 게 얼마나 끔찍한 일인지 확실히 보여 주는 것도 좋은 생각일 거야. 그리핀도르 휴게실 청소 후원 행사 같은 걸 하면 어떨까? 후원금은 전부 S.P.E.W.로 가는 거지. 그러면 모금도 되고 의식 수준도 올라갈 거야."

"난 네가 *S.P.E.W.* 소리를 그만하게 만드는 쪽에 후원할래." 론이 짜증을 내면서 해리한테만 들리는 목소리로 중얼거렸다.

　방학이 끝나 갈수록 해리는 자기도 모르게 호그와트에 대한 공상에 빠져 있을 때가 점점 많아졌다. 해그리드를 다시 만나고, 퀴디치를 하고, 심지어 약초학 수업이 있는 온실을 향해 채소밭을 한가롭게 걸어가는 일까지 몹시 기다려졌다. 이 먼지 가득하고 퀴퀴한 냄새가 나는 집을 떠나는 것만으로도 정말 기쁠 것 같았다. 이 집에는 찬장 절반에 아직 빗장이 걸려 있었고, 그늘진 곳을 지나갈 때면 크리처가 씩씩거리며 욕설을 내뱉는 소리가 들려왔다. 하지만 해리는 시리우스가 듣는 데서는 이런 말을 하지 않으려고 조심했다.

　사실, 직접 경험해 보니 반(反)볼드모트 운동 본부에서 지내는 일은 해리가 기대했던 것처럼 재미있지도, 신이 나지도 않았다. 불사조 기사단 단원들이 규칙적으로 드나들면서 가끔씩 머물러 식사를 하거나 귓속말로 잠깐 대화를 주고받기는 했지만, 위즐리 부인은 말소리가 해리를 비롯한 아이들의 귀(길어지는 귀든 보통 귀든)에 닿지 않도록 확실히 단속했다. 아무도, 심지어 시리우스조차 해리가 여기에 도착한 날 밤에 들었던 것 이상을 알아야 한다고는 생각하지 않는 것 같았다.

방학 마지막 날, 해리가 옷장 꼭대기에서 헤드위그의 똥을 쓸어 내고 있는데 론이 봉투 두 개를 들고 방으로 들어왔다.

"교과서 목록이 왔어." 그가 의자 위에 서 있던 해리에게 봉투 하나를 던지며 말했다. "진작 왔어야 했는데 까먹었나 봐. 보통은 이것보다 훨씬 일찍 오는데……."

해리는 남은 똥들을 쓰레기봉투에 모두 쓸어 담고 론의 머리 너머로 구석에 있는 쓰레기통에 휙 던져 넣었다. 쓰레기봉투를 삼킨 쓰레기통이 큰 소리로 트림했다. 그는 편지를 뜯었다. 양피지 두 장이 들어 있었다. 하나는 전과 마찬가지로 9월 1일에 학기가 시작한다는 사실을 상기시켜 주는 편지였고, 다른 하나는 이번 학년에 필요한 책들의 목록이었다.

"새 책은 두 권뿐이네." 그가 목록을 읽으며 말했다. "미란다 고스호크의 《마법 주문에 관한 표준 교과서: 5학년용》하고 윌버트 슬링크하드의 《방어 마법 이론》."

펑.

프레드와 조지가 해리 바로 옆에 순간이동으로 나타났다. 두 사람이 순간이동 하는 것에 너무도 익숙해진 지금은 의자에서 굴러떨어질 일도 없었다.

"우린 방금 슬링크하드 책을 넣은 사람이 누굴까 궁금해하던 참이었어." 프레드가 아무 일도 없었던 것처럼 말을 걸었다.

"왜냐하면 그건 덤블도어가 새로운 어둠의 마법 방어법 담당을 찾았다는 뜻이거든." 조지가 말했다.

"너무 오래 걸리긴 했지만." 프레드가 말했다.

"그게 무슨 말이야?" 해리가 그들 옆으로 뛰어내리며 물었다.

"뭐, 몇 주 전에 길어지는 귀로 엄마 아빠가 얘기하시는 걸 엿들었거든." 프레드가 해리에게 말했다. "엄마 아빠 말로는 덤블도어가 이번에 그 과목을 맡을 사람을 찾느라 엄청 힘들었대."

"놀랄 일도 아니지, 예전에 그 과목을 맡았던 네 교수한테 무슨 일이 일어났는지 보면 말이야." 조지가 말했다.

"한 명은 해고, 한 명은 사망, 한 명은 기억상실, 한 명은 9개월 동안 짐 가방에 갇혀 있었지." 해리가 손가락으로 꼽으며 말했다. "그래, 무슨 뜻인지 알겠다."

"넌 왜 그래, 론?" 프레드가 물었다.

론은 대답하지 않았다. 해리가 돌아보니 그는 입을 약간 벌린 채 멍하니 호그와트에서 온 편지를 바라보며 그저 가 만히 서 있었다.

"뭐가 문제냐니까?" 프레드가 조바심이 나는 목소리로 말했다. 그는 론의 뒤로 돌아가서 어깨 너머로 양피지를 들 여다보았다.

프레드의 입도 쩍 벌어졌다.

"반장?" 그가 믿을 수 없다는 듯 편지를 보며 다시 말했 다. "반장?"

조지가 성큼 다가와 론의 다른 손에 들린 봉투를 잡아채 서는 거꾸로 뒤집었다. 진홍색과 금색으로 이루어진 뭔가 가 조지의 손바닥으로 떨어졌다.

"그럴 리가." 조지가 쉰 목소리로 중얼거렸다.

"뭔가 잘못된 게 분명해." 프레드가 론의 손아귀에서 편 지를 낚아채더니 워터마크라도 있는지 확인하듯 빛에 비 춰 보았다. "제정신을 가진 사람이 론을 반장으로 뽑을 리 없어."

쌍둥이가 일제히 고개를 돌리더니 해리를 뚫어지게 바라 보았다.

"우린 당연히 네가 될 줄 알았는데!" 프레드가 말했다. 해리가 그들을 속이기라도 했다는 듯한 말투였다.

"덤블도어가 당연히 널 뽑을 거라고 생각했어!" 조지가 어쩐지 분개하며 말했다.

"트라이위저드에서 우승하고, 그 모든 걸 해냈는데!" 프레드가 이어서 소리쳤다.

"온갖 미친 짓을 한 게 불리하게 작용했나 보다." 조지가 프레드를 보며 말했다.

"그러게." 프레드가 천천히 말했다. "그래, 말썽을 너무 많이 부린 거야, 친구. 뭐, 적어도 너희 둘 중 한 명은 뭐가 더 중요한지 알고 있었네."

그는 해리에게로 성큼성큼 다가가 등을 탁 치면서 론에게 따가운 눈길을 던졌다.

"반장…… 귀염둥이 로니가 반장이라니."

"아아, 엄마가 난리도 아니겠네." 조지가 신음하며, 무슨 오염 물질이라도 되는 듯 반장 배지를 다시 론에게 떠밀었다.

그때까지도 아무 말 않던 론은 배지를 받아 들고 잠깐 뚫어지게 바라보더니, 진짜인지 확인해 달라는 것처럼 조용히 해리에게 내밀었다. 해리는 배지를 받아 들었다. 그리핀도르 사자 위에 커다란 'P'자가 겹쳐 있었다. 그는 호그와트에 간 첫날 퍼시의 가슴에 이것과 똑같이 생긴 배지가 달려 있는 것을 본 적이 있었다.

문이 벌컥 열렸다. 헤르미온느가 양 뺨이 붉어진 채 머리 카락을 휘날리며 방으로 뛰어들어 왔다. 그녀의 손에도 봉투가 들려 있었다.

"너, 너도 받았어?"

그녀는 해리의 손에 들린 배지를 보더니 소리를 질렀다.

"그럴 줄 알았어!" 그녀가 신이 나서 자기 편지를 마구 휘두르며 말했다. "나도야, 해리. 나도 받았어!"

"아냐." 해리가 얼른 배지를 다시 론의 손에 밀어 넣으며 말했다. "론이야. 내가 아니고."

"그럴…… 뭐라고?"

"론이 반장이라고. 내가 아니라." 해리가 다시 말했다.

"론이?" 헤르미온느가 입을 떡 벌렸다. "하지만…… 확실해? 아니, 내 말은……."

론이 기분 나쁘다는 표정으로 돌아보자 그녀의 얼굴이 빨개졌다.

"내 이름이 편지에 적혀 있었어." 론이 말했다.

"난……." 헤르미온느가 완전히 당황한 표정으로 말을 이었다. "나는…… 음…… 와! 잘했어, 론! 그거 정말……."

"뜻밖이지." 조지가 고개를 끄덕이며 말을 받았다.

"아냐." 헤르미온느가 어느 때보다 빨개진 얼굴로 말했다. "아냐, 그렇지 않아……. 론은 엄청난 일들을…… 론은 정말로……."

헤르미온느 뒤에서 문이 더욱 활짝 열리더니, 위즐리 부인이 새로 세탁한 로브 한 무더기를 들고 뒷걸음질하며 들어왔다.

"지니가 그러는데, 드디어 교과서 목록이 왔다면서?" 그녀가 침대로 가서 로브 더미를 둘로 나누어 놓으며 봉투들을 힐끗 돌아보았다. "엄마한테 주면, 오늘 오후에 너희가 짐을 싸는 동안 다이애건 앨리에 가서 책을 사 오마. 론, 너는 잠옷도 새로 사야겠어. 못해도 15센티미터는 짧겠구나. 어찌나 빨리 크는지 믿을 수가 없을 지경이야……. 무슨 색으로 사다 줄까?"

"배지랑 잘 어울리게 빨간색이랑 금색으로 된 걸 사다 주세요." 조지가 히죽거리며 말했다.

"뭐랑 어울린다고?" 고동색 양말 한 켤레를 말아 론의 로브 더미 위에 놓으며 위즐리 부인이 무심코 말했다.

"배지요." 프레드가 최악의 상황을 빨리 끝내 버리려는 것처럼 그렇게 말했다. "사랑스럽고 반짝반짝 빛나는 론의 반장 배지 말이에요."

프레드의 말이 온통 잠옷에만 팔려 있던 위즐리 부인의 정신을 관통하는 데는 조금 시간이 걸렸다.

"론의…… 하지만…… 론, 설마……?"

론이 배지를 들어 올렸다.

위즐리 부인은 헤르미온느와 똑같이 소리를 질렀다.

"말도 안 돼! 믿을 수가 없어! 아, 론, 정말 장하다! 반장 이라니! 그럼 가족 모두가 반장이구나!"

"프레드랑 난 옆집 사람인가요?" 조지가 툴툴거렸지만, 그의 어머니는 그를 옆으로 밀치고 막내아들을 와락 껴안 았다.

"아빠가 이 소식을 들으면 얼마나 좋아하실까! 론, 자랑 스럽구나. 이렇게 멋진 소식이라니, 너도 빌이랑 퍼시처럼 남학생 회장이 될 수 있어. 이게 첫 단계야! 아, 걱정스러운 일 천지였는데 이런 좋은 일이 생기다니, 엄만 기뻐서 어쩔 줄 모르겠구나, 아, 로니……."

프레드와 조지가 뒤에서 요란하게 구역질하는 소리를 냈 지만 위즐리 부인은 눈치채지 못했다. 그녀는 론의 목을 꽉 끌어안고 그의 얼굴에 입맞춤을 퍼부었다. 론의 얼굴이 배 지 색깔보다도 더 빨개졌다.

"엄마…… 그만해요……. 엄마, 정신 차려요……." 그가 어머니를 밀어내려 애쓰며 웅얼거렸다.

그를 놓아준 위즐리 부인이 가쁜 숨을 쉬며 말했다. "자, 그럼 뭘 사 줄까? 퍼시한테는 올빼미를 사 줬지만, 너는 이미 한 마리 있잖니."

"무, 무슨 뜻이에요?" 론이 자신의 귀를 믿을 수 없다는 표정으로 되물었다.

"이런 일을 해냈으니 상을 받아야지!" 위즐리 부인이 애정이 듬뿍 담긴 목소리로 말했다. "멋진 정장 로브는 어떠니?"

"그건 우리가 벌써 사 줬어요." 프레드가 불쾌한 듯 말했다. 그런 호의를 베풀었던 것을 진심으로 후회하는 표정이었다.

"아니면 새 솥단지라든가. 찰리가 쓰던 건 녹슬어서 구멍이 뚫릴 지경일 테니. 아니면 쥐를 새로 사 줄까? 넌 예전부터 스캐버스를 좋아했……."

"엄마." 론이 기대에 차서 말했다. "새 빗자루 가져도 돼요?"

위즐리 부인의 얼굴이 살짝 굳었다. 빗자루는 비쌌기 때문이다.

"그렇게 좋은 건 필요 없어요!" 론이 얼른 덧붙였다. "그,

그냥 한번 바꿔 볼 겸 새걸로만⋯⋯."

위즐리 부인은 망설이다가 곧 미소 지었다.

"당연히 되고말고. 음, 빗자루도 사야 하니 난 이제 가 봐야겠다. 다들 이따가 보자꾸나. ⋯⋯우리 로니가 반장이라니! 짐 가방 싸는 것 잊지 말고! 반장⋯⋯ 아, 어쩜 좋아!"

그녀는 론의 뺨에 또 한 번 입을 맞추고 큰 소리로 훌쩍이더니 허둥지둥 방을 나갔다.

프레드와 조지가 눈빛을 주고받았다.

"우리가 뽀뽀 안 해 줘서 기분 나쁜 거 아니지, 론?" 프레드가 짐짓 걱정스러운 목소리로 말했다.

"원한다면 절은 해 주마." 조지가 말했다.

"아, 닥쳐." 론이 그들을 노려보았다.

"안 닥치면 어쩔 건데?" 프레드가 말했다. 사악한 미소가 그의 얼굴 가득 번져 갔다. "방과 후 징계라도 줄 거야?"

"어디 한번 보고 싶네." 조지가 킬킬거렸다.

"조심하지 않으면 론이 정말 그렇게 할 수도 있어!" 헤르미온느가 화를 냈다.

프레드와 조지가 큰 소리로 웃음을 터뜨리자 론이 중얼거렸다. "놔둬, 헤르미온느."

"앞으로 행동 조심해야겠다, 조지." 프레드가 부들부

들 떠는 시늉을 하며 말했다. "반장 둘이 우리한테 붙었으니……."

"그러게, 규칙을 어겨 온 날들이 마침내 종말을 맞은 것 같아." 조지가 고개를 저으며 말했다.

쌍둥이는 또 한 번 시끄러운 '펑' 소리를 내며 순간이동으로 사라졌다.

"왜들 저래, 정말!" 헤르미온느가 천장을 올려다보며 화를 냈다. 어느새 위층 방에서 프레드와 조지가 요란하게 웃어 대는 소리가 들렸다. "저 둘은 신경 쓰지 마, 론. 그냥 질투하는 거야!"

"그건 아닐 거야." 마찬가지로 천장을 올려다보면서 론이 회의 가득한 목소리로 말했다. "저 둘은 항상 반장은 샌님들이나 되는 거라고 했거든. 그래도……" 하더니, 그는 조금 기분 좋아진 목소리로 덧붙였다. "저 둘은 한 번도 새 빗자루를 가져 본 적이 없어! 나도 엄마랑 같이 가서 골랐으면 좋겠는데……. 님부스를 살 여유는 절대 없겠지만, 새로 나온 클린스윕도 멋질 거야……. 그래, 가서 클린스윕이 좋다고 말해야겠다. 그래야 엄마가 알고……."

그는 해리와 헤르미온느를 단둘이 남겨 놓고 방에서 뛰쳐나갔다.

어째서인지 해리는 헤르미온느를 보고 싶지 않았다. 그는 침대 쪽으로 돌아서서 위즐리 부인이 가져다 둔 깨끗한 로브 더미를 들고 짐 가방 쪽으로 걸어갔다.

"해리?" 헤르미온느가 머뭇거리며 입을 열었다.

"잘했어, 헤르미온느." 해리가 말했다. 너무 활기차서 전혀 그의 목소리처럼 들리지 않았다. 그는 여전히 그녀 쪽을 보지 않고 있었다. "훌륭해. 반장이라니. 멋지다."

"고마워." 헤르미온느가 말했다. "음…… 해리, 엄마 아빠한테 알려 드리려고 하는데 헤드위그 좀 빌릴 수 있을까? 정말 기뻐하실 거야. 그러니까, '반장'은 엄마 아빠도 아실 만한 거니까."

"아, 당연하지." 끔찍할 만큼 활기찬 그 목소리는 여전히 그의 것처럼 들리지 않았다. "빌려 가!"

그는 허리를 구부려 짐 가방 맨 밑에 로브들을 내려놓고 뭘 뒤지는 척했다. 헤르미온느는 옷장 앞으로 가서 헤드위그를 불러 내려오게 했다. 잠깐 시간이 흐르고, 문 닫히는 소리가 들렸지만 해리는 여전히 허리를 구부린 채 귀를 기울였다. 들리는 것이라고는 벽에 걸린 텅 빈 캔버스가 다시 킬킬거리는 소리, 구석의 쓰레기통이 캑캑거리며 올빼미 똥을 토하는 소리뿐이었다.

그는 허리를 펴고 뒤를 돌아보았다. 헤르미온느는 방에서 나갔고 헤드위그도 보이지 않았다. 해리는 천천히 침대로 돌아가 털썩 주저앉아서 멍하니 옷장 밑을 바라보았다.

5학년 때 반장을 뽑는다는 사실을 까맣게 잊고 있었다. 퇴학당할지도 모른다는 걱정에 사로잡힌 나머지 반장 배지가 누군가에게 날아가고 있을 거라는 생각은 아예 할 겨를이 없었다. 하지만 만약 *기억했다면······ 생각했다면······* 과연 무엇을 기대했을까?

'이건 아니지.' 그의 머릿속에서 작지만 솔직한 목소리가 말했다.

해리는 얼굴을 일그러뜨리며 두 손에 얼굴을 파묻었다. 스스로에게 거짓말을 할 수는 없었다. 만약 반장 배지가 날아오고 있다는 사실을 알았다면, 그는 론이 아닌 자신이 그 배지를 받게 될 거라고 기대했을 것이다. 그가 드레이코 말포이처럼 오만해진 걸까? 그 자신이 다른 사람들보다 우월하다고 생각하는 걸까? 정말로 자신이 론보다 낫다고 믿는 걸까?

'아니야.' 작은 목소리가 반박하듯 말했다.

정말일까? 해리는 두려워하면서 자기 마음을 들여다보았다.

'퀴디치는 내가 더 잘해.' 그 목소리가 말했다. '하지만 다른 것까지 그렇진 않아.'

해리는 그것만은 틀림없는 사실이라고 생각했다. 성적이 론보다 뛰어난 것도 아니었다. 하지만 공부 외에는? 호그와트에 입학한 이래 그와 론, 헤르미온느가 종종 퇴학 이상의 위험을 감수하면서 함께했던 모험들은 어떤가?

'뭐, 대부분은 론이랑 헤르미온느가 함께했잖아.' 해리의 머릿속 목소리가 말했다.

항상 그랬던 건 아니지. 해리가 반박했다. 걔들은 나랑 같이 퀴럴과 싸우지 않았어. 리들과 바실리스크에게 맞서 싸우지도 않았고. 시리우스가 탈출한 날 밤 디멘터들을 물리친 것도 걔들이 아니야. 볼드모트가 돌아온 날 밤 나와 함께 묘지에 있지도 않았어…….

이곳에 도착한 날 밤 그를 사로잡았던, 부당한 대우를 받는다는 느낌이 다시 치솟았다. 내가 분명 더 많은 일을 해냈어. 해리는 화가 나서 생각했다. 나는 저 두 사람보다 더 많은 걸 해냈다고!

'하지만 어쩌면' 하고 작은 목소리가 설득하듯 말했다. '어쩌면 덤블도어 교수님은 위험한 상황에 많이 뛰어들었다고 해서 반장으로 뽑아 주는 게 아닐지도 몰라…….다른

이유로 뽑았을지도 모르지……. 론은 네가 하지 못한 일을 해낸 게 틀림없어…….'

해리는 눈을 뜨고 손가락 사이로 발톱 모양이 달린 옷장 다리를 바라보며 프레드가 했던 말을 떠올렸다. '제정신을 가진 사람이 론을 반장으로 뽑을 리 없어…….'

해리는 피식 코웃음을 쳤다. 곧 그런 생각을 하는 스스로 가 역겹게 느껴졌다.

론은 덤블도어에게 반장 배지를 달라고 요구하지 않았 다. 이건 론의 잘못이 아니었다. 론의 둘도 없는 친구인 그, 해리가 배지를 받지 못했다는 이유로 토라진단 말인가? 론 의 등 뒤에서 쌍둥이와 함께 웃음을 터뜨리며 론의 기분을 망쳐 버릴 셈인가? 론이 처음으로 해리보다 부각된 그 순 간을?

이때 계단에서 다시 론의 발소리가 들렸다. 해리는 일어 서서 안경을 바로잡고, 론이 문으로 뛰어들어 오자 얼굴에 미소를 내걸었다.

"간신히 만났어!" 그가 기분 좋은 듯 말했다. "엄마가 웬 만하면 클린스윕을 사 오겠대."

"잘됐다." 해리가 말했다. 목소리가 더는 활기차게 들리 지 않아 마음이 놓였다. "저기, 론…… 잘했어, 인마."

론의 얼굴에 떠오른 미소가 희미해졌다.

"내가 될 줄은 전혀 생각 못 했어!" 그가 고개를 저으며 말했다. "네가 될 거라고 생각했는데!"

"아냐, 난 말썽을 너무 많이 부렸잖아." 해리가 프레드의 말을 되풀이했다.

"그래." 론이 말했다. "그래, 그런가 봐…… . 뭐, 짐 가방을 싸는 게 좋겠지?"

그리몰드가에 도착한 이후 그들의 소지품은 이상할 정도로 사방에 흩어져 있었다. 집 안 곳곳에서 책과 소지품을 다시 가져와 학교 짐 가방에 집어넣는 데만도 오후 대부분이 지나갔다. 해리는 론이 반장 배지를 침대 옆 탁자에 놓았다가, 청바지 주머니에 넣었다가, 다시 꺼내 검은색과 빨간색의 대비를 살펴보려는 것처럼 개어 놓은 로브 위에도 놓아 보는 등 계속 이리저리 옮기는 것이 눈에 거슬렸다. 론은 잠깐 방에 들른 프레드와 조지가 배지를 영구 부착 마법으로 이마에 붙여 버리겠다고 했을 때에야 그것을 고동색 양말로 조심스럽게 싸서 짐 가방에 넣고 잠갔다.

위즐리 부인은 저녁 6시쯤 다이애건 앨리에서 돌아왔다. 책을 잔뜩 짊어지고 두꺼운 갈색 종이로 싼 긴 꾸러미를 든 채였다. 론은 갈망에 찬 신음을 내며 그 꾸러미를 받아 들었다.

"지금 풀어 볼 생각은 말아라. 사람들이 저녁 먹으러 오고 있으니까. 다들 아래층으로 내려오렴." 위즐리 부인이 그렇게 말했지만 론은 그녀가 시야에서 사라지자마자 미친 듯이 포장을 뜯더니 황홀해하는 표정으로 새 빗자루를 구석구석 살펴보았다.

내려가 보니 위즐리 부인이 지하 부엌 식탁에 상다리가 휘어지도록 저녁 식사를 차려 놓고 그 위에 진홍색 현수막을 걸어 두었다. 현수막에는 이런 문구가 적혀 있었다.

론과 헤르미온느가
반장이 된 것을 축하합니다!

그녀는 해리가 방학 내내 봤던 그 어느 때보다 기분이 좋아 보였다.

"가만히 앉아서 저녁을 먹기보다는 작은 파티를 하면 좋을 것 같아서." 해리, 론, 헤르미온느, 프레드와 조지, 지니가 들어오자 그녀가 말했다. "아빠랑 빌이 오고 있단다, 론. 올빼미를 보내서 알려 줬더니 둘 다 감격하더구나." 그녀가 활짝 웃으며 덧붙였다.

프레드가 어이없다는 듯 눈알을 굴렸다.

시리우스, 루핀, 통스, 킹슬리 샤클볼트는 이미 와 있었고, 해리가 버터맥주를 한 잔 받자마자 매드아이 무디가 쿵쿵거리며 들어왔다.

"아, 앨러스터. 오셔서 다행이네요." 매드아이가 어깨를 으쓱하며 여행용 망토를 벗자 위즐리 부인이 밝은 목소리로 말했다. "오래전부터 부탁하고 싶은 일이 있었거든요. 거실 책상 안에 뭐가 들었는지 좀 봐 주실래요? 정말 골치 아픈 게 튀어나올까 봐 열어 보지 않고 놔뒀어요."

"걱정 마시오, 몰리……."

무디가 번뜩이는 파란색 눈알을 위로 홱 돌려 부엌 천장 너머를 뚫어지게 바라보았다.

"거실이라……." 동공이 작아지면서 그가 거칠게 중얼거렸다. "구석에 있는 책상 말이오? 그래, 보이는군……. 그래, 보가트요……. 내가 올라가서 쫓아 드릴까, 몰리?"

"아뇨, 아뇨. 나중에 제가 직접 할게요." 위즐리 부인이 활짝 웃었다. "술이나 한잔하세요. 실은, 좀 축하할 일이 있거든요……." 그녀가 진홍색 현수막을 가리켰다. "우리 집에서 네 번째 반장이 나왔답니다!" 그녀가 론의 머리를 헝클어뜨리며 애정이 듬뿍 담긴 목소리로 말했다.

"반장?" 무디가 으르렁거리듯 말했다. 멀쩡한 눈은 론에게 향해 있는데 마법 눈은 그 자신의 옆머리를 향해 홱 돌아가 있었다. 해리는 그 눈이 자신을 보고 있는 것 같은 아주 불편한 느낌에 시리우스와 루핀 쪽으로 갔다.

"뭐, 축하한다." 무디가 멀쩡한 눈을 론에게서 떼지 않고 말했다. "권력을 쥐면 골칫거리가 꼬이기 마련인데, 덤블도어는 네가 웬만한 저주는 모두 견뎌 낼 거라 생각하는 모양이구나. 안 그러면 널 뽑지 않았겠지……."

론은 그런 관점에 무척 놀란 것 같았지만 아버지와 큰형이 도착한 덕분에 굳이 대꾸하지 않을 수 있었다. 위즐리 부인은 기분이 너무 좋은 나머지 그 두 사람이 먼덩거스를 데려왔는데도 불평하지 않았다. 먼덩거스는 엉뚱한 부분이 이상하게 울퉁불퉁 튀어나온 긴 외투를 입고 있었는데, 사람들이 그 옷을 벗어 무디의 여행용 망토가 있는 곳에 두라고 해도 거절했다.

"음, 건배할 준비가 된 것 같군요." 모두가 마실 것을 한 잔씩 받자 위즐리 씨가 말했다. 그가 잔을 들었다. "그리핀도르의 새로운 반장, 론과 헤르미온느를 위하여!"

모두 잔을 비우고 갈채를 보내자 론과 헤르미온느는 활짝 웃었다.

"난 반장을 못 해 봤어." 모두가 음식을 먹으려고 식탁 쪽으로 가는데 통스가 해리 뒤에서 쾌활한 목소리로 말했다. 오늘 그녀의 머리카락은 토마토 같은 빨간색으로, 허리까지 길게 늘어져 있었다. 꼭 지니의 친언니 같은 모습이었다. "우리 기숙사 담임 교수는 나한테 필수적인 자질 몇 가지가 부족하다고 했거든."

"어떤 자질요?" 구운 감자를 고르던 지니가 물었다.

"품행을 단정히 하는 능력 같은 거." 통스가 말했다.

지니가 웃음을 터뜨렸다. 웃어야 할지 말아야 할지 모르는 표정을 짓고 있던 헤르미온느는 버터맥주를 크게 한 모금 들이켜다가 사레에 들리는 것으로 타협을 보았다.

"아저씨는요, 시리우스?" 지니가 헤르미온느의 등을 두드려 주며 물었다.

해리 바로 뒤에 있던 시리우스가 평소처럼 개가 짖는 듯한 웃음소리를 냈다.

"누가 날 반장으로 뽑아 주겠니. 제임스와 함께 방과 후 징계를 받느라 그 많은 시간을 보냈는데. 모범생은 루핀이었지. 이 친구는 반장 배지를 받았다."

"덤블도어 교수님은 아마 내가 친한 친구들에게 어느 정도 통제력을 발휘할 수 있을 거라 기대하고 날 뽑았을 거야." 루핀이 말했다. "내가 처참하게 실패했다는 건 말할 필요도 없지만."

해리는 갑자기 기분이 나아졌다. 그의 아버지도 반장이 아니었다. 곧바로 파티가 훨씬 즐겁게 느껴졌다. 그는 접시를 가득 채웠다. 이곳에 있는 모든 사람이 두 배는 더 좋아졌다.

론은 사람들에게 새 빗자루 얘기를 장황하게 늘어놓고 있었다.

"……시속 110킬로미터까지 올라가는 데 10초 걸려. 나쁘지 않지? 코밋 290은 96킬로미터까지밖에 안 올라간다는 걸 생각하면 말이야.《어떤 빗자루?》에서 봤는데, 그것도 순풍이 불고 있을 경우에나 그렇대!"

헤르미온느는 집요정의 권리에 대한 자신의 생각을 루핀에게 아주 열심히 전하고 있었다.

"제 말은, 이건 늑대인간 분리 정책이랑 똑같은 헛소리라는 거예요. 안 그런가요? 이 모든 게 마법사들이 다른 생명체들보다 우월하다는 끔찍한 생각에 뿌리를 두고 있는 거라고요……."

위즐리 부인과 빌은 머리카락을 놓고 또 옥신각신하고 있었다.

"……도저히 어떻게 해 볼 수가 없구나. 이 잘생긴 얼굴을……. 머리가 짧으면 훨씬 나아 보일 거야. 안 그러니, 해리?"

"아, 글쎄요……." 해리는 그의 의견을 묻는 말에 살짝 놀라 얼버무리고, 먼덩거스와 함께 구석에 웅크리고 있는 프레드와 조지 쪽으로 슬쩍 자리를 옮겼다.

먼덩거스는 해리를 보자 입을 다물었지만 프레드는 눈을 찡긋하더니 해리에게 더 가까이 오라고 손짓했다.

"괜찮아요." 그가 먼덩거스에게 말했다. "해리는 믿을 수 있어요. 우리 재정 후원자거든요."

"덩이 구해다 준 것 좀 봐." 조지가 해리에게 손을 내밀었다. 그의 손에는 쪼글쪼글한 검은색 콩깍지처럼 보이는 것이 잔뜩 들려 있었다. 콩깍지는 전혀 움직이지 않았지만 희미하게 부스럭거리는 소리가 났다.

"독손가락 씨앗이야." 조지가 말했다. "꾀병 과자 세트를 만들 때 필요한데 C급 거래 금지 물품이라서 손에 넣는 데 애 좀 먹었어."

"그럼 다 합쳐서 10갈레온이면 되죠, 덩?" 프레드가 물었다.

"내가 이걸 구하느라 얼마나 고생을 했는데?" 먼덩거스가 축 처지고 충혈된 눈을 휘둥그레 뜨면서 말했다. "미안하다, 얘들아. 20갈레온 이하로는 크넛 한 푼 못 깎아 준다."

"우리 덩 아저씨는 농담도 잘한다니까." 프레드가 해리에게 말했다.

"그래, 지금까지 했던 것 중에서 최고의 농담은 크날 가시 하나에 6시클을 달라는 거였지." 조지가 말했다.

"조심해." 해리가 작은 소리로 경고했다.

"뭐 하러?" 프레드가 말했다. "엄마는 반장 론 우쭈쭈 하느라 바쁘니까 괜찮아."

"하지만 무디가 보고 있을지도 몰라." 해리가 지적했다.

먼덩거스가 초조하게 뒤를 돌아보았다.

"알려 줘서 고맙다." 그가 툴툴거리며 말을 이었다. "알았다, 얘들아. 10갈레온이야. 대신 당장 가져가라."

"잘했어, 해리!" 먼덩거스가 쌍둥이의 손에 주머니를 비워 내고 허둥지둥 음식 쪽으로 가자 프레드가 기뻐하며 말했다. "이건 위에 가져다 놔야겠다."

해리는 조금 불편한 마음으로 그들의 뒷모습을 지켜보았다. 위즐리 부부는 결국 프레드와 조지의 장난감 가게에 대해 알게 될 것이다. 그렇게 되면 그들이 돈을 어떻게 마련했는지 알고 싶어 할 거라는 생각이 들었다. 트라이위저드

상금을 쌍둥이에게 줄 때는 간단한 문제로만 보였다. 하지만 이 일이 또 한 번 집안싸움으로 번져서 퍼시 때처럼 가족 간에 사이가 멀어지는 일로 이어진다면? 위즐리 부인은 쌍둥이가 그녀가 생각하기에 아주 부적절한 직업을 갖는데 해리가 한몫했다는 사실을 알고도 과연 그를 아들처럼 여겨 줄까?

해리는 가슴 깊은 곳에서 무거운 죄책감을 느끼며 그 자리에 혼자 서 있다가 누군가가 자신의 이름을 말하는 소리를 들었다. 사방에서 떠들어 대는 소리에도 킹슬리 샤클볼트의 굵직한 목소리는 확실히 들려왔다.

"……덤블도어 교수님은 왜 포터를 반장으로 임명하지 않았을까?" 킹슬리가 말했다.

"나름대로 이유가 있겠지." 루핀이 대답했다.

"그래도 포터를 뽑았다면 그 애를 얼마나 믿는지 보여 줄 수 있었을 텐데. 나라면 그렇게 했을 거야." 킹슬리가 굽히지 않고 말을 이었다. "더구나 《예언자일보》가 며칠에 한 번씩 그 애를 공격하고 있는 마당에……."

해리는 돌아보지 않았다. 자기가 그 얘기를 들었다는 사실을 루핀이나 킹슬리에게 들키고 싶지 않았다. 배는 전혀 고프지 않았지만 그는 먼덩거스를 따라 식탁으로 돌아갔다. 파티에서 느꼈던 기쁨은 처음 생겼을 때만큼 빠르게 사라져 버렸다. 그는 위로 올라가서 침대에 눕고 싶었다.

매드아이 무디는 살점이 떨어져 나간 코로 닭다리를 킁킁거리더니 독의 흔적을 찾을 수 없었는지 이로 덥석 물어뜯었다.

"……손잡이에는 저주 방지 광택제가 발려 있어요. 진동 조절 장치가 내장된 스페인 오크나무고요……." 론이 통스에게 말하고 있었다.

위즐리 부인이 쩍 하품을 했다.

"음, 자러 가기 전에 저 보가트를 해결해야겠다……. 아서, 애들이 너무 늦게 잠자리에 들어선 안 될 것 같아. 알았지? 잘 자라, 해리."

그녀는 부엌을 나갔다. 해리는 접시를 내려놓고, 어떻게 해야 다른 사람들의 관심을 끌지 않고 그녀를 따라갈 수 있을지 고민했다.

"괜찮냐, 포터?" 무디가 걸걸한 목소리로 물었다.

"네, 괜찮아요." 해리는 거짓말을 했다.

무디가 휴대용 술병에 든 것을 한 모금 들이켰다. 그의 번뜩이는 푸른 눈이 옆으로 돌아가 해리를 뚫어지게 바라보았다.

"이리 와 봐라. 네가 관심을 가질 만한 게 있다." 그가 말했다.

무디가 로브 안쪽에서 닳디닳은 오래된 마법사 사진을 꺼냈다.

"최초의 불사조 기사단이다." 무디가 으르렁거리듯 말했다. "어젯밤에 여벌 투명 망토를 찾다가 발견했지. 포드모어한테 가장 좋은 투명 망토를 빌려줬는데, 그걸 돌려줄 매너가 없는 녀석이라 말이야……. 사람들이 이걸 보면 좋아할 거라고 생각했다."

해리는 사진을 받아 들었다. 작은 무리를 이룬 사람들이 손을 흔들거나 잔을 들어 올리며 그를 마주 올려다보았다.

"이게 나다." 무디가 자신을 가리키며 말했지만 굳이 그럴 필요는 없었다. 머리가 약간 덜 세었고 코가 온전했지만 사진 속 무디는 누가 봐도 확실히 무디였다. "내 옆에 있는 사람이 덤블도어다. 반대쪽에 있는 건 디덜러스 디글이고…… 이 사람은 말린 매키넌이다. 이 사진을 찍고 2주 뒤에 살해당했지. 놈들이 매키넌의 가족을 모조리 죽였거든. 이 사람들은 프랭크와 앨리스 롱보텀이고……."

안 그래도 불편했던 해리의 가슴이 앨리스 롱보텀을 본 순간 꽉 죄어들었다. 한 번도 만난 적 없지만 해리는 그녀의 동그랗고 상냥한 얼굴을 잘 알고 있었다. 그녀의 아들인 네빌의 얼굴과 똑같았던 것이다.

"······불쌍한 것들." 무디가 걸걸한 목소리로 중얼거렸다. "차라리 죽느니보다 못한 일을 당했지. 이 사람은 에멀린 밴스다. 너도 만난 적이 있지. 여기는 말할 것도 없이 루핀이고. ······벤지 펜윅. 이 사람 역시 목숨을 잃었다. 신체 일부만 발견됐지. 자, 옆으로 가." 그가 사진을 쿡 찌르며 덧붙이자 작은 사진 속 사람들이 조금씩 옆걸음질 했다. 덕분에 부분적으로 가려졌던 사람들이 앞으로 나왔다.

"이 사람은 에드거 본즈다······. 어밀리아 본즈의 남동생이지. 놈들은 에드거와 그의 가족들도 죽였다. 위대한 마법사였는데······. 스터지스 포드모어로군. 이런, 아주 젊어 보이는구나. 캐러독 디어본은 이 사진을 찍고 나서 6개월 뒤에 실종됐다. 시신은 발견되지 않았고······. 물론 해그리드도 있다. 예나 지금이나 똑같구나······. 엘파이어스 도지, 이 사람은 너도 만난 적 있지. 그래, 저런 멍청한 모자를 쓰고 다녔는데 잊고 있었군······. 기디언 프루잇과 그의 형 페이비언을 죽이기 위해 죽음을 먹는 자 다섯 명이 덤벼야 했다. 둘은 영웅처럼 싸웠다. ······옆으로 가, 옆으로."

사진 속 조그만 사람들이 자기들끼리 밀치락달치락한 끝

에 맨 뒤에 숨어 있던 사람들이 사진 전면으로 나왔다.

"이 사람은 덤블도어의 남동생인 애버포스다. 내가 만나 본 건 이때 한 번뿐이야. 좀 이상한 친구지……. 이 사람은 도카스 메도스인데, 볼드모트가 직접 죽였다. 시리우스로 군. 아직 머리가 짧았을 때지. 그리고…… 여길 봐라, 네가 관심을 가질 거라고 생각했지!"

해리의 가슴이 내려앉았다. 어머니와 아버지가 그를 올려다보며 활짝 웃고 있었다. 그들은 각각 축축한 눈동자를 가진 왜소한 남자 양옆에 앉아 있었는데, 해리는 그자가 웜테일임을 단번에 알아보았다. 웜테일은 볼드모트에게 해리의 부모님이 있는 곳을 알려 주고 그들의 죽음에 일조한 자였다.

"맞냐?" 무디가 물었다.

해리는 심하게 흉터가 지고 긁힌 자국들이 있는 무디의 얼굴을 올려다보았다. 무디는 자신이 해리에게 작은 선물을 주었다고 생각하는 게 틀림없었다.

"네." 해리가 다시 한 번 힘겹게 미소 지으며 말했다. "어…… 저, 방금 떠올랐는데 제가 아직 챙기지 못한 짐이 있어서……."

시리우스가 막 끼어든 덕분에 해리는 아직 챙기지 못한

짐이 뭔지 굳이 생각해 내지 않아도 되었다. "그게 뭡니까, 매드아이?" 무디가 시리우스 쪽으로 몸을 돌렸다. 해리는 부엌을 슬쩍 빠져나간 다음 누가 부를 새도 없이 계단을 올라갔다.

해리는 자신이 왜 그렇게 놀랐는지 알 수 없었다. 어쨌든 그는 예전에도 부모님 사진을 본 적이 있었고, 웜테일도 만나 보았다. 하지만 저렇게 갑작스럽게, 전혀 예상치 못한 순간에 꺼내 보이다니……. 그런 건 누구도 좋아하지 않을 거라고, 해리는 화가 나서 생각했다.

게다가 그 모든 행복한 얼굴들에 둘러싸인 부모님의 모습을 보는 건……. 산산조각 나서 발견된 벤지 펜윅, 영웅처럼 죽음을 맞이한 기디언 프루잇, 고문당한 끝에 미쳐 버린 롱보텀 부부, 그 사람들 모두 비극적인 운명을 맞게 되리라는 것도 모른 채 영원토록 사진 바깥을 바라보며 행복하게 손을 흔들고 있었다……. 글쎄, 무디는 그것이 흥미로울지 몰라도 해리는 불편했다.

해리는 발꿈치를 들고 복도 계단을 올라가 박제된 집요정 머리들을 지났다. 다시 혼자가 되어서 다행이었다. 하지만 첫 번째 층계참에 다가갔을 때 어떤 소리가 들렸다. 누가 거실에서 흐느끼고 있었다.

"누구세요?" 해리가 물었다.

대답은 들려오지 않았지만 흐느낌은 계속 이어졌다. 그는 남은 계단을 한 번에 두 칸씩 올라가 층계참을 가로질러 가서는 거실 문을 열었다.

누군가가 어두운 벽에 바짝 붙어 몸을 웅크리고 있었다. 손에는 마법 지팡이가 들려 있었지만 우느라 온몸이 떨렸다. 먼지투성이 낡은 카펫 위에 한 줄기 달빛을 받으며 팔다리를 쭉 뻗고 쓰러져 틀림없이 죽은 것처럼 보이는 사람은 바로 론이었다.

해리는 숨이 턱 막히는 것 같았다. 몸이 바닥을 뚫고 떨어지는 느낌이었다. 머릿속이 차갑게 얼어붙었다. 론이 죽었다. 아니, 그럴 리가…….

하지만 잠깐만, 그럴 리가 없어. 론은 아래층에 있는데…….

"위즐리 아줌마?" 해리가 쉰 목소리로 입을 열었다.

"리, 리, 리디큘러스!" 위즐리 부인이 흐느끼며, 떨리는 손으로 마법 지팡이를 들고 론의 시체를 가리켰다.

펑.

론의 시체가 빌의 시체로 바뀌었다. 그는 생기 없는 눈을 부릅뜬 채 바닥에 드러누워 있었다. 위즐리 부인이 더욱 심하게 흐느꼈다.

"리, 리디큘러스!" 그녀가 다시 울먹이며 말했다.

펑.

빌이 사라지고 위즐리 씨의 시체가 나타났다. 안경이 비뚜름하게 걸린 그의 얼굴을 타고 피가 뚝뚝 흘러내렸다.

"안 돼!" 위즐리 부인이 신음했다. "안 돼……. *리디큘러스! 리디큘러스! **리디큘러스!***"

펑. 죽은 쌍둥이. 펑. 죽은 퍼시. 펑. 죽은 해리…….

"위즐리 아줌마, 그냥 여기서 나가세요!" 해리가 바닥에 있는 자신의 시체를 내려다보며 소리쳤다. "다른 사람이…….."

"무슨 일이야?"

루핀이 뛰어들어 왔다. 시리우스가 그 뒤를 바짝 따랐고, 무디가 쿵쿵거리며 뒤를 이었다. 루핀은 위즐리 부인과 바닥에 있는 해리의 시체를 번갈아 보더니 곧바로 상황을 이해한 듯했다. 마법 지팡이를 꺼내 든 그는 아주 단호하고 또렷한 목소리로 말했다.

"*리디큘러스!*"

해리의 시체가 사라졌다. 시체가 누워 있던 자리 위에 은빛 구체가 떠 있었다. 루핀이 다시 한 번 마법 지팡이를 휘두르자 구체는 한 줄기 연기가 되어 사라졌다.

"아아아!" 위즐리 부인은 숨을 삼키고 두 손에 얼굴을 묻은 채 큰 소리로 울음을 터뜨렸다.

"몰리." 루핀이 그녀에게 다가가며 애처롭게 말했다. "몰리, 울지 마세요……."

다음 순간, 그녀는 루핀의 어깨에 기대 가슴속에서 우러나오는 울음을 토했다.

"몰리, 그냥 보가트예요." 그가 위로하듯 말하며 그녀의 머리를 토닥였다. "멍청한 보가트일 뿐이라고요."

"사, 사, 사람들이 죽은 모습이 계속 보여요!" 위즐리 부인이 그의 어깨에 대고 울먹였다. "하, 하, 항상 저런 꾸, 꾸, 꿈을 꾸고……."

시리우스는 보가트가 해리의 시체인 척 누워 있던 카펫을 바라보고 있었다. 해리는 자신을 지켜보는 무디의 시선을 피했다. 무디의 마법 눈이 부엌에서부터 이곳까지 내내 자신을 따라온 것 같은 이상한 기분이 들었다.

"아, 아, 아서한테는 말하지 말아 줘요." 위즐리 부인은 이제 정신없이 옷소매로 눈을 문지르며 숨을 꿀떡 삼켰다. "아, 아서에겐 알리고 싶지 않아요……. 바보같이……."

루핀이 손수건을 건네자 그녀는 코를 팽 풀었다.

"해리, 정말 미안하다. 네가 날 어떻게 생각하겠니?" 그녀가 부들부들 떨면서 말했다. "보가트 하나 처리하지 못하고……."

"그런 말씀 마세요." 해리가 애써 미소 지으며 말했다.

"난 그냥 너, 너, 너무 걱정돼서." 그녀가 말했다. 그녀의 눈에서 다시 눈물이 쏟아졌다. "가, 가, 가족 절반이 기사단이라니, 우리 모두가 무사히 해낸다면 기, 기, 기적이겠지……. 게다가 퍼, 퍼, 퍼시는 우리랑 말도 안 하고……. 뭔가 끄, 끄, 끔찍한 일이 일어나서 우리가 그 아이랑 다시는 화, 화, 화해하지 못하게 되면? 아서랑 내가 죽으면 어떻게 하지? 누가 론이랑 지니를 도, 도, 돌봐 주겠니?"

"몰리, 그만하세요." 루핀이 단호하게 말했다. "이번엔 지난번과는 다릅니다. 기사단은 준비가 훨씬 잘되어 있고 시작도 우리에게 유리해요. 우리는 볼드모트가 뭘 꾸미는지 알고……."

그 이름을 들은 위즐리 부인이 겁에 질려 작게 비명을 내질렀다.

"아, 몰리. 이러지 마세요. 이제는 그자의 이름을 듣는 것에 익숙해져야 합니다. 물론, 아무도 다치지 않을 거라는 약속은 할 수 없어요. 누구도 그런 약속은 할 수 없겠죠. 하지만 지난번보다는 상황이 훨씬 나아졌어요. 당신은 그때 기사단이 아니었으니까 잘 모르시겠죠. 그때는 죽음을 먹는 자가 우리보다 스무 배나 많았어요. 그래서 그자들이 기사단을 하나하나 제거할 수 있었던 겁니다."

해리는 사진 속에서 활짝 웃고 있는 부모님의 얼굴을 다시 떠올렸다. 그는 무디가 여전히 자신을 바라보고 있다는 것을 알았다.

"퍼시 일은 걱정하지 마세요." 시리우스가 불쑥 입을 열었다. "돌아올 겁니다. 볼드모트가 대놓고 활동하기 시작하는 건 시간문제니까. 일단 그렇게 되면, 정부 전체가 우리한테 용서를 빌겠죠. 그자들의 사과를 받아들여야 할지는 잘 모르겠지만." 그가 씁쓸하게 덧붙였다.

"그리고 당신과 아서가 죽으면 누가 론과 지니를 돌봐 주겠냐니……." 루핀이 엷게 미소 지었다. "우리가 어떻게 할 것 같나요? 설마 굶어 죽게 내버려 두겠어요?"

위즐리 부인이 힘없이 미소 지었다.

"내가 어리석은 말을 했네요." 그녀가 눈물을 닦으며 다시 중얼거렸다.

하지만 10분쯤 뒤에 침실로 들어가 문을 닫은 해리는 위즐리 부인을 어리석다고 생각할 수 없었다. 낡고 오래된 사진에서 그를 보며 환하게 웃는 부모님의 모습이 아직도 눈에 선했다. 그분들은 자신들의 목숨이, 주위에 있는 그 많은 사람의 목숨처럼 끝을 향하고 있다는 사실을 알지 못했다. 차례차례 위즐리 가족의 시체로 변하던 보가트의 모습이 해리의 눈앞에서 번쩍거렸다.

아무런 예고도 없이, 또다시 이마의 흉터에서 타는 듯한 통증이 느껴졌다. 속이 끔찍하게 뒤틀렸다.

"집어치워." 통증이 잦아들자 그는 흉터를 문지르며 단호하게 내뱉었다.

"자기 머리에 대고 말을 하다니, 미쳐 가는 첫 신호로군." 벽에 걸린 텅 빈 캔버스에서 음험한 목소리가 들려왔다.

해리는 그 소리를 못 들은 척했다. 평생 어느 때보다도 늙어 버린 기분이었다. 겨우 한 시간 전까지만 해도 장난감 가게나 누가 반장 배지를 받았는지에 대해 걱정하고 있었다는 사실이 신기하게 느껴졌다.

(제5권 《해리 포터와 불사조 기사단 2》에서 계속됩니다.)

강동혁은 서울대학교 영문학과와 사회학과를 졸업하고 같은 학교 대학원에서 영문학 석사학위를 받았다. 옮긴 책으로는 《신비한 동물사전 원작 시나리오》, 《일곱 건의 살인에 대한 간략한 역사》, 《레스》, 《이 소년의 삶》 등이 있다.

해리 포터와 불사조 기사단 1(래번클로 기숙사 에디션)

초판 1쇄 인쇄 2022년 8월 17일
초판 1쇄 발행 2022년 9월 20일

지은이 | J.K. 롤링
옮긴이 | 강동혁
발행인 | 강봉자, 김은경

펴낸곳 | (주)문학수첩
주소 | 경기도 파주시 회동길 503-1(문발동 633-4) 출판문화단지
전화 | 031-955-9088(마케팅부), 9532(편집부)
팩스 | 031-955-9066
등록 | 1991년 11월 27일 제16-482호

홈페이지 | www.moonhak.co.kr
블로그 | blog.naver.com/moonhak91
이메일 | moonhak@moonhak.co.kr

ISBN 978-89-8392-952-5 04840
    978-89-8392-901-3 (세트)

* 파본은 구매처에서 바꾸어 드립니다.